Judit Müller

TO KEEP YOU SAFE

Warum wir leben

A TREE & A VALLEY

1. Auflage 2018

Inh. Stefan Funcke
Hannah-Arendt-Str. 3–7
35037 Marburg

Bibliografische Information der Deutschen Nationalbibliothek
Die Deutsche Nationalbibliothek verzeichnet
diese Publikation in der Deutschen Nationalbibliografie;
detaillierte bibliografische Daten sind im Internet
über http://d-nb.de abrufbar.

Umschlaggestaltung:
© Stefan Hilden, www.hildendesign.de
Umschlagmotiv:
© HildenDesign unter Verwendung der Motive von shutterstock.com:
Oleg Nesterov, Tarasenko Andrey, Amir Bajrich, Burdun Iliya

Lektorat: Regine Weisbrod
Druck und Bindung: GGP Media GmbH, Pößneck
Printed in Germany

ISBN Print: 978-3-947357-09-3
Auch als eBook erhältlich.

www.verlag-atav.de

Für B.
Träume werden wahr

22. November, 6 Uhr

Heute Nacht hat es begonnen.

Warum ich aufgewacht bin, kann ich nicht mehr genau sagen. Ich war einfach wach. John hat geschlafen. Ich wollte ihn nicht wecken, also bin ich ins Wohnzimmer und habe den Fernseher angemacht.

Die Nachrichten waren voll davon, dass die ersten größeren Meteoriten eingeschlagen sind, irgendwo im Indischen Ozean, in Afghanistan, Saudi-Arabien und im Osten von Russland.

22. November, 17 Uhr

Es hört einfach nicht mehr auf.

Dänemark, Italien, Namibia, vor der afrikanischen Küste im Atlantik. Als die Wissenschaftler vor ein paar Tagen vor dem Meteoritenschwarm gewarnt hatten, habe ich es nicht ernst genommen. Niemand hat das ernst genommen. Außer vielleicht die Panikmacher im Fernsehen.

Es kommt mir auch jetzt noch irgendwie unwirklich vor. Ich meine, klar, ich hab heute schon ungefähr hundertmal Nachrichten gesehen. Und die ganzen Bilder sind schrecklich. Aber es ist trotzdem so weit weg.

24. November, 19 Uhr

17 Meteoriten, bis jetzt 9 Tsunamis, 23 Erdbeben und was weiß ich wie viele Tote. Ich muss die Zahlen aufschreiben, weil ich John sonst damit verrückt machen würde. Ich muss schreiben, weil ich Angst habe, durchzudrehen.

Ich komme mir vor wie in einem Film, einem dieser Weltuntergangsfilme. Nur dass bisher die Welt anscheinend nur an anderen Orten untergeht. Klar, auf den Straßen herrscht Chaos. Alleine in der letzten Stunde gab es hier in unserer Straße sieben Autounfälle. Aber trotzdem ... Und John versucht seit Stunden, seine Eltern in Philadelphia zu erreichen.

29. November, 10 Uhr

Seit Tagen herrscht Chaos. Die Ampeln sind ausgefallen, zeitweise haben wir überhaupt keinen Strom mehr. Hier haben die Erdbeben drei Tage nach dem letzten Meteoriteneinschlag begonnen. Manchmal geht das Radio noch, manchmal nicht. Ich weiß nicht, was mir lieber ist.

Tsunamis im Indischen Ozean, Tsunamis an unserer Westküste. Inzwischen glaube ich nicht mehr daran, dass John seine Eltern noch erreichen wird. Die letzten Bilder von Philadelphia und New York, die ich im Fernsehen gesehen habe, waren furchtbar.

15. Dezember, 13 Uhr

Die Erde bebt schon wieder.
Seit Tagen habe ich das Gefühl, dass der Boden zittert, wenn ich laufe. Und von Minute zu Minute wird es stärker. Es gibt keinen Strom, kein fließendes Wasser. Immer mehr Menschen fliehen einfach. Wir haben schon ewig nichts mehr von unseren Freunden gehört, obwohl wir in den letzten Tagen kaum anderes getan haben, als nach ihnen zu suchen. John möchte nicht weg, er sagt, wir können sowieso nirgendwohin. Wir müssen einfach hoffen, dass die Regierung Hilfe organisiert. Aber irgendwie glaube ich nicht mehr daran.

20. Dezember, 15 Uhr

Am 17. kam der bisher letzte Bericht im Radio. Es war nur eine Auflistung von Katastrophen, die letzten Erdbeben, sogar von Vulkanausbrüchen war die Rede. Und davon, dass zwei Atomkraftwerke in Florida völlig zerstört sind. Bis jetzt war ich noch nie so froh, so weit nördlich zu wohnen.
Hier gab es keine weiteren Erdbeben, nichts. Aber es regnet und es ist kalt. So verdammt kalt. Und grau. Mittlerweile ist die Stadt wie ausgestorben. Wir verbringen unsere Tage damit, nach Essen zu suchen, brechen in fremde Häuser ein. Aber es ist auch kaum jemand da, der uns davon abhalten könnte.

23. Dezember, 22 Uhr

John hat mich heute gefragt, ob es mir hilft, ab und zu ins Tagebuch zu schreiben. Ganz ehrlich? Nein. Mir ist aufgefallen, dass es bis heute keinen einzigen wirklich persönlichen Eintrag gab.
Kein „Liebes Tagebuch, ich hab solche Angst …".
Kein Schreiben über Gefühle, keine Sorgen, nur die Fakten. Ich denke, ich will, dass das so bleibt. Angst habe ich genug.

1. Januar, 2 Uhr

John hat mir einen Antrag gemacht. Jetzt schreibe ich also doch über Gefühle. Er hat mir einen Antrag gemacht, genau um Mitternacht. Es war so schrecklich surreal. Wir standen draußen, frierend, haben den Himmel angestarrt. Dann pünktlich zu Silvester, wie um das Feuerwerk zu ersetzen, hat es begonnen, zu gewittern. Minutenlang hat es nur geblitzt, es hat nicht einmal geregnet, es hat nur geblitzt und gedonnert.
John hat mir den Ring gegeben, ohne etwas zu sagen. Und ich habe ihn genauso stumm angesteckt. Ist ein schöner Ring, nichts Besonderes, einfach ein Goldring. Jetzt bin ich also verlobt.

17. Januar, 7 Uhr

Es ist grau, seit Tagen hängen graue Wolken über der Stadt. Aber ich glaube nicht, dass es Regenwolken sind, denn geregnet hat es schon ewig nicht mehr. Es ist auch nicht mehr so kalt wie noch vor zwei Wochen, als ich Angst hatte, nachts zu erfrieren.

Ich glaube, es sind Aschewolken, weil an allem so ein dünner, schwarzer Staub klebt.

1. Februar, 22 Uhr

Es gibt etwas, worüber ich noch gar nicht geschrieben habe. Hunger. Ich habe Hunger. Ich weiß nicht mal mehr, wie es sich anfühlt, wirklich satt zu sein. Obwohl wir fast nichts anderes tun, als nach Essbarem zu suchen, gibt es nie genug.

Und wir sind ja auch nicht die Einzigen. Es sind einige Banden unterwegs. Sie kommen und verschwinden nach einigen Tagen wieder.

Komischerweise habe ich mir immer Sorgen gemacht, dass nicht genug Wasser da sein wird, aber die zwei Flüsse hier in der Stadt sind immer kurz davor, über die Ufer zu treten. Offenbar kommen sie aus einer regenreicheren Gegend.

9. März, 8 Uhr

Heute habe ich das Tagebuch wiedergefunden. Es lag irgendwo unter zwei Decken. Aber bisher habe ich es auch nicht vermisst. Warum wir noch leben, weiß ich nicht so genau. Das klingt jetzt sicher sehr depressiv und verzweifelt, und vermutlich bin ich genau das. Aber es ist doch wahr. Ich weiß es einfach nicht.

Warum haben John und ich so viel Glück? Warum wir, und nicht all die anderen, die wir täglich sehen ... tot. Ich hatte eigentlich gedacht, dass die Stadt fast verlassen ist. Aber seit Tagen finden wir Leichen, jeden Tag sind es mehr. Jeden Tag sterben hier mehr Menschen. Und das nach über vier Monaten, die wir schon überlebt haben.

27. März, 20 Uhr

Es werden immer mehr Plünderer, sie kommen mit Lastern, mit Waffen und mit Angst, die sich in blinde Wut verwandelt, sobald sie auf andere Überlebende treffen. Ich will weg von hier, aber John weigert sich. Manchmal denke ich, dass er wahnsinnig wird. Er sitzt nur noch da und schweigt, egal, was ich mache. Ich habe gedroht und geweint und gebettelt, ich wollte alleine gehen und habe es nicht geschafft. Also bleibt mir nichts anderes, als neben ihm zu warten.

1. April, 13 Uhr

April, April.

Ich habe noch eine Waffe im Waffenladen zwei Straßen weiter gefunden. Warum ich sie geholt habe, weiß ich nicht. Vielleicht als letzten Ausweg.

19. April, 18 Uhr

Heute hat John mich geschlagen. Ich wollte ihn dazu bringen, zu essen. Ich kann es einfach nicht mehr mitansehen, dass er vor meinen Augen verhungert.

Ich soll ihn in Ruhe lassen, hat er geschrien, ich soll ihn sterben lassen.

26. April, 4 Uhr

Aufgeben wäre so einfach. Einfach abdrücken.

Aber irgendwie habe ich noch Hoffnung.

4. Mai, 11 Uhr

John ist tot.

John ist tot.

John ist tot.

5. Mai, 17 Uhr

Ich habe John heute beerdigt. In unserem Hinterhof, im Blumenbeet, zwischen den Rosensträuchern. Den Ring habe ich neben ihn gelegt.

Ich weiß nicht einmal, warum er gestorben ist.

Er ist gestern einfach nicht mehr aufgewacht.

14. Mai, 8 Uhr

Die Stadt brennt. Ich bin aufgewacht und konnte kaum atmen. Alles brennt, man sieht kaum die Hand vor Augen. Es ist heiß, so heiß, die Flammen fressen die ganze Luft weg.

Ich denke, jetzt ist es zu spät, um zu gehen.

Ich hoffe, ich sehe John wieder!

To Keep You Safe
Warum wir leben

I

In unserem Haus hatten wir viele Blumen.

Im Frühling Tulpen, im Sommer Sonnenblumen, das ganze Jahr über Orchideen, doch die sind alle verblüht. Als das Wetter sich verschlechtert hat und Wolken tagelang die Sonne verdeckt haben, waren die kleinen weißen Orchideen die ersten, die eingegangen sind. Ich kann sie deutlich vor mir sehen, jede Nacht, in meinen Träumen. Ich sehe sie und wünsche mir, sie noch einmal, nur ein einziges Mal wiederzusehen. Aber wenn ich aufwache, weiß ich, dass das unmöglich ist.

Ich schrecke hoch. Mein Herz pocht unnatürlich laut, und es dauert einen Augenblick, bis ich realisiere, dass ich nur geträumt habe. Um mich zu beruhigen, taste ich neben mich und spüre im anderen Schlafsack die warmen Körper meiner Geschwister. Sie schlafen noch. Natürlich. Es gibt keinen Grund, aufzustehen.

Die Sonne ist noch nicht aufgegangen. Wahrscheinlich wird sie auch nicht aufgehen. Die Aschewolken, nur abgelöst von Regenwolken, lassen es selten zu, dass man den neuen Tag an etwas anderem als den unterschiedlichen

Abstufungen der Helligkeit erkennt.

Ich stütze mich auf den Boden. Vertrocknete, verbrannte Erde. Überall Asche. Und wenn wir einen Flecken aschefreies Land gefunden haben, ist da nur Gras. Da ist nichts anderes mehr. Nichts Schönes.

Nur Grau.
Hellgrau.
Dunkelgrau.
Aschgrau.
Wolkengrau.
Nebelgrau.
Verbrannte-Bäume-Grau.
Verlassene-Häuser-Grau.
Leichengrau.
Grüngrau.
Blaugrau.
Graugrau.

Ich überlege, unser kleines Batterieradio anzumachen, doch davon würden Hope und Luke aufwachen. Also lehne ich mich an einen kahlen Baumstamm und ziehe die Beine an. Erinnerungen drohen mich zu überwältigen. Meine Mutter, wie sie in der Blumenwiese tanzte. Das Lächeln meines Vaters. Das ganze Glück.

Ich springe auf und beginne, im Kreis herumzulaufen. Einfach, um etwas zu tun zu haben. Nach meiner Uhr ist es kurz nach fünf. Heute ist der fünfte Mai.

Es ist auf den Tag genau einen Monat her, dass wir unser Zuhause verlassen haben.

Ich gehe zu unseren Rucksäcken und ziehe ein Buch heraus, eines der wenigen, die wir mitgenommen haben. Zum Lesen ist es viel zu dunkel, also blättere ich langsam die Seiten durch, Seite für Seite. Augenblick für Augenblick.

Um halb sieben, als es allmählich heller wird, beschließe ich, die zwei Kleinen zu wecken. Ich gehe zu Luke hinüber und streiche ihm sanft über den Arm.

„Guten Morgen, du Schlafmütze." Er schlägt die verquollenen Augen auf, und ich weiß, dass er wieder geweint hat. Ich umarme ihn, dann wecke ich auch Hope.

Ich bin so stolz auf die beiden. Luke ist erst zehn, doch er hält sich bestimmt tapferer als die meisten Erwachsenen. Sein dünner Körper verschwindet fast in seinem Anorak. Früher hat er ihm gepasst. Aber jetzt … nun ja, genug zu essen hatten wir alle schon lange nicht mehr.

Und Hope, unsere süße, fünfjährige Hope … nun, zumindest ist sie noch gesund. Ich mache mir Sorgen um sie. Sie spricht nicht mehr. Sie hat seit Wochen keinen Ton mehr von sich gegeben. Sie lacht nicht, sie weint nicht. Sie würde auch nicht essen, wenn ich sie nicht dazu überreden würde. Sie ist apathisch, lethargisch … fast leblos.

Luke hilft ihr beim Schuhebinden, während ich nach den Keksen krame, die heute unser Frühstück werden sollen. Vor ein paar Tagen habe ich sie aus einem Automaten an einem kleinen Bahnhof geholt. Der kleine Schnitt an meiner Hand zeugt von meinen letztendlich erfolgreichen Versuchen, das Glas mit einem Stein zu zertrümmern.

Wir reden kaum, und viel gibt es ja auch nicht zu sagen. Es ist jeden Morgen das gleiche Spiel.

Nachdem wir die wenigen Kekse stumm gegessen haben, packen wir unsere Sachen auf den Fahrradanhänger. Luke holt sein Fahrrad. Ich nehme Hope an die eine Hand, mit der anderen ziehe ich den Wagen. Ich hänge mir meinen Bogen und den Köcher mit Pfeilen über den Rücken. Dann gehen wir, ohne unser Nachtlager auch nur eines Blickes zu würdigen.

2

Wir haben Pennsylvania, den Eriesee und auch Ohio hinter uns gelassen, inzwischen sind die Straßenschilder und Autokennzeichen die von Indiana. Das Unbehagen, das mich schon so lange begleitet, verstärkt sich mit jedem Meter, den wir zurücklegen. Denn tief in meinem Inneren weiß ich, dass wir nie wieder nach Hause zurückkommen werden. Die Straße, der wir seit ein paar Tagen folgen, ist gesäumt von Büschen und Ahornbäumen und öffnet sich in eine weite Gras- und Feldlandschaft. Wir nehmen immer Straßen. Ich will mich nicht im Nirgendwo verlaufen. Obwohl ich weiß, dass es gefährlich ist, obwohl ich weiß, dass wir, wenn wir Pech haben, auf Räuberbanden und ähnlich Schlimmes treffen. Denn all das haben wir in den wenigen Wochen schon erlebt. Menschen, die aus Verzweiflung andere Menschen um das Wenige berauben, was sie haben. Erwachsene, die alles nur Erdenkliche tun würden, um ihre Kinder zu ernähren.

Ab und zu kommen wir an kleinen Dörfern oder großen Farmen vorbei. Meist sind sie ausgebrannt, eingestürzt, zerstört durch die vielen Erdbeben und Stürme. Manchmal sind sie einfach nur verlassen – dann wage ich es, nach

Vorräten zu suchen. Aber oft sind es auch Gräber.

Hopes kleine Finger flattern in meiner Hand wie die Flügel eines Kolibris, und ich halte sie noch fester, als wir an den ersten toten Körpern vorbeikommen. So viele Tote – und niemand da, der sie begräbt.

„Nicht hinschauen, Prinzessin", flüstere ich ihr zu.

Aber natürlich sieht sie trotzdem hin.

Einmal sehen wir links von uns die Ausläufer einer Erdspalte, die bei den Beben entstanden sind. Es ist eine kleine Spalte, eine von tausend kleinen Wunden, die die Erdbeben in den Boden geschlagen haben. Die Beben. Die Katastrophen. Der Tod. Ich versuche, die unguten Gedanken abzuschütteln, doch es will mir nicht recht gelingen.

Inzwischen sind wir schon mehrere Stunden unterwegs, und ich merke, dass Hope allmählich müde wird. Kaum zu glauben, aber ich musste in den letzten vier Wochen feststellen, dass ein Kind, das sowieso schon keinen Ton von sich gibt, trotzdem noch verstummen kann.

„Luke, warte mal", sage ich.

„Was ist los?"

„Lass doch Hope mal eine Weile mit dem Fahrrad fahren", bitte ich ihn. Manchmal schaffe ich es so, Hope zum Weitergehen zu ermuntern. Und manchmal auch nicht. Luke befolgt meine Bitte, ohne zu murren, und dafür bin ich dankbar. Wir machen das Seil los und sie fährt los, ein Stückchen vor uns.

„Bleib in der Nähe", rufe ich ihr hinterher, denn obwohl

es hier so flach ist, dass man andere Menschen schon von weitem sehen würde, mache ich mir Sorgen. Hope könnte verloren gehen. Jemand könnte uns angreifen. Luke, der mir beim Ziehen hilft, blickt mich nachdenklich an.

„Wir haben seit einer Woche niemanden mehr gesehen", stellt er fest. „Glaubst du, dass wir alleine sind?"

Als ich nicht antworte, hakt er nach. „Glaubst du es?"

Ich überlege, was ich ihm sagen soll. Ich habe doch auch keine Antworten.

„Unsinn, natürlich sind wir nicht alleine … Wir haben doch auch schon oft viele Leute an einem Tag gesehen. Jetzt sind wir einfach nur ein Stück von all diesen Leuten entfernt. Außerdem, um ehrlich zu sein, Luke, ich möchte die meisten gar nicht sehen."

Er nickt. „Ich auch nicht."

Und ich weiß, dass er an die Gruppen von hoffnungslosen, halbtoten Menschen denkt, die nur noch auf ihre Erlösung warten. Und an die Räuber, die ihnen auch noch den letzten Besitz abnehmen. Wir haben sie alle gesehen. Und wir sind jedes Mal so weit weggelaufen, wie wir nur konnten.

„Wir hatten bis jetzt wahnsinniges Glück", stelle ich fest. Warum sollte ich Luke auch anlügen. Hier, in dieser Welt, ist er kein Kind mehr. Und wir hatten wirklich eine Menge Glück. Denn ohne die eingelagerten Vorräte aus dem Keller des Bauernhofs unserer Nachbarn wären wir weit schlimmer dran. Als wir gegangen sind, haben wir sämtliche Reste mitgenommen. Nicht unendlich viel, aber doch genug, um nicht zu verhungern. Ich habe nicht daran gedacht, dass wir so ein lohnendes Ziel für Räuber abgeben würden. Ich habe nur an unser Überleben gedacht. Und bis jetzt ist – und ich danke allen mir bekannten und unbekannten Göttern dafür – auch alles gut gegangen.

Ein richtiges Ziel haben wir nicht. Weg von zu Hause, weg von Kummer und Schmerz. Irgendwann haben Luke und ich uns für Südwesten entschieden. Im Süden ist es wärmer, habe ich gesagt, aber Luke wollte unbedingt ans Meer. Der Hoffnung hinterher, dass die Katastrophen dort nicht so schwer gewütet haben.

Nach einer Weile dreht Hope um und fährt auf uns zu. Ich sehe ihren kleinen, zierlichen Körper in der leichten Frische zittern, die den Abend ankündigt. Sie trägt einen schmutzig-braunen Anorak, der irgendwann einmal beige gewesen ist, und auf dem Kopf eine rote Weihnachtsmannmütze – eine mit Sternen, die früher geblinkt haben. Sie setzt diese Mütze niemals ab, obwohl sich im roten Stoff an einigen Stellen schon Löcher bilden. Vielleicht ist es eine Art Schutz für sie, diese Mütze, die ich ihr vor so langer Zeit geschenkt habe. Ein Stück Normalität.

Hope starrt mich nur stumm an, wie immer, aber ich weiß, dass sie nicht mehr weiterwill. Es scheint mir allerdings nicht klug, mitten auf freier Strecke zu lagern.

„Hope, nur noch ein bisschen, ja?“, sage ich entschuldigend. Wenigstens bis zum nächsten halbwegs geschützten Platz, füge ich in Gedanken hinzu. Der Blick aus ihren großen, blauen Augen ist wie ein Dolchstoß in mein Herz. Ihr hellbraunes Haar ist verfilzt, und sie hat ein paar Dreckspritzer auf der linken Wange, direkt unter ihren süßen Sommersprossen. Alles in allem eine jämmerliche Erscheinung, denke ich und hasse mich sofort selbst für diesen Gedanken. Ich bin schuld daran. Jetzt, wo unsere Eltern tot sind, … jetzt sollte ich für Luke und Hope sorgen.

Ich wische den Dreck von Hopes Wange und wünsche mir in diesem Moment nichts sehnlicher, als dass alles wieder so ist wie früher.

Luke spürt sie auch, diese namenlose Verzweiflung, die in Wellen von unserer kleinen Schwester auszugehen scheint.

„Wenn du willst, kann ich dich ein Stück tragen", sagt er. Er wartet nicht auf irgendeine Reaktion, sondern legt das Fahrrad auf den Anhänger und nimmt Hope huckepack. Dann läuft er los und ich folge ihm. Er ist so klug und mutig. Und er ist gut für uns, weil ihn der Mut nie verlassen hat. Zumindest bis jetzt nicht. Ohne ihn, denke ich oft, hätte mich Hopes Kummer längst angesteckt. Er ist wie eine Mauer, die mich vor der Verzweiflung schützt. Aber gleichzeitig weiß ich, dass ich das nicht von einem zehn Jahre alten Jungen verlangen sollte.

Es wird langsam dunkler. Irgendwann muss Hope wieder laufen, bis ich sie zurück auf den Wagen setze. Und endlich, nach einer weiteren halben Stunde, finden wir einen guten Platz. Luke und ich nehmen die Vorräte aus dem Fahrradanhänger und legen ihn seitlich hin, damit wir einen Windschutz haben. Ich wage es nicht, ein Feuer anzuzünden, da man uns so viel leichter entdecken könnte, und so essen wir nur jeder ein bisschen sehr hartes Brot, das ich vor ein paar Tagen versucht habe zu backen. Es ist ein kläglicher Versuch gewesen, doch wir hatten in einem völlig zerstörten Haus etwas Mehl gefunden. Im Grunde habe ich mit Wasser und einem winzigen Rest Hefe einen klebrigen Teig hergestellt, und Luke hat das Ganze mit Stöcken über dem Feuer gebacken.

Einen Preis fürs Kochen gewinnt keiner von uns.

3

6. Mai
Hellgrau.

Das Licht dringt durch meine Augenlider, und ich richte mich gähnend auf. Luke ist schon wach. Er sitzt neben Hope, fest in seine Jacke gewickelt und weint. Ganz leise, so als wolle er uns nicht wecken. Als ich seinen Namen flüstere, zuckt er zusammen. Noch bevor ich ihn erreichen kann, stürzt er zu mir rüber und schmiegt sich an mich. Ich schlinge die Arme um ihn. „Was ist los, Kleiner?"

„Ich habe geträumt! Mama war da, Mama …", schluchzt er.

„Luke, alles ist gut. Es ist gut … es wird …" Ich rede nicht weiter. Es wird eben nicht alles gut. Ich kann ihn nicht vor seinen Träumen bewahren. Und ich kann ihm unsere Eltern nicht wieder zurückbringen. Also halte ich ihn einfach fest, küsse seinen blonden Schopf, lasse ihn weinen und bleibe stumm.

„Weißt du", sage ich nach einer Weile, „ich bin wahnsinnig stolz auf dich. Du bist so tapfer, mein Kleiner. Was meinst du, wie viele schon aufgegeben haben?"

Er blickt mich mit tränennassen Augen an. „Wir nicht!", flüstert er schließlich.

Ich nicke. „Wir nicht. Wir geben nicht auf. Wir finden einen Platz, an dem alles besser wird. Aber bis dahin müssen wir stark sein. Auch ich."

„Aber du bist doch stark. Du bist doch schon erwachsen und ich nicht und Hope auch nicht."

Ich weiß nicht, was ich sagen soll. „Jeder ist stark. Auch du. Nur ist jeder anders stark. Der eine träumt vielleicht schlecht, dafür ist er so stark, dass er seine kleine Schwester fast eine Stunde lang tragen kann."

Luke lächelt schwach, und zu meiner Freude sehe ich einen Funken Stolz in seinen Augen aufblitzen. Dann: „Ist Hope auch stark?"

„Natürlich. Wir sind alle stark. Und wenn wir einander helfen, sind wir noch viel stärker. Aber wir zwei müssen eben auf Hope ein wenig aufpassen, weil sie noch so klein ist. Es ist schwieriger, für andere stark zu sein, wenn man noch so klein ist wie Hope. Okay?"

Er schnieft. „Okay."

Ich drücke ihm einen Kuss auf den Kopf und lächle, obwohl ich mich so kläglich fühle wie lange nicht mehr.

„Dann hilf mir jetzt bitte. Wenn wir heute auf unserem Weg ein sicheres Lager finden, können wir da vielleicht einen Tag länger bleiben."

Luke nickt. Dann wecken wir Hope.

4

Wir laufen.
Auch den nächsten Tag. Denn natürlich ist da kein sicherer Ort, der auf uns wartet. Aber Luke ist tapfer. Er kümmert sich um Hope. Er trägt sie. Und Hope schweigt.

Wir sehen Trümmerteile, ausgebrannte Wagen, Leichen, verlassene Häuser. Immer weiter, sage ich zu mir, einfach weiterlaufen, an andere Orte, dann passiert bestimmt etwas Gutes.

Am zweiten Abend erzähle ich Geschichten, doch auch die können nichts von dem, was passiert, leichter machen. Das Radio ist nicht zu gebrauchen, die Batterien sind leer. Und auch unsere Vorräte neigen sich dem Ende zu – etwas, das ich zwar bemerkt, aber noch nicht so ganz realisiert habe.

Am Morgen des dritten Tages haben wir endlich Glück. Bei den Ruinen einer verlassenen Farm gelingt es mir, mit Pfeil und Bogen einen streunenden Hund zu erlegen. Es ist ein wilder Hund. Die meisten Hunde haben sich nach den Katastrophen zu Rudeln zusammengeschlossen und jagen alles, was sie kriegen können, aber dieser hier ist allein. Zum Glück!

Da die Farm von Hügeln geschützt ist, beschließen wir,

bis zum nächsten Tag dort zu bleiben. Luke und Hope sammeln Holz für ein Feuer, während ich mich daran mache, den Hund zu zerlegen. Es ist blutig und widerlich, aber immerhin ist es leichter als beim ersten Mal.

Ein paar Tage nach unserem Aufbruch sind wir im Wald von einem abgemagerten Schäferhund angegriffen worden, und ich habe ihn getötet. Ich musste uns verteidigen, doch danach habe ich eine halbe Stunde lang geweint, weil ich ein Lebewesen getötet hatte. Bis Luke irgendwann gefragt hat, ob man Hunde essen könne. Seitdem habe ich bei jeder Gelegenheit versucht, eines der umherstreunenden Tiere zu töten. Und ich muss sagen, Hund ist auch nicht besser oder schlechter als Rind.

„Aber es gefällt mir immer noch nicht!", sage ich laut, wie um mir zu versichern, dass mir mein altes Leben noch nicht ganz gleichgültig geworden ist.

Luke schichtet das Holz fein säuberlich auf, zündet ein Feuer an und verschwindet dann, um die Ruinen des Hauses zu durchsuchen. Hope setzt sich neben mich, als ich beginne, die fettigen Fleischstücke des überraschend wohlgenährten Hundes zu braten. Zumindest für die nächsten Tage sollten wir damit versorgt sein.

Hope lehnt den Kopf gegen meine Schulter.

„Hey, Süße", sage ich und schaue sie von der Seite her an. Sie ist dünn, so wahnsinnig dünn. Man muss fast Angst haben, dass sie durchbricht. „Meinst du nicht, es ist an der Zeit, mal wieder etwas zu sagen?"

Ich weiß, dass es sinnlos ist. Ich weiß, dass sie nichts sagen wird, nichts sagen kann.

„Schaut mal!", schreit Luke plötzlich vom Wohnhaus rüber. Ich erschrecke so sehr, dass ich das Fleisch fast ins Feuer fallen lasse. Er rennt zu uns, einen Gegenstand in der Hand. Es ist ein Glas mit etwas drin, doch ich kann es nicht so richtig erkennen. Erst als ich es fast auf die Nase gedrückt kriege, so aufgeregt fuchtelt Luke damit vor meinem Gesicht herum, erkenne ich es: Nutella! Ein volles, unbeschädigtes Glas Nutella! Er springt begeistert umher – so begeistert, dass ich ihm seinen Fund sofort abnehme, nicht, dass noch ein Unglück geschieht – und rennt dann wieder auf Schatzsuche. Hope folgt ihm, die rote Mütze auf dem Kopf, zögerlich zwar, aber mit einem Funken Freude in den Augen.

Ich brate weiter das Hundefleisch und sortiere dann unsere Vorräte. Das habe ich mir in den letzten Wochen angewöhnt. Komisch eigentlich. Ordnung, Systeme, es war mir nie besonders wichtig, ob alles an seinem Platz ist. Aber da es oft das Einzige ist, was ich machen kann …

Zuerst die Klamotten. Viel mehr als das, was wir am Leibe tragen, ist es nicht. Ein paar Pullis und T-Shirts, zwei sehr kaputte Jacken, wenig Unterwäsche. Einen Mantel, der Luke noch etwas zu groß ist, aber als die Nächte noch kälter waren, haben wir ihn als zusätzlichen Schutz gut gebrauchen können.

Es ist erstaunlich, wie schnell Kleidung kaputtgeht, wenn man sie Tag für Tag anziehen muss. Ohne Waschmaschine, ohne die unerschöpflichen Alternativen eines Kleiderschranks. Aber als ich gepackt habe, war mir klar, dass wir alles, was wir mitnehmen, eben auch tragen müssen.

Und dann ist da noch mein Kleid. Ein kurzes, rotes Kleid. Ich habe es zum siebzehnten Geburtstag geschenkt bekommen. Es ist für den Abschlussball gewesen, für den Ball, auf den ich nie gehen werde, für den einen Jungen, mit dem ich zusammen gewesen bin und der jetzt tot ist. Mein Herz zieht sich schmerzhaft zusammen und mir steigen Tränen in die Augen. Schnell lege ich das Kleid wieder zur Seite.

Zwei Schlafsäcke. Zwei Decken. Dann der Rucksack mit unseren persönlichen Sachen. Ich öffne ihn und sehe das Familienfoto, das ganz oben liegt. Es versetzt mir einen schmerzhaften Stich, als ich die lächelnden Gesichter meiner Eltern sehe. Und Hope, die damals noch ein Baby war, so sicher und glücklich in meinen Armen. Dann ein Fotoalbum, das ich, wenn ich nicht schlafen kann, immer und immer wieder durchblättere.

Der Herr der Ringe, mein Lieblingsbuch. Mamas Bibel. Eine Märchensammlung, die Hope unbedingt hat mitnehmen wollen. Ich mag keine Märchen. Als ich klein war, hatte ich immer wahnsinnige Angst davor. Aber Hope liebt solche Geschichten. Vielleicht ja, weil es am Ende immer „Ende gut, alles gut" heißt. Oder „Und wenn sie nicht gestorben sind …".

Dann sind da noch die bunten Glasmurmeln, die keiner von uns seit Wochen auch nur eines Blickes gewürdigt hat.

Warum haben wir sie überhaupt mitgenommen? Diese Frage geistert mir eine Weile durch den Kopf, bis mir wieder einfällt, dass es wegen der Farben gewesen sein muss. So schön bunt. Ich vermisse die Farben so sehr, dass es fast schmerzt.

Darunter liegen fünf Kassetten, die wir jetzt nicht abspielen können, weil wir keine Batterien mehr für das tragbare Radio haben. Deshalb liegt das auch ganz unten, direkt neben ein paar Stiften und einem Block, dessen Blätter alle leer sind. Nur ganz vorne habe ich einen Kalender gemalt, um den Überblick zu behalten. Außer ein paar Tierfiguren ist der Rucksack jetzt leer. Schnell packe ich alles wieder ein. Unser Erste-Hilfe-Set lege ich gleich zur Seite. Bis auf ein paar Kratzer ist uns noch nichts weiter passiert.

Nun ist das Essen an der Reihe. Wir haben noch drei volle und vier leere Wasserflaschen – ‚frisches Wasser suchen', notiere ich mir in Gedanken –, etwas hartes Brot von meinen Backversuchen. Ein bisschen Mehl. Müsliriegel. Süßigkeiten aus dem Automaten, den ich an dem Bahnhof aufgebrochen habe. Ein paar Konserven, die ich aber so lange wie möglich aufsparen möchte. Die letzten zwei Packungen Nudeln. Es sind Schmetterlingsnudeln, meine Lieblingssorte, alleine schon wegen des Namens. Dann sind da noch einige leere Dosen, in die ich das gebratene Hundefleisch hineinstopfe. Jede Menge Zitronenmelisse, die gut ist für Tee, wenn wir mal wieder Wasser zum Abkochen finden. Und Löwenzahn, den wir in unserem einzigen Topf gesammelt haben. Löwenzahn, den ich in den letzten Wochen richtig zu schätzen gelernt habe. Und plötzlich wird mir klar, dass es doch noch Farben gibt. Löwenzahnblütengelb. Löwenzahn ist unverwüstlich.

Das Nutellaglas wickle ich erst in ein Tuch, dann lege ich es zuoberst. Alles in allem nicht sonderlich viel, aber zum Glück haben wir jetzt das Fleisch, sage ich mir, während ich alles wieder zusammenpacke. Zum Schluss nehme ich mir den Beutel mit den anderen Dingen vor, die man zum Überleben benötigt. Darin stecken drei Messer, doch das eine ist schon ziemlich stumpf. Drei Taschenlampen, bei zweien sind die Batterien schwach, sieben Kerzen, ein leeres und ein halbvolles Feuerzeug und drei Schachteln Streichhölzer. Nadel und Faden, obwohl ich nicht wirklich nähen kann, und drei ramponierte Zahnbürsten und eine Haarbürste. Ich versuche zumindest, darauf zu achten, dass wir nicht ganz verwahrlosen.

Luke ruft mich, doch diesmal klingt seine Stimme nicht freudig, sondern voller Angst. Ich greife nach meinem Bogen, der Köcher hängt wie immer über meinem Rücken, dann renne ich zum Haus.

Ich finde meine Geschwister hinter einer Wand, die früher einmal zum Wohnzimmer geführt haben muss. Hope steht ein paar Meter von mir entfernt, die Augen fest zusammengepresst, vor ihr ein kleiner Stapel mit Dingen, die sie im Haus gefunden haben müssen. Luke deutet kreidebleich und mit zitternder Hand auf einen Trümmerhaufen.

Darunter liegt die Leiche eines Mannes, die Augen angstvoll aufgerissen, eine Hand in Richtung eines zertrümmerten Schrankes ausgestreckt. Auf der Stirn hat er ein Einschussloch. Ich habe schon so viele Tote gesehen und dieser Mann ist ein Fremder, doch in meinem Kopf beginnt es zu arbeiten. Ich kann seine Verletzung sehen. Keine Anzeichen von Verwesung, keine ekligen, kleinen, Leichen fressenden Käfer. Er kann noch nicht lange tot sein. Wobei ich nicht weiß, wie lange es tatsächlich dauert, bis ein Mensch zu verfaulen beginnt. Und ich will es auch nicht wissen.

„Wir müssen weg von hier", höre ich mich sagen. „Vielleicht ist noch jemand in der Nähe. Luke, pack das Zeug auf den Wagen." Als mein Bruder nicht reagiert, wiederhole ich die Anweisung mit einer gewissen Schärfe in der Stimme, die ihn dazu bringt, das zu tun, was ich sage. Er nimmt die Fundsachen an sich, die immer noch vor Hopes vor Angst erstarrter Gestalt liegen, und rennt zurück.

Ich senke den Blick, starre in die Richtung, die mir die Hand des Toten weist. Und dann sehe ich sie. Zwischen den Holzteilen des Schranks liegt eine Pistole. Ich habe keine Ahnung von Waffen, aber sie scheint mir nicht allzu groß zu sein, schmutzig und mit unzähligen Kratzern übersät. Ich beuge mich vor und hebe die Waffe auf. Es ist eine ziemlich alte Waffe, das kann sogar ich erkennen. Ich versuche, den Abzug nicht zu berühren, halte die Pistole von uns weg, denn ich habe wahnsinnige Angst, dass ich etwas falsch machen und das Ding losgehen könnte. In einer Pappschachtel, die unter einem Regalbrett liegt, finde ich ein gefülltes Magazin und stecke es ein. Die Waffe macht mir Angst, und gleichzeitig fühle ich mich unbeschreiblich mächtig. Ich beschließe, sie mitzunehmen, und wickle sie vorsichtig in einen staubigen Kissenbezug. Jetzt muss ich nur noch herausfinden, wie man schießt.

Dann drehe ich mich um. Hope steht noch immer an derselben Stelle, die Augen weiterhin geschlossen. Vorsichtig gehe ich auf sie zu.

„Hope, wir müssen weiter", sage ich und hebe sie hoch. Sie presst das Gesicht an meine Brust und ich spüre ihr Zittern. Ich trage sie zu Luke, der neben seinem Fahrrad steht. Er starrt mich an. Ich lese eine Mischung aus Angst, Verzweiflung und Wut in seinem Blick.

„Ich will nicht weiter", sagt er, ganz ruhig und beherrscht.

„Aber wir müssen!" Ich klinge fast schon verzweifelt. Bitte nicht, kleiner Bruder, bitte nicht auch noch du.

Luke schüttelt den Kopf. „Ich gehe aber nicht!" Hope starrt ihren Bruder mit großen Augen an.

„Luke, bitte!", flehe ich und versuche, ihn zu seinem Fahrrad zu schieben. Er tritt ein paar Schritte zurück und presst die Lippen zusammen.

Ich fühle mich leer. In diesem Augenblick will ich nichts weiter, als ganz weit weg sein. Ich will das doch auch nicht mehr. Ich will mich nicht mehr um die beiden kümmern. Ich will mich nicht mehr um mich kümmern. Ich will keine Leichen und keine Zerstörung mehr sehen. Ich will nach

Hause. Ich will meine Eltern wiederhaben.

Du kannst das nicht mehr! Unvermittelt und plötzlich ist der Gedanke da. Wie ein Schlag gegen die Brust. Auch ich trete zurück, stolpere, Hope fällt aus meinen Armen auf den Boden. Ich stürze über einen Ast und finde mich auf der Erde wieder. Einige Sekunden ist alles still. Dann beginnt Luke zu weinen.

„Das wollte ich nicht", schluchzt er, „ich will das alles nicht mehr!"

„Ich weiß", antworte ich tonlos.

Hope läuft zu Luke und schlingt die Arme um ihn. Er hebt sie hoch und versucht, sie herumzuwirbeln. Dann stehe ich langsam wieder auf. „Wir sollten jetzt los", sage ich so ruhig ich kann, aber meine Stimme zittert. Mein ganzer Körper zittert. Hope setzt sich auf den Wagen, ihre rote Mütze fest umklammert. Luke nimmt sein Fahrrad, und dann gehen wir weiter. Immer weiter.

Am Abend zeigt mir Luke, was sie alles in dem zerstörten Haus gefunden haben. Stolz steckt er mir eine große Klammer ins Haar. Ein paar der Zähne fehlen und die Spange hat ihre rote Farbe fast vollständig verloren, doch ich freue mich trotzdem wahnsinnig darüber. Hope hat eine Kette gefunden, deren Band aus Silber ist und an der ein in Silber eingefasster Onyx hängt. Dann sind da noch zwei Bonbondosen ohne Inhalt. Die eine nimmt Hope an sich und legt die Kette hinein, nachdem sie die Dose mit Gras ausgepolstert hat. Irgendwann bittet mich Luke, etwas zu singen. „Um die dunklen Wolken zu vertreiben“, sagt er. Doch ich weiß, dass die größten Wolken tief in uns drinnen stecken. Und um sie loszuwerden, bräuchten wir ein Wunder.

5

10. Mai
Wir wandern und singen. Ich singe, bis ich keine Stimme mehr habe. Ich singe alles Mögliche – Kinderlieder, Kirchenlieder, Lieder von den Beatles und von U2, von Queen und noch unendlich viel mehr. Ich singe alles, woran ich mich erinnern kann – ich singe, damit ich die Melodien und Texte, die mich seit meiner Kindheit begleitet haben, nicht vergesse. Ab und zu singt Luke mit.

Hope schweigt.

Natürlich.

Sie klagt nie, sie stolpert immer weiter, bis ich sage, dass es reicht. Es ist, als würden wir vor irgendetwas weglaufen, das uns irgendwann ohnehin wieder einholen wird. Was, wenn es nie besser wird? Was, wenn dieser Wahnsinn nie aufhört und der Traum vom Paradies niemals Wirklichkeit wird? Tagsüber versuche ich, nicht an so etwas zu denken. Ich muss stark sein, wie ich es zu Luke gesagt habe. Aber am Abend kommen alle ungebetenen Gedanken zu mir zurück, schweben über mir und lassen mich nicht schlafen.

So kindisch es auch sein mag, aber das Einzige, was mich in diesem Moment aufmuntern kann, ist das Glas Nutella in unserem Rucksack. Ich weiß, es wird irgendwann auch leer sein, aber es macht auch Luke ein wenig glücklicher. Und darüber bin ich froh, denn ich könnte es nicht ertragen, wenn er sich auch so zurückzieht wie Hope.

Hope. Wie viele Sorgen kann ich mir noch machen, bevor es mich zerreißt? Seit einer Weile verweigert sie wieder das Essen – Bissen für Bissen muss ich ihr aufzwängen. Nachts drängt sich mir die Frage auf, ob man an Kummer sterben kann.

Obwohl das Wetter mit jedem Tag besser wird und sich der Sommer mit den ersten milden Nächten ankündigt, kann mich das nicht über unsere ausweglose Situation hinwegtrösten. Ich weiß, dass ich immer und überall nach einem Platz suche, an dem wir irgendwann einmal bleiben können. An dem wir sicher sind. Aber ich wage nie, mich konkret zu fragen, was genau ich erwarte. So kann ich auch nicht enttäuscht werden. Ich bin es trotzdem.

Wir kommen an zerstörten Dörfern und Städten vorbei, ausgebrannt, von Gräben durchzogen. Erdbeben haben ganze Häuserzüge verschlungen. Es hat seit Wochen nicht geregnet und der einzige Fluss, der unseren Weg gekreuzt hat, ist kaum mehr als ein braunes, schlammiges Rinnsal. Wir brauchen dringend Wasser! Wir brauchen Hilfe!

Das kleine Dorf liegt beinahe malerisch in der Landschaft. Es war sicher einmal sehr schön hier, Holzhäuser und kleine Farmen, umgeben von Wäldchen und Feldern. Aber vor dem grauen Himmel sieht alles nicht sehr vertrauenerweckend aus. Düster – das ist das Wort, das mir in den Sinn kommt, als ich die ersten Menschen sehe. Sie mustern uns finster. Sie sehen schmutzig aus, heruntergekommen, leer. Wahrscheinlich sehen sie aus wie wir.

Wir haben unseren Wagen ein ganzes Stück außerhalb versteckt, und Luke trägt einen kleinen Rucksack mit Dingen zum Tauschen: eine unserer Taschenlampen, ein Messer, das Radio. Viel ist es nicht, das weiß ich, aber wir haben nichts anderes. Ich trage Hope auf dem Rücken, teilweise, um sie in Sicherheit zu wissen, und teilweise, weil sie so den Bogen halbwegs verdeckt, denn ich weiß nicht, ob es gern gesehen wird, dass ich bewaffnet herumlaufe. Die Pistole habe ich auf dem Wagen gelassen. Ich habe mich noch nicht dazu überwinden können, sie auszuprobieren. Mit meinem Bogen kann ich wenigstens umgehen. Luke, dem ich zur Sicherheit ein Messer unter die Jacke gesteckt habe, hält sich so dicht neben mir, dass ich mehrmals fast über ihn falle.

Wir gehen eine Art Hauptstraße entlang, und ich beschließe, jemanden zu fragen, wo es hier Wasser gibt. Vor einem kleinen Holzhaus im Garten kniet eine Frau über einem Beet. Ihre Hände sind erdverkrustet. Es sieht so vertraut, so normal aus, wie sie da im Garten arbeitet, dass mir unwillkürlich leichter ums Herz wird. Ich gehe mit Hope und Luke auf sie zu. Ich beschleunige meine Schritte ein wenig, bis ich vor der Frau stehe. Ausdruckslos sieht sie uns an.

„Entschuldigung", beginne ich, „können Sie mir sagen, ob wir hier irgendwo etwas Wasser bekommen können?"

Eine ruppige Stimme hinter mir unterbricht mich. „Wasser?"

Ich drehe mich um und sehe einen Mann, den ich nur als bedrohlich bezeichnen kann.

„Wir sind hier nicht die verdammte Wohlfahrt, kapiert? Verpisst euch!"

Ich spüre, wie Hope sich noch fester an mich klammert. Ich zwinge mich, ruhig zu bleiben.

„Wir wollen keinen Ärger machen, wir brauchen nur ein wenig Wasser. Bitte. Für meine Schwester." Der Mann schnaubt verächtlich und geht einen weiteren Schritt auf mich zu. Luke stellt sich schützend vor mich, doch in diesem Moment sagt die Frau hinter mir: „Lass die Kinder in Ruhe!" Der Mann bleibt tatsächlich stehen, spuckt auf den Boden und verschwindet.

Ich drehe mich wieder um. „Danke …", setze ich an, doch die Frau unterbricht mich mit einer Handbewegung: „Reinkommen, schnell!"

Das Haus ist schmutzig und heruntergekommen, und ich bleibe hinter der Tür stehen.

Die Frau funkelt mich an. „Wie kannst du nur so blöd sein und die Kinder hierherbringen! Das ist kein guter Ort. Ihr müsst so schnell wie möglich weg!" Hoffnungslosigkeit steigt in mir auf. Werden wir je einen guten Ort finden?

Dann meldet Luke sich zu Wort: „Aber wir haben nichts

mehr zu trinken!“ Er zeigt ihr unsere leeren Flaschen. Die Frau nimmt eine davon in die Hand. Dann blickt sie von Luke über Hope zu mir.

„Bleibt hier!“ Sie verlässt das Haus. Einige Minuten später ist sie schon wieder zurück, die Flasche bis zum Rand gefüllt und ein zugeschnürtes Stoffbündel in der Hand. Sie steckt beides in den Rucksack, doch als ich ihr das Messer geben will, wehrt sie ab.

„Nein, ich … ihr braucht es dringender. Viel Glück!“

Ich lächle traurig. „Danke.“

Sie nickt und wendet sich ab. Wir verlassen das Haus und gehen die Straße entlang. Sobald wir uns ein Stück von dem Ort entfernt haben, stelle ich Hope auf den Boden und wir rennen zu unserem Wagen. Wir laufen noch den ganzen Tag, um so viel Strecke wie möglich zwischen uns und das Dorf zu bringen. Erst am Abend öffne ich das Bündel, das die Frau uns gegeben hat. Es ist vollgestopft mit Lebensmitteln. Später, als ich in meinem Schlafsack liege, fällt mir ein, dass ich den Namen der Frau nicht kenne. Ich hätte sie fragen sollen.

„Du bist ein guter Mensch“, flüstere ich in die Dunkelheit hinein.

So geht es weiter. Tag um Tag. Trostlosigkeit und Grau, wohin ich auch schaue. Wir suchen weiter nach Essbarem und machen dabei um jeden Menschen einen großen Bogen. Vor Luke und Hope versuche ich, zuversichtlich zu sein. Ich mache Scherze mit Luke, bringe ihn zum Lachen. Und selbst als er stürzt und sein Bein so anschwillt, dass ich mir schreckliche Sorgen um ihn mache, bleibe ich positiv. Doch es ist Zeit für eine Pause, das macht mir Lukes Unfall schmerzlich klar. Und so bleiben wir einen Tag an einem kleinen, verlassenen Hof mitten im Nirgendwo. Es ist einer dieser Tage, an denen das Land weniger grau wirkt und die Luft weniger schwer. Wir liegen in der Sonne, und ich lese Geschichten vor. Von den Vorräten essen wir mehr, als eigentlich klug ist. Mit Wasser aus einem kleinen Bach und Lehm aus dem Bachbett verpassen wir uns eine Kriegsbemalung. Luke ist mein „Junge, der in den Sternen läuft". Am Abend erzähle ich ihm von Star Wars und Luke Skywalker.

Tage später erreichen wir die Ausläufer einer großen Stadt. Vororte, Industriegebiete. Die erste Nacht verbringen wir in einem leeren Lieferwagen auf einem großen Parkplatz vor einem Supermarkt.

„Morgen schauen wir, ob es da drin noch etwas zu essen gibt", flüstere ich Luke ins Ohr, darauf bedacht, die schlafende Hope nicht zu wecken. Ich weiß, dass ihm das gefallen wird. Trotz all der Angst und Verzweiflung hat sich Luke seine kindliche Begeisterung für das Schatzsuchen erhalten.

Nur, dass es bei dieser Schatzsuche um unser Überleben geht.

6

20. Mai
In den frühen Morgenstunden höre ich ein Geräusch, das mich aus meinem unruhigen Schlaf hochschrecken lässt. Vorsichtig hebe ich den Kopf und spähe aus dem halb zerstörten Autofenster. Erst sind es nur Motorengeräusche. Dann nähert sich ein Pick-up mit einer Gruppe von Leuten darauf. Es sind, soweit ich es erkennen kann, nur Männer. Ach nein, da sind tatsächlich auch drei Frauen. Zwei von ihnen sehen den ungewaschenen, grobschlächtigen Männern sehr ähnlich.

Die dritte Frau gehört nicht zu der Gruppe, das kann ich selbst aus der Entfernung erkennen. Sie sieht gepflegter aus, hat einen großen Wanderrucksack auf dem Rücken und trägt ein Messer, das ihr einer der Männer gerade grob aus der Hand windet. Gewaltsam wird ihr der Rucksack vom Rücken gerissen und sie wird in den Dreck gestoßen. Ihre Wutschreie hallen über die leere Straße zu uns herüber. Sie scheint große Schmerzen zu haben.

Angst brennt mir wie Säure im Magen, als mir klar wird, dass ich nichts für die Frau tun kann. Die Gruppe besteht aus über zehn Personen, ich bin nur eine und habe zwar eine Pistole, kann sie aber nicht benutzen, und bei den Männern sehe ich mehrere Gewehre. Das wäre Selbstmord und ich muss schließlich auch an Luke und Hope denken. Die beiden spähen mittlerweile ebenfalls durch das Fenster. Ich wage nicht, etwas zu sagen, und auch die beiden sind mucksmäuschenstill.

Die Frau wehrt sich. Sie tobt und brüllt und versucht, wieder an ihren Rucksack zu gelangen, bis ihr ein Gewehr an den Kopf gedrückt wird.

Ich will das nicht sehen. Ich will Luke und Hope nach unten drücken, doch ich kann mich nicht bewegen. Ich spüre, wie Luke neben mir zittert und Hope zur Salzsäule erstarrt.

Was genau die Männer sagen, kann ich nicht verstehen, aber es ist offensichtlich, dass die Frau außer sich ist. Denn selbst das Gewehr bringt sie nicht dazu, sich ruhig zu verhalten. *Bitte,* will ich zu ihr sagen, *bitte, lass die Männer ziehen, lass sie deine Sachen behalten!*

Dann kommt der Schuss.

Die Frau sinkt zu Boden, reglos wie eine Stoffpuppe, ihre roten Haare vermischen sich mit dem Blut, das aus ihr heraussickert. Mir wird schlecht.

Tränen steigen mir in die Augen und ich lege mich flach hin, ziehe meine Geschwister zu mir heran und beginne zu beten. Eigentlich bete ich nie. Ich weiß nicht einmal, ob ich an Gott glaube. Aber wenn es einen Gott geben sollte, kann ich nicht verstehen, warum er nichts gegen dieses ganze Elend tut. Vielleicht *will* er ja auch, dass die Menschen einander ausrotten, … dass eine neue Art als Herren der Erde aufsteigt. Käfer oder so. Ein hysterisches Lachen steigt in mir auf, als ich mir gigantische Käfer vorstelle, die einkaufen gehen. So presse ich den Kopf in eine der Decken, umklammere die Pistole und bitte – wen auch immer –, dass wir nicht entdeckt werden. Dass es aufhört. Dass wir alle eines Tages ins Paradies finden werden.

So vergehen die Minuten. Zähe Minuten, in denen wir einfach nur daliegen, aneinandergedrängt. Irgendwann fallen Hope die Augen wieder zu, doch Luke bleibt wach. Um ihn abzulenken, beginne ich Wörter und kleine Figuren auf seine Handfläche zu malen. ‚Kleiner Indianer'. Luke lächelt schwach. Irgendwann zieht er meine Hand zu sich, malt mit dem Zeigefinger ein Herz darauf und drückt mir einen Kuss auf den Handrücken. Ein warmes Gefühl durchströmt mich.

Eine Weile später höre ich das Anlassen des Motors. Ich hebe den Kopf. Die Männer klettern auf die Ladefläche ihres Wagens. Ich erhebe mich noch ein Stück weiter. Dass meine Neugierde uns in Gefahr gebracht hat, merke ich erst, als ich sehe, wie einer der Männer mich direkt anblickt. *Jetzt ist es vorbei!,* denke ich, als ich in seine dunklen Augen starre, die mir aus einem Gesicht entgegenleuchten, das die Farbe von Bitterschokolade hat. Doch der Mann legt nur einen Finger an seine Lippen, deutet ein Kopfnicken an und steigt schnell auf.

Ich reiße den Kopf herunter und stoße prompt an die Seitentür. Für einen kurzen Augenblick ist der Schmerz wie eine Erlösung, eine Betäubung, wenn nichts mehr hilft. Dann strömt das Blut zurück und alles beginnt, unangenehm zu pochen.

Warum hat der Mann nichts gesagt, als er mich gesehen hat? Warum hat er uns nicht verraten? Ich bin ihm dankbar, auch wenn er dabeigestanden hat, als sie die Frau getötet haben. Vielleicht hatte er ja Kinder. Vor den Katastrophen. Vielleicht …

Es bringt mich nicht weiter, über den Mann nachzudenken. Ich wecke Hope. Luke sagt wenig, doch er hilft mir, unseren Wagen aus dem Versteck zu holen, dann holt er Fahrrad und Seil. Hope bewegt sich nicht, eingerollt liegt sie auf einer der Decken, bis ich sie auf den Wagen lege. Ihr kleiner Körper ist eiskalt. Ich bringe sie dazu, etwas zu trinken, dann schläft sie weiter. Luke zieht mich am Ärmel.

„Stirbt sie jetzt?" Er fragt das ganz leise, und in seiner Stimme liegt so viel Schmerz, dass ich es fast nicht ertragen kann.

„Nein, wird sie nicht", antworte ich schnell. Dabei habe ich mir die gleiche Frage selbst viel öfter gestellt, als ich zugeben möchte. „Sie braucht einfach Ruhe. Sie ist müde und will nicht weiter." Ich erwarte, dass er jetzt sagt: ‚Ich auch nicht.' Doch das sagt er nicht. Und ich wünsche fast, er hätte es getan. Denn Wut ist besser als Schweigen. Unendlich viel besser.

Wir gehen wieder los. Am Stadtrand entlang. Und irgendwann platzt es aus Luke heraus. „Warum haben sie sie getötet?" Ich sehe die Müdigkeit und die Stärke in seinen blauen

Augen, die sich einen ewigen Kampf zu liefern scheinen.

„Sie wollten ihre Vorräte." Meine Stimme wird bei den letzten Worten leiser, weil es mir selbst nicht wie die richtige Antwort vorkommt. Nichts, was wir bisher erlebt haben, rechtfertigt es, einen Menschen zu töten. Normalerweise. Aber was ist schon normal, denke ich bitter und sehe die zerstörten Häuser, die eingeschlagenen Fensterscheiben, die ausgebrannten Autos.

„Aber warum töten sie?", flüstert Luke entsetzt.

So können nur Kinder fragen.

Warum?

Ich atme tief ein. „Sie haben Hunger."

„Aber wir haben doch auch Hunger."

Was soll ich dir nur sagen, Luke? Ich verstehe es doch auch nicht. Was kann ich dir sagen, was es leichter für dich macht, zu ertragen, was aus uns allen geworden ist?

„Wir werden niemandem schaden!", sage ich bestimmt. „Das ist nicht in Ordnung. Vorher … früher hätten wir das auch nie getan." Da ist so viel mehr, was ich sagen sollte, aber ich finde keine Worte.

Luke überlegt eine Weile, dann sagt er: „Vielleicht ist die Erde einfach verrückt geworden."

Ich lächle schwach. „Ja, vielleicht."

7

Die Stadt scheint kein Ende zu nehmen. Es ist inzwischen Nachmittag und wir laufen immer noch. Plötzlich schreit Luke auf. Er stürzt vom Fahrrad, und ich sehe, dass das Vorderrad in einem seltsamen Winkel absteht. Verdammt! – die letzten Tage hat es manchmal schon verdächtig geschlingert, aber ich hatte nicht die Kraft gefunden, es zu reparieren. Luke schlägt hart auf den Boden auf, reißt ein Loch in seine Jeans und schlägt sich das Knie auf.

„Scheiße!“, faucht er und schiebt gleich hinterher: „Entschuldigung.“

Ich muss schmunzeln. Mama hat es immer gehasst, wenn uns auch nur das kleinste Schimpfwort über die Lippen gekommen ist. Mich stört das nicht. Fluchen hilft.

Ich hole unser Verbandszeug vom Wagen, doch davon wird Hope wach. Sie setzt sich aufrecht, fast so als wäre sie nicht sicher, wo sie sich gerade befindet. Ich verpflastere Lukes Knie, der keinen Mucks von sich gibt.

„Ist nicht so schlimm“, versichert er mir, doch als er sein Fahrrad sieht, verliert auch er die Fassung. Das Fahrrad war sein Ein und Alles. Sein Stück Normalität. Ein paar Speichen sind gebrochen, und die vordere Gabel ist angeknackst, der Reifen wird also nicht mehr vernünftig gehalten. Ich bezweifle, dass ich das reparieren kann. Luke ist verzweifelt, und so stelle ich Hope auf ihre eigenen Füße, und wir legen das Fahrrad vorsichtig auf den Wagen. Ich nehme Hopes Hand und will die zwei gerade um die nächste Häuserecke führen, als ich ein Geräusch höre, das aus dieser Richtung kommt. Ich strecke die Hand aus, damit sie stehen bleiben. Noch mehr beunruhigende Geräusche. Ich deute auf eine halb zerfallene Wand und zische: „Ihr bleibt hier!" Die zwei starren mich aus weit aufgerissenen Augen an. Ich greife nach einem Pfeil und spähe um die Ecke. Mein Herz klopft so wild, dass es sich anfühlt, als wolle es gleich zerspringen.

Niemand zu sehen. Ich gehe weiter, immer in der Nähe der Wand und versuche, einen Blick um die nächste Ecke zu erhaschen. Ein weiterer vorsichtiger Schritt.

Noch bevor ich reagieren kann, packt mich jemand am Arm. Ich schreie, meine Hände lassen reflexartig die Sehne los, und der Pfeil bohrt sich in den Boden. Ein großer Mann wirft mich zu Boden. Ich habe das Gefühl, dass mir jemand den Brustkorb zerquetscht, als der Mann mir einen seiner Stiefel auf meine Brust drückt. Ich kann nicht mehr denken. Nicht mehr atmen.

Alles verschlingende Angst.

Ich drehe und winde mich. Der Mann beugt sich herunter. Er hat ein grobes Gesicht und harte Augen.

„Na, wen haben wir denn da?" Achtlos kickt er meinen Bogen zur Seite. Ein zweiter Mann tritt hinzu.

„Was für ein hübsches Mädchen“, sagt er sanft. Er kniet sich neben mich. Ein schmieriger Typ. Habe ich ihn nicht bei den Männern vorhin am Pick-up gesehen?

Ich zittere. Jetzt ist es aus, denke ich, doch dann steigt Kampfeswille in mir auf. Als der Mann sich noch dichter zu mir heran beugt, mir durch die Haare fährt, meinen Kopf ein Stück nach oben zieht und mir sein widerlicher Atem in die Nase steigt, nehme ich allen Mut zusammen und spucke ihm ins Gesicht. Er zuckt kurz zurück, dann stößt er meinen Kopf grob auf den harten Boden. Die Haarklammer bohrt sich schmerzhaft in meinen Hinterkopf. Tränen schießen mir in die Augen, und ich hoffe, dass Luke und Hope bleiben, wo sie sind.

„Was tun wir denn normalerweise mit so hübschen Mädchen?“, fragt der Schmierige den Mann, der mich zuerst geschnappt hat. Er ist offensichtlich der Boss und bekommt als Antwort nur ein dreckiges Lachen.

Ich weiß, was sie mit mir machen wollen. Aber das wird nicht passieren! Verzweifelt versuche ich, freizukommen. Angst und Wut schießen gleichermaßen durch meinen Körper. Der Große nimmt den Fuß von meinem Brustkorb, doch ich schaffe es nicht, abzuhauen, denn den Bruchteil einer Sekunde später hat er meine Arme gepackt und nagelt mich mit festem Griff schmerzhaft auf den Boden. Der Schmierige stellt sich über mich. Ich trete nach ihm, doch er setzt sich auf meine Beine. Dann reißt er an den Knöpfen meines Hemdes.

„Nein … Nein … Nein!!!“, schreie ich. Ich spüre seine kalten Finger an meinem Körper.

„NEIN!!!“ Ich spüre das Gewicht des Mannes. Ich spüre seinen Körper und wie er versucht, meine Hose herunterzuziehen. Adrenalin schießt durch jeden Winkel meines Körpers. Mit einem weiteren Schrei befreie ich mein rechtes Bein und trete dem Mann zwischen die Beine. Er schreit auf und rammt mir seine Faust in den Magen. Der Schmerz blendet mich und ich rolle mich zur Seite. Ruhe breitet sich in mir aus, trotz all der Qualen.

Ist das Sterben?, frage ich mich. Wieder Schmerzen. Ich will sterben. Dann ist alles vorbei.

Aber ich sterbe nicht. Ich weiß nicht, wie viel Zeit vergeht. Vielleicht eine Sekunde. Vielleicht eine Stunde. Vielleicht ein Tag. Irgendjemand schreit.

Ich schreie. Ich bin das. Ich schreie und schreie, aber niemand hört mich.

Irgendwann lässt der Schmerz wieder nach. *Bin ich tot? Lass mich tot sein, bitte!*, denke ich. Wieder Schmerz. Dann eine Stimme, die nach mir ruft. Meinen Namen.

„JUDY!“, kreischt ein Mädchen.

Hope. Süße, kleine Hope. Hoffnung!

Aber wir haben keine Hoffnung mehr. *Jetzt werde ich sterben,* denke ich und warte auf die Erlösung. Füge mich.

Dann ertönt ein Schuss. Ein schwerer Körper kracht neben mir auf den Boden. Ich reiße die Augen auf. Der große Mann liegt neben mir. Blut sickert aus einer Wunde an seinem Hals und flutet über meine Hände. Während der zweite Mann etwas Unverständliches schreit, sehe ich den Bogen nur eine Armlänge neben mir liegen. Ich strecke mich danach, bekomme ihn zu fassen, krieche zu dem Pfeil, der sich in den Boden gebohrt hat. Ich höre Schritte hinter mir, wirble herum. Dann lasse ich die Sehne los und mein Pfeil trifft den zweiten Mann in die Brust. Seine Augen weiten sich überrascht.

„Hübsches Ding", keucht er, und ein schreckliches Lächeln verzerrt seine Züge, als auch er zu Boden stürzt. Ich habe keine Kraft mehr und falle, ohne mich abzustützen, der Länge nach wieder nach vorne. Ich höre ein Knacken, ein glühend heißer Schmerz jagt durch meinen Brustkorb. Um mich herum wird alles schwarz. Dann still.

Ich löse mich auf. Ich schwebe. Sterne um mich herum, Sterne in meinem Kopf. Alles dreht sich.

Ich werde davon wach, dass mir jemand Wasser über den Kopf gießt. Ich blinzle, und für einen Moment habe ich keine Erinnerung mehr. Doch dann trifft mich alles mit einer ungeheuren Wucht, und zum ersten Mal begreife ich, was mit dem Spruch „Selig sind die Unwissenden" gemeint ist. So ungefähr hieß das doch. Mein Körper zittert unkontrolliert und in mir zieht sich alles zusammen. Mein Blick droht erneut zu verschwimmen. Ich kann gerade noch Hope erkennen, die mit einer Wasserflasche zur erneuten Dusche ansetzt. Ich stöhne leise.

Meine kleine Schwester beugt sich zu mir herunter, und ich sehe, dass sie mindestens genauso stark zittert wie ich. Ich schließe sie in die Arme.

„Alles okay. Es ist alles gut", flüstere ich und überlege mir, wen ich damit eigentlich belügen will. Vorsichtig blicke ich mich nach Luke um. Er ist etwa drei Meter hinter uns, kniend, den Mund zu einem stummen Schrei geöffnet. Mit starrem Blick schaut er auf die beiden toten Männer. Vor ihm liegt die Pistole. Ich schiebe Hope zur Seite und krieche zu ihm, weil meine Beine beschlossen haben, mich nicht länger tragen zu wollen.

„Luke?"

Er reagiert nicht. Erst jetzt beginne ich zu begreifen, was soeben geschehen ist. Der Schuss. Die Pistole vor ihm. Er hat den einen Mann getötet. Ich ziehe ihn zu mir. Ich habe keine Worte, kann ihn nur festhalten. Hope kommt auch zu uns herüber.

Ich weine, ich kann nichts dagegen tun. Hope wischt die Tränen von meinen Wangen, dann klammert sie sich an uns. Eine ganze Weile sitzen wir so da, in Schmerz und Verzweiflung gefangen. Ich habe das Gefühl, dass etwas in mir zu Bruch gegangen ist. Schließlich löse ich mich sanft von meinen Geschwistern, ziehe die Nase hoch und sage, was schon längst hätte gesagt sein müssen: „Wir müssen weg."

Aber noch bevor sich einer von uns bewegen kann, höre ich wieder ein Geräusch. Als ich mich umdrehe, steht da der dunkelhäutige Mann, den ich mit der Gruppe von Plünderern gesehen habe. Hope umklammert mein Bein noch fester. Ich starre den Mann an. Sein Blick gleitet über die beiden toten Körper am Boden. Dann sieht er Luke an, Hope an meinem Bein. Und wieder mich. Seine braunen Augen sind warm, vertrauenerweckend, stehen im krassen Gegensatz zu der Waffe in seiner Hand. Die Angst schlägt Krallen in meinen Körper, als mir klar wird, dass er den Schuss gehört haben muss. Er und die anderen. Waren sie nicht weggefahren?

Der Mann löst sich aus seiner Starre. „Worauf wartest du noch? Verschwindet von hier!“ Seine Stimme ist nicht laut, nur eindringlich. Nervös dreht er sich um, lässt seinen Blick von den Toten am Boden in die Richtung der Lebenden wandern. „Na los, Mädchen, lauf!“

Er will uns helfen! Ein weiteres Mal! Die Erkenntnis sickert langsam in meinen Kopf. Wir können gehen, können sogar unseren Wagen mit den Vorräten mitnehmen.

Luke macht den Anfang. Er löst sich aus seiner Starre, versucht aufzustehen und fällt zu Boden. Ich richte mich schwankend auf. Mein Körper schmerzt, doch ich versuche, all das zu ignorieren.

„Weißt du noch, was ich zu dir gesagt habe?“, frage ich Luke.

„Wir müssen stark sein“, flüstert er tonlos. Aber so, wie er es sagt, weiß ich, dass er nicht mehr daran glaubt.

„Ganz genau!“, sage ich und ziehe ihn hoch.

Erst jetzt sehe ich, dass mein Oberkörper voller Blut ist. Ob von mir oder von den beiden Toten – ich will es gar nicht wissen. Ich spüre die Blicke des Mannes, die uns folgen, als wir uns umdrehen und loslaufen. Langsam, denn die Schmerzen in meinem Körper jagen in Wellen durch mich hindurch und nehmen mir den Atem. Hope klammert sich an meine Hand, mit der anderen zerre ich den Anhänger hinter mir her. Luke folgt uns schweigend.

Ich halte den Atem an und warte nur auf den Moment, in dem ein weiterer Schuss ertönt. Einer, der uns gilt. Aber der Moment kommt nicht. Und als ich mich umdrehe, sehe ich nur den Mann, der immer noch dasteht und uns jetzt den Rücken zugekehrt hat, ganz so, als wolle er uns eine sichere Flucht garantieren. Dann sind wir um die nächste Straßenecke gebogen und der Mann ist verschwunden.

Wir lassen die Stadt hinter uns. Immer weiter gehen wir, eine Stunde, zwei Stunden, vier Stunden. Die aufziehenden Regenwolken verdunkeln den Himmel, gehen Hand in Hand mit dem verstreichenden Tag. Hope taumelt vor Müdigkeit. Ich fühle mich seltsam. Seltsam leicht. So, als würde sich alles auflösen. Wenn wir nur weitergehen, werden wir sicher sein, denke ich. Alles wird gut. Ob ich jetzt verrückt werde?

Es fängt an zu regnen und schon nach kurzer Zeit sind wir vollständig durchnässt. Ich stolpere immer weiter und meine Muskeln brennen.

„Ich will nicht mehr! Ich will schlafen!“, jammert Luke, doch ich reagiere nicht. Es ist inzwischen vollständig dunkel geworden. Man kann nur einen blassen Mond zwischen all den Wolken erahnen. Der Boden ist aufgeweicht und es ist schlammig geworden. Wohin wir laufen ist mir egal. Nur weg. Wieder laufen Tränen über mein Gesicht, doch vielleicht ist es auch der Regen. Irgendwann dringt Lukes Stimme durch den Regen zu mir durch. „Schaut mal, da, ein Feuer!“

Mein Blick folgt seiner ausgestreckten Hand. Wir können die Schemen eines Gebäudes erkennen. Es sieht aus wie eine Scheune und darin flackert etwas.

Hopes Hand entzieht sich meiner und plötzlich rennt sie los. Ich weiß nicht, was in sie gefahren ist.

„Hope, bleib hier!“, schreie ich, doch meine dünne Stimme wird vom Regen und vom Wind geschluckt. Ich habe solche Angst. Was, wenn das Leute sind, die uns töten wollen? Und eine leise Stimme flüstert in meinem Kopf: *Vielleicht wäre das nicht schlimm.*

Luke steht zitternd neben mir. Ich kann Hope kaum noch erkennen. Mein Blickfeld trübt sich. Dann sehe ich eine Person in den Lichtschein treten. Und ich bin sicher, dass diese Person auch uns sieht. Hope, wie sie in Richtung des Feuers rennt. Luke und ich, wie wir nebeneinander im Regen stehen. Meine Muskeln entspannen sich. Ich kann mich nicht mehr halten und sinke vornüber in den weichen Schlamm. Mir ist kalt, entsetzlich kalt. Regenkalt. Schneekalt. Eiskalt. Dann ist alles schwarz.

8

Als ich aufwache, ist es warm. Angenehm warm. So wie an einem Sommermorgen. Ich empfinde ein Gefühl der Geborgenheit, von Frieden und Farben. Doch in den Kokon aus bunten Farben und Licht tropft Schwärze, sickert durch kleine Risse, die sich langsam ausbreiten.

Ich höre jemanden meinen Namen flüstern, immer und immer wieder. Ganz weit entfernt.

‚Luke, bist du das?', will ich fragen, doch ich kann mich nicht daran erinnern, wie man spricht. Also versuche ich, die Augen zu öffnen. Auch das gelingt mir nicht. Meine Lider sind bleischwer. Ich höre eine andere Stimme, eindeutig männlich, unbekannt.

„Ich glaube, sie wacht auf – kannst du mich hören?" Mühsam mache ich die Augen einen Spalt weit auf. Aber ich sehe nichts. Da ist nur Nebel in meinem Kopf und vor meinen Augen. Warmer, weicher Nebel. Ich öffne den Mund.

„Was …", krächze ich, versuche blind, mich aufzurichten, und spüre Hände, die vorsichtig meinen Kopf stützen. Jemand hält mir eine Flasche an die Lippen. Ich trinke etwas, versuche es zumindest. Ich kann kaum schlucken und habe den Eindruck, dass das meiste Wasser über mein Kinn läuft.

Ich fühle mich durch und durch elend, aber wenigstens fühle ich. Mein ganzer Körper schmerzt, und als ich mich aufsetze, fängt die Welt abermals an, sich vor meinen Augen zu drehen.

„Langsam, langsam", sagt die unbekannte Stimme von vorhin.

Halb sehe, halb spüre ich, wie Luke sich zu mir herüberbeugt. „Judy, alles okay?", fragt er, und ich höre die Angst in seiner Stimme. Tränen tropfen auf mein Gesicht. Jemand stützt mich von hinten und als ich endlich aufrecht sitze, reiße ich mit aller Kraft die Augen auf. Luke kniet über mir und fällt mir eine Sekunde später um den Hals. Ich stöhne auf, als mein geschundener Körper protestiert. Erschrocken lässt er mich wieder los.

„Entschuldigung, das wollte ich nicht … Tut mir leid …"

Ich höre ihm nicht zu. Nahe bei mir knistert ein Feuer, das seltsame Schatten an die Wände wirft. Wände. Wo bin ich? Langsam wird mir klar, dass es die Wände der Scheune sein müssen. Ich drehe den Kopf, renke mir dabei fast sämtliche Halswirbel aus – zumindest fühlt es sich so an – und versuche, denjenigen zu erspähen, der hinter mir sitzt. Sekunden später blicke ich in das Gesicht eines jungen Mannes, nur wenig älter als ich, der mich freundlich anlächelt.

„Hey, ich bin Raphael. Du bist in Sicherheit, Judy", sagt er, und ich meine, seine sanfte Stimme zu kennen. Raphael. Einer der Erzengel. Unser Retter ist ein Engel. Für einen Moment bin ich fast gewillt, daran zu glauben, doch mein rationaler Teil vertreibt diesen träumerischen Gedanken sofort. Engel? So ein Quatsch!

Raphael hat halblange, verfilzte, schmutzig-blonde Haare, grüne Augen, in denen Sorge schimmert, und im Gegensatz dazu einen Mund, der zum Lachen geboren scheint. Und obwohl er ein Fremder ist, verspüre ich nicht das kleinste bisschen Angst. Vielleicht ist es sein Ton oder die Art, wie er mich und meine Geschwister ansieht – fürsorglich, sanft. Ich weiß, dass er keine Gefahr für uns ist.

Erst jetzt fällt mir auf, dass ich Hope noch nicht gesehen habe. Ich bleibe an Raphael gelehnt sitzen und schaue mich um. Da liegt sie, zusammengerollt wie eine Katze, die Augen geschlossen. Und vor ihr sitzt ein weiterer Junge, vielleicht etwas älter als Luke. Mit ernster Miene sieht er mich an. Ich will die Decken abstreifen, doch Raphael hält sanft meine Handgelenke fest.

Urplötzlich überfällt mich wieder die Erinnerung an die beiden Männer. Der widerliche Typ, der mich festgehalten hat. Die Panik kommt in Wellen. Ich reiße mich los.

„Lass mich!“, schreie ich und schlage Raphaels Hände weg. Hope fährt hoch, der Junge neben ihr springt auf die Beine, ein kurzes Messer in der Hand. Luke greift nach der Pistole, die neben ihm liegt, und zielt auf Raphael. Der zuckt zusammen, doch dann hat er sich wieder im Griff.

„Beruhigt euch, alle miteinander“, sagt er, und nur seine Stimme zittert ganz leicht.

„Geh weg von ihr!“, faucht Luke.

Ich bin wie versteinert. Vielleicht habe ich die Situation unterschätzt. Doch bevor sich irgendjemand rühren kann, durchbricht eine leise, aber bestimmte Stimme das Chaos.

„Nein!"

Hope. Sie sitzt da, mit großen Augen, hat die Arme um den Körper geschlungen und wiegt sich hin und her. Hope. Mit großen Augen starre ich meine Schwester an. *Du sprichst – du sprichst wieder?*

„Luke, gib mir die verdammte Waffe!", sage ich schließlich mit aller Autorität, die ich aufzubringen vermag. Tatsächlich lässt er die Waffe sinken und legt sie neben mich. Mit zitternden Fingern nehme ich die Waffe an mich und atme ein paarmal tief durch, um die Angst wieder zu vertreiben.

Raphael wendet sich an Hope, die am ganzen Körper bebt und jetzt zu mir herübergekrochen kommt. Ich lege meinen Arm um sie. Raphael versucht sich an einem Lächeln, doch mir entgeht nicht, dass er die Waffe nicht eine Sekunde aus den Augen lässt. Und als er spricht, sieht er Hope zwar an, aber ich spüre, dass seine Worte an uns alle gerichtet sind.

„Es ist alles okay, Kleine. Niemand wird dir hier was tun. Wie heißt du?" Keine Antwort. Hope hüllt sich wieder in ihr Schweigen.

Raphael versucht nun, einen lockeren Ton anzuschlagen. „Was habt ihr denn heute gemacht, Kleines? Seid ihr weit gelaufen?", fragt er, sein Tonfall aufgesetzt und eine Spur zu fröhlich. Aber Hope kann nichts mehr sagen, das sieht man ihr an.

Dann wendet Raphael sich an mich. „Was ist euch passiert?"

„Wir haben zwei Männer … Sie sind jetzt …", beginne ich.

Raphael versucht es noch einmal mit ruhiger Stimme: „Was ist *dir* passiert?" Sein Blick gleitet über meinen blutverschmierten Körper, über Luke, der in sich zusammengesunken dasitzt, und zu Hope, die nun doch den Mund aufmacht.

„Dinge, die man nicht tut", flüstert sie fast unhörbar – und klingt dabei so, als wäre sie tausend Jahre alt.

Ein Funken Angst blitzt in Raphaels Augen auf. Er mustert mich mit einer Mischung aus Unverständnis und Mitleid. Ich bin dankbar, dass er nicht nachhakt.

„So etwas tut man sicher nicht." Er wendet sich lächelnd an Hope: „Du hast eine schöne Mütze. Wie heißt du?"

Hope lächelt zaghaft zurück und erst jetzt beginne ich zu begreifen, was hier gerade passiert. Hope spricht! Sie spricht tatsächlich!

„Hope. Und das da", sie zeigt auf mich, „ist Judy. Und das ist Luke."

Raphael lächelt sein warmes Lächeln. „Ich bin Raphael, und das ist Joe." Luke und Joe bleiben bei der Erwähnung ihrer Namen völlig unbeteiligt. Ich bin sprachlos.

Raphael hat Hope zum Sprechen gebracht. Fast einen Monat hat sie nichts gesagt und beim erstbesten Fremden öffnet sie den Mund. Ich beschließe, ihrem Gespür zu vertrauen. Ich bin auch viel zu erschöpft für Misstrauen.

Mit einem vorsichtigen Lächeln wendet sich Raphael wieder an mich. „Judy." Er spricht den Namen so sanft aus, als könne der Klang seiner Stimme mich verletzen. „Sollen wir schauen, ob du verletzt bist?" Er deutet mit unbestimmter Geste auf meine blutigen Kleider.

Ich nicke. Dann schüttle ich den Kopf. „Ist nicht mein Blut." Denke ich zumindest.

Er zuckt mit den Schultern. „Du kannst dich waschen, wenn du willst. Draußen ist ein kleiner Teich. Es hat noch nicht aufgehört zu regnen, aber eine Dusche kann dir bestimmt nicht schaden." Er zeigt in Richtung des Eingangs. „Ich kann dir den Weg dorthin zeigen."

Sofort werde ich wieder misstrauisch. Ich will mich nicht von meinen Geschwistern trennen. Um nichts in der Welt werde ich die beiden alleine lassen.

Luke kommt meinen Einwänden zuvor. „Ich bleibe bei Hope, Judy." Er zögert einen Moment und sieht mich traurig an. „Du siehst echt gruselig aus mit dem ganzen Blut."

Für einen Moment schließe ich die Augen. Ich wünsche mir so sehr, dass ich alles ungeschehen machen könnte.

„In Ordnung." Ein Blick in Lukes entschlossene Miene sagt mir, dass ich ihm vertrauen kann.

Raphael hilft mir auf die Beine. Ich lasse ihn los, komme aber ins Wanken, und er hält mich sofort wieder fest. Auf seinen Arm gestützt führt Raphael mich nach draußen. Es regnet noch immer. Ein angenehmer, weicher Regen. Wir kommen an einen kleinen Teich, auf dem Seerosen wachsen.

Mit einigen Mühen streife ich meine Jacke ab, dann wende ich mich zu meinem Begleiter um. Jetzt, wo er so neben mir steht, merke ich, dass er ein gutes Stück größer ist als ich. Er sieht mich mit schief gelegtem Kopf an.

„Soll ich dir vielleicht frische Kleidung bringen?", fragt er und erspart mir somit, ihm sagen zu müssen, dass er verschwinden soll.

Ich nicke. „Das Zeug liegt auf unserem Wagen."

Er dreht sich um und geht.

„Raphael", sage ich rasch. Er bleibt stehen. „Danke." Ich kann sein Gesicht nicht sehen, bin mir aber sicher, dass er lächelt.

Dann bin ich alleine. Erinnerungen an alles, was ich gerne vergessen möchte, schleichen sich zurück. So vorsichtig ich kann, ziehe ich mich aus, habe aber schon nach wenigen Augenblicken kaum mehr die Kraft, mich auf den Beinen zu halten, und lasse mich auf meine Knie sinken. Dann krieche ich langsam ein Stück weit in den Teich hinein. Das Wasser ist kalt. Aber es ist auch angenehm betäubend. Und plötzlich habe ich das seltsame Gefühl, über der ganzen Szenerie zu stehen. Das Wasser lässt mich schweben. Ich sehe mich im Teich stehen, der Regen rinnt über meinen dünnen Körper, verklebt meine langen braunen Haare, vermischt sich mit den Tränen, die mir übers Gesicht rollen. Ich habe blutige Schrammen an den Knien und Ellenbogen und einen langen Riss über der Brust, der zum Glück nicht tief ist. Außerdem ist mein Körper von Blutergüssen übersät.

Ich spüre einen leichten Ekel. Mein ganzer Körper scheint mir schmutzig zu sein von den Berührungen des Mannes. Langsam schöpfe ich das Wasser mit meiner Hand und wasche mich. Ich wasche sämtliche Erinnerungen an diese Berührungen von meiner Haut.

Es hört auf zu regnen und die Wolken reißen auf. Ich kann den Mond sehen. Weiß strahlt er über allem und unter seiner blassen Herrschaft lasse ich mich treiben. Irgendwann höre ich Raphael, der etwas sagt, was ich nicht ganz verstehe, mir die Kleider hinlegt und dann wieder geht. Ich lasse die Augen geschlossen, höre, wie sich seine Schritte entfernen. Hier fühle ich mich geborgen und die Erinnerungen schmerzen nicht so sehr. Das leise Plätschern erinnert mich an einen Tag im August letzten Jahres. Vor den Meteoriten, vor den Erdbeben. Ich glaube, es war ein Sonntag – der perfekte Sonntag für ein Picknick mit Mama und Papa, Hope und Luke an einem kleinen Weiher. Ich erinnere mich an die Wasserkäfer und an die kleine Blindschleiche, die Luke im Gras aufgescheucht hatte. Mama hatte Hope und mir aus Gänseblümchen einen Haarschmuck gebastelt. Ich fand das furchtbar kindisch, das weiß ich noch. Ich denke, es ist der letzte schöne Sommertag gewesen.

Mir wird kalt. Ich lasse mich noch so lange treiben, bis ich es nicht mehr aushalte, dann steige ich aus dem Wasser, trockne mich mit meiner alten Jacke so gut wie möglich ab, schlüpfe in meine zweite Jeans und ziehe mir einen dicken Pulli über.

Als ich zurück zur Scheune komme – das nächtliche Bad hat meinen schmerzenden Körper zumindest so weit erfrischt, dass ich wieder laufen kann –, schläft Hope schon. Auch Joe liegt neben dem Feuer und scheint sich bereits im Traumland zu befinden. Raphael sitzt im Eingang des Raums und starrt nachdenklich nach draußen.

Luke hat auf mich gewartet, scheint sich jedoch nur noch mit Mühe wachhalten zu können. Ich lächle ihm zu und sage leise: „Du kannst dich auch schlafen legen." Seine großen Augen schimmern im fahlen Licht der Nacht und sein Blick wandert zu der Pistole, die in meiner Jackentasche steckt. Ich will ihn gerne fragen, ob alles okay ist, aber wie könnte ich? Erst nach und nach wird mir klar, was heute alles passiert ist.

Luke muss die Pistole aus dem Wagen genommen haben, als ich angegriffen wurde. Und irgendwie ist es ihm gelungen, damit zu schießen. Auch, wenn wir das noch nicht einmal ausprobiert hatten. Weil ich zu viel Angst davor gehabt habe, dass etwas passieren könnte.

Luke murmelt ein fast unhörbares „Gute Nacht", dann legt er sich neben Hope. Ich beiße mir auf die Lippen. In diesem Moment wünsche ich mir – dieser unbarmherzige, grausame Wunsch – unsere Eltern zurück. Wie soll ich das nur alles schaffen?

„Gute Nacht, Luke." Ich küsse ihn auf die Stirn.

Ich stehe auf, schnappe mir eine Decke und suche auf unserem Wagen nach etwas zu essen. Ich greife mir die erstbeste Dose, wickle mir die Decke um und setze mich neben Raphael. Ich versuche mich zu entspannen, was aber kaum möglich ist, da der Schmerz langsam wieder meinen Körper zurückerobert. Raphael sieht mich von der Seite her an.

„Wie geht es dir?", fragt er, und ich weiß, dass er mir nicht glauben wird, wenn ich einfach *gut* sage.

„Es ging mir schon besser", sage ich schließlich und Raphael lacht. Es ist ein angenehmes, leises Lachen, das mich an das Lachen meines Vaters erinnert. Dann schweigen wir. Es ist eine erträgliche Stille, die sich nahtlos in die vom Regen nasse Welt einfügt.

Ich öffne den Deckel der Dose und esse etwas von dem Fleisch. Dabei sehe ich, wie Raphael zu mir herüberschielt. Auch er ist sehr dünn. Seine Wangen wirken eingefallen und hohl. Einen Moment lang zögere ich noch – es ist ja immerhin unser Essen! –, aber dann strecke ich ihm die Dose entgegen. Raphael beäugt das Fleisch misstrauisch. „Was ist das?"

„Hund. Selbst geschossen."

„Echt jetzt?"

Ich kann nicht anders, ich muss über seinen ungläubigen Gesichtsausdruck lachen. „Echt jetzt." Ich lache und lache. Ich kann nicht mehr aufhören. Irgendwann stimmt Raphael in mein Lachen mit ein und es dauert eine ganze Weile, bis wir uns wieder beruhigt haben. Die Spannungen sind jetzt restlos verflogen und ich fühle mich gelöst. Für einen kurzen Moment stelle ich mir vor, dass es für immer so bleibt.

Ich sehe Raphael zu, wie er von dem Fleisch probiert und, als er zu dem Schluss kommt, dass es genießbar ist, es sich gierig in den Mund schiebt. „Wir haben nicht sonderlich viel gegessen in letzter Zeit", sagt er.

Ich nicke. „Wir auch nicht. Aber ich glaube, wir hatten Glück, dass ich halbwegs gut mit dem Bogen umgehen kann. Zumindest treffe ich", ich lache kurz auf, „vielleicht in einem von fünf Fällen."

„Macht dir das nichts aus, zu töten?", fragt Raphael und er erinnert mich in diesem Moment an ein kleines Kind, dem zum ersten Mal klar wird, dass es auch Böses in der Welt gibt.

„Wir haben Hunger …", beginne ich, verstumme aber, als mich die Erinnerung an den Mann überfällt, den ich erschossen habe.

Ich beginne zu zittern.

„Hast du schon mal jemanden getötet?", frage ich leise zurück.

„Einen Menschen?" Er schüttelt heftig den Kopf und fragt nach kurzem Zögern: „Du?"

Ich kann nicht antworten. In was für einer Welt leben wir, dass man sich solche Fragen stellt? Raphael hakt nach. „Hast du … oder nicht? Jemanden getötet, meine ich."

Ich ziehe den Kopf ein und meine Rippen schmerzen bei dieser Bewegung so stark, als wollten sie mich für die Antwort, die ich jetzt geben muss, bestrafen.

„Heute Mittag." Es klingt wie ein Geständnis. So als wäre

ich wieder klein und beim Süßigkeitenklau erwischt worden. Als würde Töten nicht ungleich schwerer wiegen. Ich atme tief ein. Raphael sagt keinen Ton, aber in seinen Augen blitzt ein kleiner Funken Angst auf und plötzlich werde ich zornig.

„Hör auf, mich so anzustarren. Es war Notwehr! Die zwei Männer, … wer weiß, ob sie nicht vorhatten, uns zu töten. Und wenn dich jemand so angegriffen hätte …" Ich verstumme.

Raphael sieht mich vorsichtig an. „Haben sie dich … verletzt?" So wie er das fragt, ist mir klar, dass er nicht von meinen aufgeschlagenen Knien redet. Scham überkommt mich, als ich daran zurückdenke, wie sie mich auf den Boden gepresst haben.

„Sie haben versucht, mich … anzufassen", murmle ich, nicht sicher, ob er mich verstehen kann. Ich atme zischend ein. „Aber wir waren schneller. Deswegen sind jetzt die beiden Männer tot und nicht wir." Ich beiße mir auf die Lippe. Tränen steigen in mir auf.

Raphael sagt mit fast spöttischem Unterton: „Deine Schwester – sie ist doch deine Schwester? – ist klug. ‚Dinge, die man nicht tut.' Wie alt ist Hope?"

„Fünf. Fast sechs. Sie hat bald Geburtstag."

„Wann?"

„Am ersten Juni."

Raphael blickt einen Moment ins Leere. Dann fragt er: „Welcher Tag ist heute?"

Ich schaue auf die Uhr. „Der 21. Mai. Dienstag, glaube ich. Ungefähr eine halbe Stunde nach Mitternacht. Schaltjahr. Jahr eins."

Raphael sieht mich verwundert an. „Jahr eins?"

Ich zucke mit den Schultern. Fehler. Wieder schmerzt mein Brustkorb und ich stöhne leise auf. „Jahr eins, weil in den ganzen Katastrophenfilmen das Jahr nach der Katastrophe der Neuanfang war. Wir haben jetzt das erste Jahr. Ganz einfach. Außerdem will ich nicht daran denken, was in den anderen Jahren mit unserer normalen Zeitrechnung alles war."

„Verstehe." Er schweigt für eine Weile. „Wohin wollt ihr denn genau?"

‚Ans Meer', wäre die einfachste Antwort, aber plötzlich kommen mir unsere Gründe, warum wir Richtung Westen gehen, sehr kindisch vor. Außerdem geht es ihn nichts an. Noch nicht.

„Gibt keinen Plan. Und ihr?"

„Keine Ahnung. Ich weiß seit einiger Zeit nicht mehr so recht, wo wir überhaupt sind", antwortet Raphael. Und nach einer Weile fügt er hinzu: „Wir haben uns aber nicht verlaufen. Ich meine, man kann sich nicht verlaufen, wenn man kein Ziel hat, oder?" Er sagt das ganz ruhig. Aber jedes Wort schmerzt. Denn ich weiß, dass es die Wahrheit ist.

Für einen kurzen Moment hängt jeder seinen Gedanken nach. Ich überlege, ob ich versuchen soll, zu schlafen, da überrascht Raphael mich mit seiner nächsten Frage.

„Glaubst du, Judy, dass es auch ein Jahr zwei oder ein Jahr drei nach der Katastrophe geben wird?"

Ich sehe ihn an, den hübschen Jungen, unseren Retter, der jetzt zusammengesunken dasitzt und so verloren aussieht, dass ich ihn am liebsten in den Arm nehmen will. Aber mir fehlen die passenden Worte, also stehe ich stattdessen auf.

„Judy?"

Ich mag es, wie er meinen Namen ausspricht. Es erinnert mich an … „Ja?"

Raphael lächelt mich an und mir wird wärmer ums Herz. „Ich bin froh, dass wir uns getroffen haben."

Ich nicke langsam. „Ich denke, ich auch."

Vorsichtig lege ich mich neben Hope und Luke und wickle mich fest in die Decke ein. Tränen laufen mir übers Gesicht, versickern in dem kratzigen Stoff. Doch obwohl etwas in mir so sehr schmerzt, dass ich fürchte, zu zerbrechen, habe ich keine Angst zu schlafen. Raphael wird auf uns aufpassen.

Ich sehe den Mann auf mich zukommen. Ich höre seine Stimme, die zischt: „Du gehörst mir, du bist jetzt mein hübsches Mädchen." Ich kann seinen Atem riechen. Dann sehe ich den Pfeil, der aus seiner Brust ragt, und das Blut, das überall hin tropft. Er kommt immer näher und streckt die totenbleichen Hände nach mir aus. Ich schreie. Seine kalten Hände schließen sich um meinen Hals.

Dann wache ich auf.

9

Mit rasendem Herzen liege ich da. Mein ganzer Körper zittert. Um mich zu beruhigen, atme ich tief durch und lausche in den Morgen. Es dämmert bereits. Langsam fühle ich mich besser.

Nach einer Weile richte ich mich halb auf und sehe mich um. Die Hälfte des Scheunendachs ist eingestürzt. Das ist mir gestern gar nicht aufgefallen. Allerlei Gerümpel liegt herum und ich meine sogar in einiger Entfernung einen kleinen Traktor zu erkennen.

Luke und Joe schlafen noch, aber Raphael sitzt noch immer da, wo ich ihn in der Nacht allein zurückgelassen habe. Hope sitzt neben ihm und kuschelt sich an ihn an. Für einen kurzen Moment spüre ich einen Stich der Eifersucht. Dann aber wird das Gefühl von einer tiefen Dankbarkeit hinweggespült. Das Wichtigste ist, dass es Hope besser geht.

Ich höre die zwei leise flüstern. Hope erzählt gerade etwas.

„… und dann hat Judy uns immer vorgesungen, weil das Radio kaputt ist. Kannst du auch singen?“

Raphael lacht leise. Ich mag seine Stimme.

„Nein, wirklich nicht. Aber ich kann Gitarre spielen. Leider haben wir keine da, sonst könnte ich dir was vorspielen.“

Hope zieht die Schultern hoch und mit einem warmen Gefühl im Bauch beobachte ich, wie Raphael eine Decke über ihre schmalen Schultern legt.

„Kann Judy gut singen?“, fragt er gerade.

„Ja. Judy kann alles gut. Sie ist die beste große Schwester der Welt“, sagt Hope, und ich muss unwillkürlich lächeln. Wunderbare Hope.

Sie erzählt weiter: „Judy ist toll. Sie hat auf uns aufgepasst. Aber …“, sie senkt die Stimme, und ich kann sie fast nicht mehr verstehen, „… jetzt musst du auf sie aufpassen. Es ist ungerecht, wenn niemand auf Judy aufpasst.“

Raphael nickt langsam. „Das ist ziemlich ungerecht.“

Hope klingt, als sei sie den Tränen nahe: „Wieso haben die Männer das gemacht?“

Raphael nimmt sie in die Arme, doch er sagt nichts. Ich setze mich auf. Das hat Raphael wohl gehört, denn sofort dreht er mir seinen Kopf zu. „Guten Morgen. Gut geschlafen?“ Ich verziehe das Gesicht und schüttle den Kopf. Ich will aufstehen, doch meine Knie knicken ein.

„Alles okay?“, fragt er erschrocken.

„Glaube schon“, murmle ich. Er steht auf und kommt mit Hope im Arm zu mir herüber. Ich ziehe die Hosenbeine nach oben und betrachte meine Knie.

„Sieht irgendwie ungesund aus“, stelle ich trocken fest.

Raphael grinst. „Das kannst du laut sagen.“

Meine Knie sind blau-grün, und das rechte ist dicker, als es sein sollte.

„Tut das weh?", fragt Hope interessiert.

Ich verdrehe die Augen. „Ja, schon. Mal schauen, was noch alles kaputt ist." Nach kurzem Zögern ziehe ich meinen Pullover und mein T-Shirt aus. Nur noch mit BH und Top fühle ich mich irgendwie angestarrt, aber mein Anblick lässt mich das schnell wieder vergessen. Meine Schultern sind leicht geschwollen, die Gelenke schmerzen. Der Schnitt an meinem Schlüsselbein ist verschorft und mein Brustkorb ist eine bunte Ansammlung von Blutergüssen – dunkelrot bis blau-lila. Außerdem tut er bei jedem Atemzug verdammt weh.

„Hope, hol mir doch bitte das Verbandszeug", sage ich, und Hope geht zu unserem Wagen und fängt an, nach dem Erste-Hilfe-Set zu suchen.

„Was für ein Start in den Tag, was?" Raphael lässt sich neben mir zu Boden sinken. Er streckt seine Hand in meine Richtung. Dann stoppt er. „Darf ich?"

Ich habe keine Ahnung, was er machen will, aber ich nicke langsam. Er legt mir die Hand auf die Rippen und drückt vorsichtig. Ich keuche auf.

Raphael lächelt entschuldigend. „Ich hoffe, du hast dir keine Rippen gebrochen", sagt er besorgt.

„Ach scheiße …! Danke, Hope." Meine Schwester wirft mir das Verbandszeug in den Schoß. Ich versorge den Schnitt, von dem ich immer noch nicht weiß, woher er stammt. Dann weiß ich nicht weiter. Was soll ich denn bei möglichen Rippenbrüchen anstellen?

„Ich kann dir einen Verband anlegen und dann musst du dich einfach schonen“, meint Raphael.

„Ist wahrscheinlich das Beste“, erwidere ich.

Es wird schon heilen. Die Zeit heilt schließlich alle Wunden. So sagt man doch, oder? Aber tut sie das auch wirklich?

„Soll ich erstmal die zwei Schlafmützen wecken – und dann sehen wir weiter?“, fragt Raphael. Geistesabwesend nicke ich.

Luke kommt zu mir herüber. Seine Augen sind blutunterlaufen und er sieht übernächtigt aus. Er setzt sich neben mich.

„Judy, bin ich böse?“, fragt er mich leise. „Bin ich böse, weil ich den Mann getötet habe?“

Mir wird kalt ums Herz. Für den Moment vergesse ich meine eigenen Verletzungen, denn ich kann die unsichtbare Wunde sehen, die Luke gestern zugefügt worden ist. Hope sitzt mit weit aufgerissenen Augen neben uns.

„Du bist nicht böse“, sage ich mit fester Stimme. „Du … es ist nicht richtig, jemanden zu töten, aber du hast mich gerettet. Danke, Luke! Das war sehr mutig von dir. Danke!“

Ein vorsichtiges Lächeln huscht über sein Gesicht, und ich drücke ihn trotz der Schmerzen an mich. „Lieb dich, mein Kleiner.“

Raphael und Joe kommen zu uns.

„Luke“, sagt Raphael vorsichtig, „willst du mit Joe rausgehen? Joe könnte dir die Gegend zeigen. Wir sind schon zwei Tage hier.“ Ich werfe Luke einen aufmunternden Blick zu. Er nickt. Joe sieht nicht sehr begeistert aus, und der Blick, den er mir zuwirft, ist bestenfalls als misstrauisch zu bezeichnen. Ich kann ihn verstehen, immerhin habe ich selbst mehr als genug von diesem Misstrauen in mir. Warum es gegenüber Raphael anders ist, weiß ich nicht.

Die zwei verschwinden nach draußen.

„Denk dir nichts", sagt Raphael. „Der wird sich schon einkriegen. Er fürchtet vielleicht, dass es zu mehreren noch schwieriger wird." Raphael öffnet unseren kleinen Verbandskasten und legt eine Mullbinde vor sich hin. Er sieht nicht so aus, als wolle er zu dem Thema noch etwas sagen, aber ich denke mir, dass Joe vielleicht sogar recht haben könnte. Je größer eine Gruppe, desto mehr Sorgen muss man sich schließlich um alle machen.

Er lächelt mir zu. „Okay, zieh jetzt bitte das Unterhemd aus und leg dich hin."

Er schaut in eine andere Richtung, als ich mein Unterhemd ausziehe und mich hinlege, am Oberkörper nur noch mit meinem BH bekleidet. Ich frage mich, wie er mich so verbinden will, und bei dem Gedanken muss ich grinsen. „Du darfst mich schon anschauen."

Raphael läuft rot an, murmelt etwas Unverständliches und legt mir etwas zu schwungvoll die Hand auf die Rippen. Ich schreie auf und sofort zieht er die Hand wieder zurück.

„Tut mir leid", flüstert er. Nun sehr viel vorsichtiger tastet er mich ab, und aufgrund meiner Schmerzensbekundungen stellt er die vorsichtige Diagnose, dass auf der linken Seite wahrscheinlich die zweitunterste und die Rippe darüber gebrochen – „angebrochen!" – sein müssten.

„Aber ich denke nicht, dass deine Lunge oder so verletzt ist. Ich glaube, sonst würdest du Blut spucken", beendet er seine laienhafte Untersuchung. Ich verdrehe die Augen. Seine Medizinkenntnisse stammen offenbar genau wie meine aus dem Fernsehen.

„Sonst wäre ich vermutlich schon tot! … Nein, war nur ein Witz, Hope", füge ich hastig hinzu, weil ich sehe, wie meine Schwester kreidebleich geworden ist.

„Judy, setz dich mal hin", sagt Raphael zu mir. „Ich werde das mit dem Verband jetzt einfach versuchen. Ich weiß aber nicht, ob das etwas wird. Außerdem hab ich kalte Hände."

„Was denn, bist du etwa nervös?", frage ich unschuldig, und er schnaubt verächtlich aus. Trotz aller Schmerzen fühle ich mich besser. Es gefällt mir, wie leicht ich mit Raphael herumalbern kann, und es lässt mich für den Moment alles Düstere vergessen.

Raphael verbindet mich so gut er kann, dann fixiert er das Ganze mit ein paar Knoten und Leukoplast. Er betrachtet sein Werk. „Nicht schön, aber selten", stellt er fest.

„Besser als nichts. Danke." Eine fast peinliche Stille entsteht.

Dann sagt Hope: „Ich habe Hunger."

Es ist ein so kleiner Satz, der mich sofort wieder hoffnungsvoll stimmt. Ich nicke. „Okay, Kleine, dann suchen wir doch mal nach etwas zu essen."

Raphael hilft mir auf, und ich stelle erleichtert fest, dass meine Beine mich wieder sicher tragen. Von unserem Anhänger hole ich etwas Fleisch, die Reste vom inzwischen steinharten Brot und – zur Feier des Tages – eine unserer letzten Konservendosen, Ananas, heraus. Und eine Wasserflasche. Raphael ruft nach Joe und Luke und kramt dann in seinem eigenen Rucksack. Er zieht ein paar sehr verschrumpelte Äpfel und einen Laib Brot heraus.

„Den habe ich gegen ein Messer getauscht", antwortet er auf meine Frage. Wir legen unsere Lebensmittel neben die erkaltete Feuerstelle und setzen uns dann daneben. Als Luke und Joe sich zu uns setzen, wird mir ein wenig leichter ums Herz. Die beiden schweigen zwar, aber Luke lächelt, und auch Joes düstere Miene ist einem weicheren Ausdruck gewichen. Zuletzt setzt sich Hope, die aber gleich wieder aufspringt und zu unseren Sachen rennt. Sie kommt mit dem schon fast geleerten Glas Nutella zurück.

Raphael strahlt und fragt mit fast ungläubigem Staunen: „Wo habt ihr *das* denn her?"

Hope zeigt auf Luke. „Das hat mein Bruder gefunden!"

Über Lukes Gesicht huscht ein Anflug von Stolz und Raphael freut sich so offenherzig, dass es mir schlagartig wärmer wird. Auch Joe, den ich bislang nur mit mürrischem Gesichtsausdruck gesehen habe, kann ein Lächeln nicht unterdrücken.

Wir essen. Unser eigenes, hartes Brot legen wir schnell zur Seite, denn das Brot, das Raphael vor ein paar Tagen in einer kleinen Siedlung tauschen konnte, schmeckt ungleich besser. Als wir mehr oder weniger satt sind, stellt Raphael die Frage, die seit wir uns getroffen haben im Raum steht.

„Und wie soll es jetzt weitergehen?“

Ich beiße auf meiner Unterlippe herum, bis ich Blut schmecke. Ein Teil von mir möchte nichts lieber als zusammenbleiben, zusammen einen sicheren Platz suchen und ein Leben leben, das besser ist als unser jetziges. Aber aus mir nicht erklärlichen Gründen ist da auch ein Teil in mir, der sagt: *Trennt euch, geht, es wäre besser, ihr hättet euch nie getroffen. – Warum?*, frage ich diesen Teil wütend, *warum sollten wir nicht auch mal Glück haben?* Doch es kommt keine Antwort.

Auch alle anderen schweigen, bis Hope schließlich leise sagt: „Warum können wir nicht zusammenbleiben?“

„Das können wir schon, wenn es für alle okay ist“, antwortet Raphael und wirft einen fragenden Blick in meine Richtung.

„Das wäre schön“, sage ich ehrlich.

Luke und Joe schweigen, und ich stelle überrascht fest, dass beide nicht sonderlich glücklich aussehen.

„Luke?“, frage ich vorsichtig. Er presst die Lippen aufeinander und schweigt eisern weiter.

Joe starrt Raphael wütend an und faucht: „Ich geh mal raus!“ Er verschwindet, und eine Sekunde später geht Luke hinter ihm her. Raphael lacht. „Damit wäre die Sache wohl entschieden.“

Ich ziehe fragend die Augenbrauen hoch.

„Na ja", fährt er fort, „die zwei haben offenbar Angst und kompensieren das Ganze mit Wut. Ist ja auch kein Wunder, bei dem ganzen Stress. Wir sollten ihnen Zeit lassen."

„Ich wusste nicht, dass es Leute gibt, die wirklich Wörter wie ‚kompensieren' verwenden."

Raphael lächelt mich an, dann meint er nur: „Psychologie, erstes Semester. Ich schätze, die Uni hat schon etwas abgefärbt." Sein Tonfall ist so lässig, dass ich wieder lachen muss.

„Okay, Professor, dann sollen sich die beiden draußen ein bisschen abkühlen."

Eine Weile ist es still, bis Hope fragt: „Was machen wir heute, gehen wir nicht weiter?"

Natürlich fragt sie das, schließlich sind wir fast immer weitergegangen. Es gab nie einen Ort, an dem ich mit meinen Geschwistern bleiben wollte.

Raphael schüttelt entschieden den Kopf. „Ganz sicher nicht. Deine Schwester wird sich hinlegen und den ganzen Tag nicht bewegen."

Ich will schon protestieren, da sehe ich seinen besorgten Blick auf mir ruhen. Erstaunt stelle ich fest, dass man diesen grünen Augen nur schwer etwas entgegensetzen kann. Und ich weiß, dass er recht hat. Meine Rippen schmerzen bei jedem Atemzug und auch der ganze Rest von mir möchte sich nur ausruhen. Und auch Hope und Luke können eine Pause sicher gut gebrauchen.

Ich helfe ein bisschen beim Aufräumen, bin aber insgeheim froh, als Raphael mir irgendwann droht, mich zu fesseln, wenn ich nicht endlich Ruhe gebe. So setze ich mich an den Rand des kleinen Teiches, in dem ich gestern gebadet habe, und sehe Hope zu, wie sie im Wasser herumtobt. Es ist angenehm warm geworden. Es scheint, als hätte der Tag das schlechte Wetter der Nacht schon vergessen. Ich fühle mich gut, doch gleichzeitig beginne ich, den Moment der Dämmerung zu fürchten. Raphael setzt sich neben mich.

„Luke und Joe sind hinter der Scheune und testen, wer zuerst aufs Dach rauf kommt", informiert er mich. „Sie haben keine Lust auf ein Bad."

Ich zucke mit den Schultern.

Raphael legt den Kopf schief. „Wie geht es deinen Rippen?"

„Ist okay."

„Und alles andere …", beginnt er, dann schüttelt er den Kopf.

Ich habe keine Ahnung, was ich sagen soll und bin froh, dass Hope auf uns zu hüpft. Sie trocknet sich ab und schlüpft in ihre Kleider. Die Jeans hat Flecken und Löcher, und das T-Shirt ist ihr viel zu groß, weil es eines von meinen ist, aber sie sieht wunderbar entspannt aus. Sie ist wie verwandelt, überhaupt nicht mehr das apathische Mädchen der letzten Wochen. Nur manchmal, für Sekunden, meine ich einen Schatten zu erkennen, der ihre Augen verdunkelt. Trotzdem bin ich so glücklich, dass ich mir wünsche, dieser Augenblick würde nie vorübergehen.

Aber viel zu schnell ist er vorbei.

10

Luke und Joe kommen zu uns gerannt, als sei der Teufel hinter ihnen her. Sie schreien uns unverständliche Sachen zu. Raphael springt auf, doch als ich es ihm gleichtun will, macht mir mein Körper einen Strich durch die Rechnung. Meine Rippen pochen ungehalten, meine Beine protestieren schmerzhaft und ich zucke zusammen. Raphael zieht mich hoch und ich halte mich an seinem Arm fest.

„Da hinten …“, keucht Joe und fuchtelt wie wild mit den Händen herum.

„Ihr müsst kommen! Da ist ein Pferd! Und Hunde, die das Pferd töten!“, ruft Luke verzweifelt. Er sieht mich an. Ich weiß, was er von mir will. Ich soll dieses Pferd retten.

Schon zerrt Joe Raphael an der Hand mit sich, und Hope folgt ihnen vorsichtig.

„Bitte, Judy!“, sagt Luke leise. Ich nicke und Luke rennt los, um den Bogen zu holen. Ich laufe so schnell ich kann hinter den anderen her. Luke taucht neben mir auf und stützt mich.

Hinter der Scheune stoßen wir fast mit den anderen zusammen, die dort den flachen Hügel hinunterstarren.

Etwas über zwanzig Meter von uns entfernt sehe ich ein Pferd, das von drei Hunden angegriffen wird. Das Tier bäumt sich auf und schlägt um sich, doch es muss schon ziemlich entkräftet sein, denn die Hunde erwischen es immer wieder mit ihren Zähnen und Vorderpfoten.

Ich schließe für einen Moment die Augen. „Ich muss näher ran. Ihr bleibt hier!", sage ich kurz entschlossen.

Raphael protestiert: „Nein, das ist viel zu gefährlich. Ich komme mit!"

Ich verdrehe die Augen bei so viel männlichem Edelmut. „Ich bin die Einzige hier mit Bogen, ich gehe allein!"

Vorsichtig gehe ich den Hang hinunter, doch ich bin bei weitem nicht so mutig, wie ich mich gegeben habe.

Jetzt, wo ich näher bin, sehe ich, dass das Pferd an mehreren Stellen stark blutet und seine Gegenwehr immer schwächer wird. Aber auch die Hunde wirken ermattet - und sie sind kaum mehr als Haut und Knochen.

In einem Abstand von ungefähr zehn Metern knie ich mich auf den Boden. Ich habe Angst, dass die Hunde mich bemerken und auf die Idee kommen könnten, dass ich ein sehr viel leichteres - und vor allem kleineres - Ziel wäre. Ich lege fünf Pfeile auf dem Boden bereit. Für die meisten Schützen wären zehn Meter keine Distanz, aber die Hunde bewegen sich und der Schmerz in meinem Brustkorb lässt meine Hände zittern.

Mein Herz rast. Ich kann kaum atmen. Dann, plötzlich, steigt Wut in mir auf. Ich nehme den ersten Pfeil und ziehe die Sehne vorsichtig zurück, ignoriere dabei meine protestierenden Rippen. Zwei Hunde springen wie wild hin und her, der dritte steht gerade etwas abseits. So wie er das eine Bein abspreizt, glaube ich, dass auch er verletzt ist. Ich ziele direkt auf ihn und unterdrücke mit aller Kraft den Widerwillen in mir, als ich die Sehne loslasse. Der Pfeil schnellt durch die Luft und für einen Augenblick sehe ich wieder das Gesicht des Mannes, den ich getötet habe. Der Hund jault auf und kippt zur Seite. Die beiden anderen Hunde sind abgelenkt – und darauf scheint das Pferd nur gewartet zu haben: Es schlägt aus und trifft mit den Hufen einen zweiten Hund am Kopf. Auch dieser stürzt zu Boden und der dritte sucht fluchtartig das Weite. Das Pferd rührt sich nicht. Fast scheint es, als wäre mit dieser letzten Verteidigung alle Kraft aus ihm gewichen.

Auch ich bewege mich nicht, aber Joe läuft an mir vorbei und auf das Pferd zu. Behutsam streckt er wie in Zeitlupe die Hand nach ihm aus. Hope folgt ihm und gibt ihm ein Seil, aus dem er eine Art Führstrick macht. Ich frage mich, ob er früher wohl geritten ist, so routiniert wie er wirkt. Dann spüre ich eine Hand auf meinem Rücken. Raphael.

Doch schon im nächsten Moment steht Luke neben mir und zerrt an meiner Hand. „Du musst mitkommen, Judy. Wir müssen das Pferd verarzten." Ich nicke, und Raphael flüstert mir zu: „Du wurdest gerade zu unserer Ärztin ernannt."

Ich setze mich in Bewegung und antworte ihm: „Wenigstens schaue ich meine Patienten während der Behandlung an." Als Antwort verdreht er nur die Augen.

Das Pferd ist weniger schwer verletzt, als ich befürchtet habe. Die Wunden sind nicht tief. Joe und Hope streicheln und beruhigen es.

Joe sieht mich auffordernd an. „Was jetzt?"

Unsicher blicke ich von einem zum anderen, doch offenbar muss ich tatsächlich die Chefin spielen.

„Okay, Luke, kannst du mir bitte eine der Decken holen …", beginne ich, und sofort saust Luke davon. „Und bring auch das Verbandszeug mit!", rufe ich ihm hinterher. Das Pferd schnaubt erschrocken, und Joe wirft mir einen empörten Blick zu, aber ich ignoriere ihn.

„Ihr zwei holt Wasser vom Teich." Das gilt Raphael und Hope.

Das Pferd ist ein schönes Tier, obwohl das goldbraune Fell und die helle Mähne an vielen Stellen rot eingefärbt sind.

„Eine Haflingerstute", sagt Joe. „Wir hatten auch mal so eine. Sie sind sehr klug."

„Bist du oft geritten?", frage ich.

„Früher schon. Als ich kleiner war. Dann bin ich gestürzt und durfte nicht mehr. Danach habe ich mich um die alten Pferde gekümmert." Ein Lächeln tritt auf Joes Gesicht, doch es verschwindet sofort wieder, als er sich unserem Schützling zuwendet.

Aus den Wunden des Tieres sickert noch immer ein wenig Blut und ich bin erleichtert, dass die anderen so schnell wieder zurück sind. „Okay, vielleicht sollten wir erst das Blut abwaschen und die Wunden dann verbinden", sage ich. Und

Joe fügt noch hinzu: „Aber vorsichtig ...!"

Wir fangen an. Hope und Luke nehmen die gefüllten Eimer und mit dem Wasser aus dem Teich waschen sie die blutigen Stellen sauber. Raphael und ich pressen Stoff auf die am stärksten blutenden Wunden und Joe beruhigt unsere Patientin, indem er die Stute mit Grasbüscheln füttert. Nach einer halben Stunde ist unsere Aktion beendet, und ich muss feststellen, dass keiner von uns zum Tierarzt taugt. Die Verbände verrutschen schon wieder.

„Und jetzt?", fragt Luke.

„Wir bringen sie den Hügel rauf zur Scheune. Da kann sie trinken und ist geschützter", schlägt Joe vor, und niemand widerspricht ihm.

„Und bekommt sie auch noch einen Namen?", fragt Raphael, als wir neben der Scheune stehen. Eine Weile ist es still. Ich strenge mich an, aber mir kommt kein Name in den Sinn, der auf die geschundene und doch wunderhübsche Stute zutrifft.

„Aschenputtel", flüstert Hope schließlich. „Wenn man das Blut wegwischt, sieht sie aus wie eine Prinzessin."

„Finde ich gut", murmle ich.

Die anderen nicken zustimmend.

„Sie ist sowieso schöner als wir alle zusammen", stellt Joe fest.

Raphael lacht. „Das lässt sich ändern. Du und Luke solltet vielleicht auch noch baden."

Zu meiner großen Überraschung wird die Anweisung dieses Mal ohne zu murren von den beiden befolgt. Es ist, als hätte uns die Stute noch einmal vor Augen geführt, dass wir einander brauchen.

Ich setze mich und lehne mich gegen das Scheunentor. Während die drei Kinder sich zum Teich aufmachen, bindet Raphael Aschenputtel mit einem Strick an einem Haken fest, stellt ihr einen Eimer Wasser hin und kommt zu mir herüber.

„Was dagegen, wenn ich mich zu dir setze?"

Ich schüttle den Kopf.

Eine Weile sitzen wir einfach nur da, und eine seltsame Schwere ergreift mich. Irgendwoher schwimmen Bilder aus den Tiefen meines Gehirns nach oben, Bilder, die ich gerne vergessen würde. Plötzlich ist der Tag nicht mehr sonnig, die Entspannung nicht mehr beruhigend. Unwillkürlich stehe ich auf.

„Was ist?", fragt Raphael.

„Ich … ich muss etwas tun. Ich kann nicht einfach so hier sitzen. Ich …"

Auch Raphael hat sich erhoben und ich muss zur Seite schauen, weil ich das Gefühl habe, von seinen grünen Augen geröntgt zu werden.

„Judy …", flüstert er. Abrupt wende ich mich ab. Ich will sein Mitleid nicht. Und gleichzeitig will ich nichts lieber, als dass er mich in den Arm nimmt und mir sagt, dass ich mich um nichts mehr kümmern muss. Dass er sich um mich sorgt.

Ich laufe den Hügel hinunter, weg vom Teich, weg von meinen Geschwistern, die mit Joe gemeinsam lachen und Spaß haben. Dann stehe ich vor den beiden toten Hunden.

Warum mussten sie nur sterben? Weil sie das Pferd sonst getötet hätten! Und warum macht mir das plötzlich so viel Kummer? Es war doch vorher kein Problem, diese Tiere zu töten, um meinen Geschwistern ein warmes Essen zu geben – warum also jetzt? Warum habe ich keine Antworten?

Ich sinke auf die Knie und beginne zu weinen. Ich zittere und mein ganzer Körper wird geschüttelt. Und dann ist Raphael bei mir und schlingt die Arme um mich. Ich vergrabe den Kopf in seiner Jacke und schluchze weiter. Er flüstert Worte, die ich nicht verstehe. Ich fühle nichts außer dieser Leere, die mich zu überwältigen droht. Ich habe solche Angst.

Erst nach einer Weile werde ich ruhiger. Raphael streicht mir sanft die Tränen aus den Augenwinkeln. „Wir werden die Hunde begraben", sagt er. Ich weiß, er versteht nicht, warum ich weine, aber sein Blick ist weich und geduldig. Ich nicke wie betäubt.

„Bin gleich wieder da", fügt er hinzu.

Ich setze mich. Mir ist kalt.

Raphael kommt wieder, mit einer Schaufel, deren Griff fast komplett abgebrochen ist. Ohne etwas zu sagen, beginnt er, ein Loch auszuheben. Irgendwann kommt Leben in mich, und ich beginne ebenfalls mit meinen Händen zu graben. Dass ich mir dabei an scharfkantigen Steinen die Finger aufschneide, ist mir egal. Immer tiefer graben meine Hände in der Erde, und das Verlangen packt mich, mich selbst in dieses Loch zu stürzen.

„Judy …" Wieder spüre ich Raphaels Hand auf meiner Schulter. „Hey … es ist genug. Hör auf!" Ich gehorche und sehe Raphael dabei zu, wie er die beiden Hunde sanft in das Loch legt und sie wieder mit Erde zudeckt. Als er fertig ist, tritt er zu mir rüber und nimmt meine Hand. Ich fühle, wie mir ein wenig wärmer wird, und ich wünsche mir, wir wären uns irgendwann, irgendwo begegnet, in glücklicheren Zeiten. Dann hätten wir einfach Freunde sein können … Ich atme tief durch und versuche, ihm zuzulächeln.

„Jetzt fehlt nur noch das Kreuz", stellt er fest. Wir machen uns auf den Weg nach oben, und Raphael sucht nach Stöcken. Luke und Joe liefern sich im Teich noch immer eine Wasserschlacht, aber Hope kommt auf mich zugelaufen.

„Was macht ihr?"

„Wir haben die Hunde begraben", antworte ich.

„Warum?" Hope sieht mich mit großen Augen an.

„Wir haben genug Tod gesehen. Es ist Zeit für ein bisschen Frieden."

Ich weiß nicht, ob Hope mich versteht, aber besser erklären kann ich es ihr nicht. Ich nehme sie trotz aller Schmerzen hoch und gehe mit ihr wieder den Hang hinunter. Dort sammelt Hope Steine in allen möglichen Größen und Farben und legt sie aufs Grab.

Raphael kommt zu uns, ein selbst gebasteltes und etwas windschief aussehendes Kreuz in den Händen. Er stellt es auf, dreht sich um und geht wieder.

Hope schaut ihm hinterher, dann fällt ihr Blick auf meine Hände. „Judy, … deine Finger bluten."

Ich hebe die Hand und sehe zu, wie ein paar Tropfen roten Blutes über mein Handgelenk den Arm hinunterlaufen. Wie angewurzelt bleibe ich stehen. Hope sagt etwas, aber ich kann sie nicht hören. Sie zerrt an meinem T-Shirt.

„Judy, … du … ich habe Angst."

Mühsam zwinge ich mich in die Wirklichkeit zurück. „Wovor, Süße? Wovor hast du Angst?"

Hope zieht die Schultern hoch. „Keine Ahnung." Sie scheint nachzudenken. „Ich hab Angst, dass ich wieder unglücklich bin."

„Ich passe auf dich auf, kleine Schwester, weißt du das? Du brauchst keine Angst zu haben." Ihre Augen sind so voller Hoffnung, dass ich sofort ein schlechtes Gewissen bekomme. Wie kann ich so etwas versprechen, wo ich doch überhaupt nicht weiß, ob ich es auch einhalten kann? Aber als ich meine Schwester ansehe, weiß ich, dass es sein muss. „Versprochen, Hope, ich werde immer auf dich aufpassen."

Hope lächelt zaghaft und schiebt ihre kleinen Finger in meine blutverschmierte Hand. Dann nimmt sie ihre rote Mütze vom Kopf, die Mütze, die immer ihr Heiligtum, ihr Schutz war, und legt sie neben das Kreuz aufs Grab.

„Kann die hierbleiben?", fragt sie mich. Ich nicke langsam.

Inzwischen ist es Nachmittag. Ich verbringe die Zeit bis zum Abend damit, mit Hope im Gras zu liegen und ihr Märchen vorzulesen. Mir kommt der Gedanke, dass ich ihr eigentlich auch Lesen beibringen könnte und Schreiben gleich dazu, doch ich verschiebe dieses Vorhaben. Als Raphael zu uns kommt, ist es schon fast sechs Uhr.

„Habt ihr keinen Hunger?", will er wissen. Wir gehen mit ihm zurück zur Scheune und beobachten die beiden Jungs, wie sie sich um Aschenputtel kümmern, die Verbände erneuern und die Stute füttern.

Für uns gibt es nicht viel zu essen, nur ein bisschen Brot und den letzten Rest Fleisch. Der Gedanke drängt sich mir auf, dass wir die Hunde doch nicht hätten begraben sollen. Aber alleine beim Gedanken an ihre toten Körper dreht sich mir der Magen um.

„Dürfen wir noch mal zum Teich?", fragt Luke.

Ich nicke halbherzig. „Von mir aus. Nehmt Hope mit. Aber nicht mehr baden, es ist zu kalt. Ihr werdet sonst nicht mehr trocken!" Die drei verschwinden, und ich bleibe sitzen, während Raphael ein kleines Feuer entfacht.

„Ich weiß nicht …", beginnt er zögerlich. „Meinst du, dass wir morgen weiter sollen? Oder sollen wir noch hierbleiben? Das ist bestimmt auch nicht so schlimm, oder?"

Ich denke nach. Hierbleiben. Was für ein schöner Gedanke. Am besten für immer, denke ich.

„Vielleicht noch einen Tag?", antworte ich zögernd. Denn ich weiß, wenn wir noch länger hierbleiben, will ich bestimmt nie wieder weg von hier.

Wir kochen etwas Wasser aus dem Teich ab, in der Hoffnung, so sämtliche Keime zu töten. Irgendwann schickt Raphael Joe, Luke und Hope schlafen, und zu zweit beschließen wir, noch einmal zum Grab zu gehen.

Es ist still und dunkel. Neue Regenwolken verhindern jeden Blick auf die Sterne, doch ich bin mir sicher, dass sie hinter dem Schleier auf uns hinabblicken. Ich weiß zwar nicht, ob es Gott oder einen „Himmel“ gibt, aber wenn ja, dann hoffe ich, dass Mama und Papa von irgendwo dort oben auf uns aufpassen. Unwillkürlich frage ich: „Raphael, wo sind eure Eltern?“

„Tot“, sagt er tonlos. „Und eure?“

„Auch.“

Wir sind ganz alleine. Fünf Kinder, alleingelassen. Stumm gehen wir wieder zurück.

Ich lege mich hin und denke, dass Raphael es mir gleichtun wird, doch er setzt sich wieder ins offene Scheunentor, so wie gestern.

„Schläfst du nicht?“

Er lächelt gequält. „Später.“ Dann fügt er hinzu: „Ich schlafe nicht besonders gut seit … du weißt schon.“

Ich nicke. Albträume. Niemand scheint davon verschont zu sein. Raphael nicht. Joe nicht, der sich unruhig hin und her wälzt. Luke nicht, dessen schlafender Körper sich schweißnass und zittrig anfühlt. Ich nicht. Ich habe Angst vor dem Einschlafen, Angst vor den Bildern, die ich dann sehen werde. Einzig Hope liegt ganz ruhig und entspannt da, süß und unschuldig. Ich beneide sie.

Ich will mich auf die Seite rollen, gebe aber rasch auf, weil sich meine Rippen noch immer anfühlen, als hätte jemand dagegen geschlagen. Mit dem Gedanken, dass morgen alles besser sein wird, schließe ich die Augen. Vielleicht stimmt es ja doch, dass die Zeit alle Wunden heilt …

II

22. Mai

Als ich aufwache, bin ich wie gelähmt. Panik vernebelt mir die Sinne. Ich versuche mich zu bewegen, liege aber wie erstarrt unter meiner Decke. Ich will schreien, doch es kommt kein Ton über meine Lippen.

Es dauert, bis ich mich beruhigt habe. Als ich mich halb aufrichte, kehrt der Schmerz in meinen Körper zurück. Ich sehe mich um. Die anderen schlafen noch, auch Raphael, der direkt neben dem Eingang eingeschlafen ist. Es ist schon halb acht.

Es ist mild, regnet aber ziemlich stark und ich beschließe, nach Aschenputtel zu sehen. Mühsam stehe ich auf, dann schleiche ich leise nach draußen. Dabei halte ich mich dicht an der Scheunenwand. Aschenputtel ist pitschnass und wiehert beinahe vorwurfsvoll, als sie mich sieht. Vorsichtig streichle ich ihr über den Hals, dann binde ich sie los und führe sie zu uns in die Scheune.

„Wir müssen leise sein, Prinzessin", flüstere ich ihr ins Ohr. Ich binde sie an und nehme meine Decke, um sie abzutrocknen. Unsere Verbände werfe ich dabei zu Boden – die sind ohnehin verrutscht und kaputt. Sorgsam reibe ich die Stute trocken. Zum Dank stupst Aschenputtel mir gegen die Schulter und obwohl es wehtut, muss ich lächeln.

„So gefällst du mir schon viel besser." Raphaels Stimme lässt mich zusammenzucken. Er liegt noch unter seiner Decke, doch seine Augen sind auf mich gerichtet. „Es sieht zumindest nicht so angestrengt aus wie gestern, dein Lächeln."

Ich nicke langsam. „Vermutlich hast du recht. Guten Morgen."

„Dir auch. Gut geschlafen?"

Ich verdrehe die Augen. Niemand schläft hier gut. Außer Hope vielleicht.

„Okay, war eine blöde Frage", lenkt Raphael ein.

„Irgendwo habe ich mal gehört, dass es keine blöden Fragen, sondern nur blöde Antworten gibt." Wir müssen beide lachen. Und weil es ein guter oder zumindest einer der besseren Morgen ist, beschließe ich, noch ein wenig weiter herumzualbern:

„Hätte der Herr denn gerne Frühstück ans Bett?", frage ich und mache eine halbe Verbeugung. Das bringt Raphael noch mehr zum Lachen.

„Könnt ihr nicht die Klappe halten?", knurrt Joe von der anderen Seite der Feuerstelle zu uns rüber. Ich schmunzle.

Dann wecke ich Luke und Hope, und wir essen jeder eine Scheibe Brot zum Frühstück.

„Ich hab immer noch Hunger", mault Luke, als er fertig ist.

„Wir haben nicht mehr viel", stelle ich klar. Daraufhin ist er still.

„Was machen wir heute?“, fragt Hope.

„Also bei dem Wetter geh ich nirgendwohin!“, sagt Joe entschlossen.

Raphael pflichtet ihm bei: „Tun wir auch nicht. Aber wir sollten irgendwie die Tür verschließen. Mir ist nicht wohl dabei, wenn sie immer offen steht.“

„Aber dann sehen wir nicht, wenn jemand kommt“, stellt Hope fest. „Wenn jemand Hilfe braucht, merken wir das gar nicht.“

Jedem von uns ist klar, dass sie damit meint, dass sie, Luke und ich sonst niemals Hilfe bekommen hätten. Und so bleibt das kaputte Tor offen.

Luke und Joe suchen im Gerümpel der Scheune nach weiterem trockenen Holz. Als das Feuer wieder brennt, wird es angenehm warm in der Scheune, und dank des kaputten Daches kann der Rauch gut abziehen.

„Hast du Batterien?“, frage ich Raphael und zeige ihm unser Radio. Sein Gesicht beginnt zu leuchten und er springt auf.

„Klar, Ersatzbatterien von der Taschenlampe.“ Er wirft mir zwei zu. Hope, Luke und Joe sehen mir zu, wie ich die Batterien in den Rekorder einlege und ihn dann einschalte. Es ist noch eine Kassette drin und so schallt uns aus dem Lautsprecher die Stimme von John Lennon entgegen.

„Ich liebe die Beatles“, sagt Raphael begeistert.

„Ehrlich?“, frage ich.

„Ehrlich.“

Eine Zeit lang sitzen wir Seite an Seite und lauschen der Musik, während Joe, Luke und Hope in den Regenpausen nach draußen rennen und Gras für Aschenputtel sowie Hände voller Löwenzahn anschleppen. Friede breitet sich in mir aus, während die Jungs aus Liverpool für uns singen. Und obwohl der Regen sich im Laufe des Tages in eine richtige Sintflut verwandelt, bleibt das Gefühl von Zufriedenheit und Entspannung bestehen. Ich bin mir inzwischen auch vollkommen sicher, dass wir zusammenbleiben werden. Ich glaube einfach, dass wir zusammen besser dran sind. Allein schon, weil es Raphael war, der Hope zum Sprechen gebracht hat. Und weil Luke und Joe offensichtlich ihren Weg gefunden haben, das Beste aus unserer Situation zu machen. Sieht so vielleicht Freundschaft aus?

Es ist schön, mit Raphael zu sitzen und zu reden. Es sind keine großen Dinge, die ich über ihn erfahre, aber so langsam kann ich mir ein Bild von ihm zusammensetzen. Dass sie aus dem Norden kommen. Dass Joe nicht Raphaels Bruder ist, wie ich zuerst angenommen habe. Dass man auf seinem Gesicht jede noch so kleine Gefühlsregung ablesen kann. Und dass er ein guter Mensch ist, denn das merke ich an der Art, wie er sich um uns kümmert. An dieser Selbstverständlichkeit und an seinem Lachen.

Am späten Nachmittag beschließen Raphael und ich, unsere Sachen durchzusehen. Ich laufe zu unserem Wagen, und Raphael holt seinerseits die Rucksäcke von sich und Joe.

Er wirft einen prüfenden Blick auf den Wagen. „Der sieht aus, als hätte er auch schon bessere Tage gesehen. Was meinst du, wann kracht er zusammen?“

Ich werfe ihm einen finsteren Blick zu. Klar ist der Wagen nicht mehr neu. Wir ziehen ihn ja auch die ganze Zeit durch die Gegend und davor … davor haben wir ihn auch ständig auf unseren Ausflügen mitgeschleppt. Der Wagen gehört quasi zur Familie.

Aber es stimmt schon. Durch den ständigen Regen ist die eine Seite bereits morsch geworden, ein Brett ist sogar schon herausgebrochen und die vordere Achse schlingert ein bisschen.

„Hm“, murre ich. „Was sollen wir deiner Meinung nach tun?“

„Ich würde den Wagen hierlassen. Wir können das Gerümpel hier in der Scheune durchsuchen und schauen, ob wir Taschen oder so etwas finden.“

„Gute Idee“, meint Luke. „Ich hab sowieso keine Lust, ständig den Wagen zu ziehen.“

„Aber dein Fahrrad müsste dann auch hierbleiben“, stelle ich fest. „Tragen können wir es nicht.“

Luke verzieht das Gesicht, doch einen Moment später fügt er sich seinem Schicksal. „Na gut.“

„Also, was ist jetzt? Was hältst du von meinem Vorschlag?“, fragt Raphael ungeduldig.

Es fällt mir schwer, den Wagen aufzugeben, wo er uns doch so lange gute Dienste geleistet hat. Allerdings ist auch mir klar, dass er seine besten Tage schon lange hinter sich hat. Schweren Herzens nicke ich. „Okay, fangen wir an."

Raphael wirft mir einen vorwurfsvollen Blick zu. „Du nicht. Du schonst dich." Ich verdrehe die Augen, muss aber lächeln.

Abwesend fange ich an, wieder einmal unsere Sachen neu zu ordnen. Als mir die Kleidung in die Hände fällt, die ich bei dem Überfall getragen habe, halte ich inne. Das Blut ist inzwischen verkrustet, der Stoff ist hart und unnachgiebig unter meinen Fingern. Ich merke, wie das Zittern zurückkehrt, und werfe die Klamotten kurz entschlossen ins Feuer. Hope mustert mich traurig, als die Sachen verbrennen, doch sie sagt nichts.

„Was soll ich denn anziehen?", fragt sie irgendwann. Ich sehe sie verwundert an und begreife, was sie meint. Ihre Hose ist total kaputt, aber sie hat nur die eine. Und die T-Shirts und Pullis bekommt sie immer von Luke und mir.

„Du darfst einfach nicht so schnell wachsen", stelle ich fest, und Hope lacht. Ich verspreche ihr, heute Abend noch ihre Hose zu nähen, und Raphael schenkt ihr ein T-Shirt von sich, in das sie theoretisch mindestens zweimal hineinpassen würde, über das sie sich aber wahnsinnig freut.

Dann ziehe ich mein rotes Kleid hervor. Ich schließe die Augen. Was soll ich bloß damit machen? Das war meine rote Weihnachtsmannmütze, mein Stück Normalität im ganzen Wahnsinn. Ich öffne die Augen wieder und beuge mich langsam zum Feuer, das Kleid in der Hand.

„Stopp!“, schreit Hope.

Ich erstarre, während Raphael „Was ist los?“ ruft.

„Nichts.“ Ich schüttle den Kopf, aber Hope starrt mich entsetzt an.

„Nicht wegschmeißen. Du brauchst das noch.“ Sie sagt das so voller Überzeugung, dass ich das Kleid zusammen mit den restlichen Klamotten in eine Plastiktüte stopfe.

Nun sammeln wir alle unsere Lebensmittel zusammen. Viel ist es nicht mehr. Unser Brot, Mehl, zwei Dosen mit Erbsen. Ein paar kleine Äpfel von Raphael und Joe. Nudeln, von denen wir eine Packung gleich über dem Feuer kochen. Hope hält mir eine Hand voll Zitronenmelisse entgegen, und ich beschließe gleich noch etwas Tee zu kochen. Wir brauchen sowieso Wasser. Insgesamt haben wir jetzt noch zwei volle und sieben leere Flaschen. Ich stelle drei Eimer, die wir in der Scheune gefunden haben, draußen in den Regen. Da es immer noch schüttet wie aus Kübeln, sind sie ziemlich schnell voll. Wir kochen das Wasser für den Tee und befüllen mit dem restlichen Wasser unsere Flaschen. Meine Rippen beginnen wieder zu schmerzen und so lehne ich mich an einen Balken, um mich ein wenig auszuruhen.

Hope setzt sich neben mich, in der Hand unsere Haarbürste und die rote Spange, die mir Luke geschenkt hat. Sie schaut so bittend, dass ich mich ohne Widerrede als Versuchsobjekt für ihre Frisierkünste zur Verfügung stelle.

Sie kämmt mir die Haare. „Judy, du hast mehr Knoten als Haare auf dem Kopf“, sagt Hope vorwurfsvoll.

Ich muss lachen. „Was willst du eigentlich machen?“, frage ich Hope, als mir das Herumgezupfe allmählich auf die Nerven geht.

„Ich will dir einen Zopf flechten.“

„Weißt du überhaupt, wie das geht?“, fragt Raphael, der neben mich tritt und einen Arm voll mit Leder- und Stoffresten und kleinen Holzstückchen auf den Boden fallen lässt.

„So ungefähr.“

Raphael lacht. „Soll ich es dir zeigen?“ Er wartet nicht auf eine Antwort, sondern setzt sich hinter mich und flicht mit geübten Händen mein Haar. Dann nimmt er die Spange und fixiert den Zopf.

Ich drehe mich zu ihm um. „Woher kannst du das so gut?“, will ich wissen.

Ein Schatten legt sich auf sein Gesicht. „Ich hatte drei Schwestern.“ So wie er das sagt, ist mir klar, dass auch sie tot sind. Er atmet tief durch. „Hope, kann ich mal die Bürste haben?“

Joe und Luke kommen zu uns, beide genauso beladen wie Raphael es war. „Ich glaube, du solltest dir lieber gleich die Haare abschneiden“, stellt Joe mit einem kurzen Blick auf Raphaels Haarmähne trocken fest.

Ich nicke. „Stimmt. So verfilzt, wie die sind …“

Raphael schaut frustriert. „Aber bitte nicht ganz kurz. Wachsen lassen dauert immer so ewig.“

Ich muss lachen und hole eines unserer Messer. „Ich werde mich bemühen. Aber du wirst der Erste in meinem ganzen Leben sein, dem ich die Haare schneide. Also erwarte nicht zu viel.“ Raphael setzt sich brav hin.

„Ist doch langweilig“, murrt Luke. „Können wir noch mal raus?“ Ich schaue zu Luke, dessen Haare inzwischen lang genug sind, dass er sie zusammenbinden könnte, und zu Joe, dessen braune Locken an einigen Stellen schlimme Knoten aufweisen. Aber bevor ich vorschlagen kann, dass die beiden sich lieber dem improvisierten Frisörtermin anschließen sollten, nickt Raphael. „Meinetwegen.“

„Okay“, sage ich. „Aber nur, bis es dunkel wird. Und sucht Löwenzahn, ja? Mehr zu essen schadet nicht.“

Joe und Luke verschwinden in den Regen. Ich knie mich vorsichtig hinter Raphael und überlege. „Mit einer Schere wäre es einfacher …“ Vorsichtig beginne ich, die Stellen aus seinem Haar herauszuschneiden, die so verfilzt sind, dass man ihnen unmöglich anders Herr werden kann. Danach bringe ich die übrigen Haare alle auf halbwegs gleiche Länge und kämme sie. Raphael sitzt mit geschlossenen Augen da und lächelt, als würde er das Ganze genießen. Er sieht besser aus mit kurzen Haaren, denke ich. Älter. Unwillkürlich frage ich: „Wie alt bist du eigentlich?“

„Zwanzig geworden. Und du?“

„Siebzehn. Fast achtzehn.“ Ich schließe die Augen. Es ist schon seltsam, denke ich, dass wir hier zusammensitzen. Das ganze Leben besteht aus Zufällen. Und es war definitiv ein glücklicher Zufall, der uns zusammengeführt hat.

Ich öffne die Augen wieder und sehe, dass Raphael mich

anstarrt. „Was?", frage ich und klinge dabei um einiges angriffslustiger, als ich vorhatte.

Er schüttelt den Kopf. „Nichts."

Es ist ziemlich kühl, die Wärme des Feuers entweicht viel zu schnell durch die zugigen Wände. Raphael schlägt vor, früh schlafen zu gehen, und da ich todmüde bin, widerspreche ich nicht. Luke und Joe bekommen die Schlafsäcke, und Hope und ich kuscheln uns zusammen unter eine Decke. Hopes kleiner Körper ist warm und tröstlich in der Dunkelheit, die an mein Herz klopft. Es scheint mir so, als stünde dort eine ganze Armee von Schatten und der einzige Engel, den ich bisher kennenlernen durfte, hat trotz alledem die traurigsten Augen, die ich je gesehen habe.

12

23. Mai

Ich wache davon auf, dass mich jemand an den Schultern rüttelt. Dann höre ich Schreie, und einen Augenblick später wird mir klar, dass ich es bin, die schreit. Schlagartig klappe ich den Mund zu.

„Judy, es ist gut“, flüstert Raphael. „Niemand tut dir etwas.“

Verwundert registriere ich, dass es noch dunkel ist. Im Hintergrund sehe ich die Silhouetten von Luke und Joe, die halb sitzend, halb liegend zu uns herüberschauen. Noch mehr verwundert mich allerdings, dass Hope neben mir noch selig schlummert.

„Was ist los?“, frage ich. Bis auf die Tatsache, dass mir immer noch alles wehtut, fühle ich mich nicht schlecht. Zumindest nicht furchtbar.

„Du hast geschrien“, meint Raphael, „als würde dich jemand foltern. Hast du schlecht geträumt?“

Langsam schüttle ich den Kopf. Ich kann mich nicht erinnern, und das macht mir Angst. Plötzlich wird die Nacht um ein Vielfaches dunkler.

„Ich weiß es nicht“, sage ich, und dann beginne ich zu weinen. „Ich weiß es nicht.“

Raphael nimmt mich in die Arme und wiegt mich wie ein kleines Kind. „Was ist los?“, fragt er noch einmal.

„Ich weiß es nicht!“, schluchze ich. Ich weiß es wirklich nicht. Ich kann nur nicht mehr schlafen.

Ich höre, dass Raphael Joe und Luke sagt, sie sollen sich wieder hinlegen. Dann setzen wir uns neben das erloschene Feuer, ohne ein Wort zu sagen. Raphael macht keine Anstalten, sich schlafen zu legen, und ich bin froh, nicht allein zu sein. Nachts ist es so viel schwerer, nicht den Mut zu verlieren. Nicht der Dunkelheit nachzugeben. Auf der Wiese im Licht der Sonne war einen Moment alles leichter. Oder als wir Musik gehört haben. Urplötzlich wird mir bewusst, dass ich mir nicht sicher bin, was passiert wäre, wenn wir Raphael und Joe nicht begegnet wären. Ob Hope dann einfach gestorben wäre, weil Luke und ich sie nicht aus ihrem Eispalast hätten befreien können? Ob Luke und ich in dieselbe Lethargie verfallen wären?

„Raphael? Ich bin froh, dass wir uns getroffen haben.“

Es ist zu dunkel, um etwas zu erkennen, doch ich weiß, dass er lächelt.

Als die Sonne hinter einem Berg von Wolken aufgegangen ist, wecken wir die anderen drei. Und dann wandern wir los. Langsam zwar, aber wir wandern. Aschenputtel folgt uns. Wir haben sie losgebunden. Der Stute steht es frei, zu gehen, wohin sie will. Sie kann sich ein anderes Zuhause suchen, einen Platz, an dem sie leben kann. Aber bis jetzt folgt sie uns. Es fühlt sich gut an, zu laufen. Wohin, steht in den Sternen. Wir folgen einer breiten, ramponierten Bundesstraße, die Richtung Westen führt.

Der Tag vergeht, dann noch einer und noch einer. Ab und zu sehen wir andere Menschen. Raphael tauscht eine unserer Taschenlampen gegen etwas zu essen, aber meistens gehen wir hungrig schlafen.

Manchmal erinnert mich unser Laufen in schrecklicher Weise an die Zeit vor unserem Treffen mit Joe und Raphael. Und doch ist es anders. Wir reden. Viel mehr als früher. Luke und Joe hängen ständig zusammen rum und es macht mich glücklich, Luke lachen und spielen und Spaß haben zu sehen. Raphael und ich unterhalten uns. Über Dinge, die wir mögen, über Essen, Filme, Bücher ... über Farben, Blumen, das Wetter, Fernsehmoderatoren, Talentshows, eine mögliche Zombie-Epidemie, alles Mögliche – nur nicht über unsere Familien oder unsere Vergangenheit.

Zu zweit ist es nicht mehr so schlimm, Verantwortung zu übernehmen. Zu zweit kann man sie sich teilen.

Es ist auch nicht mehr so schwer für mich, in verlassenen Häusern oder ausgebrannten Ruinen nach verwertbaren Gegenständen und nach Essen zu suchen. Meine schreckliche Angst, dass etwas Schlimmes passieren könnte, wird weniger. Und wenn ich in Raphaels grüne Augen schaue, fühle ich mich gut aufgehoben. Raphael ist es auch, der mich dazu bringt, in diesen Häusern zu übernachten und nicht mehr im Freien zu schlafen. Er hilft mir, meine Abneigung und Zweifel zu überwinden. Und obwohl es mich ein bisschen gruselt, zwischen fremden Möbeln in fremden Häusern zu sein, machen die weichen Betten das wieder gut. Zu zweit sind die Nächte, wenn Joe, Luke und Hope schon längst eingeschlafen sind, nicht mehr ganz so dunkel.

Eines Abends, ein paar Tage nach unserem gemeinsamen Aufbruch, bittet Raphael mich, ihm etwas vorzulesen.

„Warum liest du nicht selbst?“, will ich wissen.

Raphael lächelt schwach. „Keine Ahnung. Heute nicht.“

Ich nicke langsam und hole unsere Bücher.

„Tolle Mischung“, stellt Raphael fest. Einen Moment starrt er die Märchen an, als würden sie ihn an etwas erinnern. Als er mir den »Herr der Ringe« gibt, sagt er mit einem schiefen Lächeln: „Den wollte ich immer schon mal lesen, hatte aber nie die Geduld.“ Ich schlage das Buch auf und fange an. Ich lese, bis das Feuer heruntergebrannt ist und ich nichts mehr sehen kann, und ich merke, wie sich eine tiefe, wärmende Ruhe in meinem Körper ausbreitet.

13

Als ich am nächsten Tag aufwache, habe ich Halsweh. Es ist der 29. Mai, stelle ich nach einem Blick auf den Kalender fest. Den Wochentag weiß ich nicht. Ich habe die Wochentage schon lange nicht mehr dazugeschrieben. Aber mein Gefühl sagt mir, dass es Montag ist, so ein Montag, an dem ich früher gerne im Bett geblieben wäre.

Ein leichter Wind weht, als wir aufbrechen, und ich beginne zu frösteln, obwohl es eigentlich recht mild ist. Ich bin unendlich müde und die Halsschmerzen bereiten mir Sorge. Jeder Schritt wird zur Qual und kostet mich mehr Kraft als der davor. Trotzdem bitte ich nicht um eine Pause. Ich merke, wie Raphael besorgt zu mir herüberschaut, doch er sagt nichts und ich bin ihm dankbar dafür.

Am Nachmittag legt sich ein Schleier über meine Augen. Ich habe Kopfweh und ich beginne zu schwitzen. Dann wieder zu frieren. Es geht nicht weiter. Ohne es zu wollen, lasse ich mich auf den Boden sinken. Luke kommt zu mir gerannt.

„Judy, was ist los?" Auch Raphael ist sofort bei mir und legt eine Hand auf meine Stirn.

„Du hast Fieber", sagt er bestürzt.

Joe und Hope stehen stumm hinter ihm.

„Es hat keinen Sinn, hier zu rasten", höre ich Raphael sagen. „Es windet total und es sieht nach Regen aus. Wir müssen uns einen geschützten Platz suchen."

„Aber Judy kann so nicht weiterlaufen", stellt Joe trocken fest.

Raphael sieht mich an. „Ich kann dich ein Stück tragen." Ich nicke wie im Traum.

„Und wenn sie runterfällt?" – Hopes leise Stimme. Ich höre Raphael antworten, doch ich verstehe nicht mehr, was er sagt. Dann verteilt er seine Taschen auf die beiden Jungs und nimmt mich auf seinen Rücken.

Undeutlich merke ich, wie jemand mich eine Weile später herunternimmt und irgendwo hinlegt. Ich schlafe ein. Es ist ein unruhiger, fiebriger Schlaf, voller schemenhafter Gestalten. Mama und Papa und all meine Freunde und Verwandte kommen vorbei. Aber sie bleiben nie lange. Ich sitze immer an derselben Stelle und alle verabschieden sich von mir. „Bis bald", sagen sie.

Ich weine. „Nehmt mich mit! Ich will nicht bleiben!", rufe ich. Aber sie schütteln ihre schattenhaften Köpfe.

Immer, wenn ich aufschrecke, sitzt jemand neben mir und gibt mir etwas zu trinken. Ich höre die anderen reden, verstehe aber nicht, was sie sagen.

Das Erste, was ich wieder klar wahrnehme, ist das fröhliche Zwitschern eines Vogels. Ich schlage die Augen auf. Raphael sitzt neben mir.

„Hey", krächze ich. Mein Hals ist so trocken wie eine Wüste nach einem Sandsturm.

Raphael lächelt. „Hey. Wie fühlst du dich?"

Ich horche in mich hinein und finde zu meinem maßlosen Erstaunen einen tiefen Frieden.

„Gut. Ich fühle mich gut."

Raphael kommt mir müde vor, als er nickt. Er lehnt an einer Autotür. Ich liege in einem Auto. Mein Gehirn arbeitet noch etwas langsam. Ich richte mich halb auf und alles beginnt sich zu drehen. Kraftlos sinke ich zurück.

„Langsam", mahnt mich Raphael. „Hast du Hunger, Judy?"

Ja. Zumindest das flaue Gefühl in meinem Magen sagt mir das. Ich nicke, und er reicht mir ein Stück Brot und eine Flasche mit Tee. Langsam fange ich an, zu essen und zu trinken.

„Wie lange war ich krank?"

„Heute ist der Einunddreißigste."

„Ich habe drei Tage verpasst?"

„Du hattest ziemlich hohes Fieber." Raphael reibt sich die Augen, dann murmelt er: „Scheiße, ich bin so kaputt … Du warst die meiste Zeit total weggetreten und hast zu schreien angefangen, wenn man dich auch nur eine Minute allein gelassen hat."

„Tut mir leid", flüstere ich beschämt. Es tut mir wirklich leid, denn Raphael wirkt total zerschlagen.

Ich beiße mir auf die Unterlippe.

„Du kannst ja nichts dafür. Ich bin nur froh, dass es dir wieder gut geht.“ Raphael zögert kurz, dann fährt er fort: „Ich glaube, dass du das irgendwie gebraucht hast. Das Fieber, meine ich. Wie so eine Art Reinigung oder so. Um statt Viren die düsteren Gedanken abzutöten.“

Ich denke einen Moment nach. Das klingt ein bisschen verrückt, aber logisch, muss ich mir eingestehen. Feuer als Reinigung. Das haben ja auch schon alle möglichen alten Hochkulturen gesagt.

Unwillkürlich frage ich: „Glaubst du an Gott?“

Raphael prustet los. „Wie bitte? Du fragst mich nach fast drei Tagen Fieberwahn ernsthaft, ob ich an Gott glaube? Hättest du dir keine irdischere Frage ausdenken können?“ Ich höre ihm beim Lachen zu und denke, dass er wunderschön aussieht, wenn er lacht. Und tatsächlich kommt mir jetzt, da mein Gehirn wieder schneller läuft, eine andere Frage in den Sinn, obwohl ich trotz allem gerne eine Antwort auf meine erste gehabt hätte: „Wo sind wir hier? Und wo sind Hope, Luke und Joe?“

Ich rutsche ein Stück hoch und sitze jetzt an die andere Autotür gelehnt da. Meine Rippen schmerzen zu meinem Erstaunen kaum noch.

„Wo wir geographisch genau sind, weiß ich nicht. Aber ich schätze mal, es gab hier eine Menge Erdbeben. Hier hat sich wohl ein Stau gebildet, und die Leute sind geflohen, als die Erde angefangen hat, sich zu bewegen – es stehen noch eine

Menge andere Autos hier herum. Und es gibt Erdbebenspalten."

Ich verziehe das Gesicht. „Und wo sind die anderen?", frage ich erneut.

„Joe und Luke sind jagen gegangen. Luke hat sich deinen Bogen geliehen. Sie sind zwar nicht sonderlich talentiert, aber ich dachte, es kann ja auch nicht schaden, wenn die beiden ein bisschen beschäftigt sind. Sie sind ungefähr vor einer Stunde los. Ich hab ihnen – heimlich natürlich – gesagt, sie sollen schauen, ob sie irgendwas für Hopes Geburtstag finden."

Ich stöhne. Das habe ich ganz vergessen. Morgen ist Hopes Geburtstag.

„Hast du mit ihr schon über den Geburtstag gesprochen? Wo ist sie überhaupt? Und wo ist Aschenputtel?"

„Ich hab noch überhaupt nichts gesagt. Aschenputtel ist weg, endgültig, seit zwei Tagen schon."

Ich nicke. Das war abzusehen, schließlich haben wir uns kaum noch um die Stute gekümmert. Manchmal ist sie mit uns mitgelaufen, manchmal war sie eine ganze Weile verschwunden. Ich denke kurz daran, dass Aschenputtel uns zusammengebracht hat und an Joes leuchtendes Gesicht, als er das Pferd gesehen hat. Aber im Grunde bin ich froh, dass wir ein Lebewesen weniger haben, um das wir uns sorgen müssen.

Raphael redet weiter: „Hope ist auch draußen und durchsucht die Autos. Ich hab sie heute rausgejagt. Sie ist gestern und vorgestern quasi nicht von deiner Seite gewichen und sah fast aus wie eine Leiche. Aber sie bleibt in Rufweite."

Ich muss lächeln. Wunderbares Mädchen. Das sieht ihr ähnlich, bei mir zu bleiben und sich selbst darüber zu vergessen. In der Stille, die jetzt eintritt, höre ich wieder den Vogel singen. Ich will schon fragen, was es für einer ist, doch da fallen mir wieder die Augen zu.

14

Als ich aufwache, ist die Sonne ein ganzes Stück weitergewandert. Raphael liegt neben mir und schläft tief und fest. Auch Hope ist wieder da. Sie sitzt auf dem Fahrersitz und sieht sich die Bilder in ihrem Märchenbuch an.

„Hope“, flüstere ich. Sie dreht sich um, und ihr Strahlen lässt die Sonne vor Neid erblassen.

„Bist du wieder ganz gesund?“, fragt sie, klettert zu mir herüber und setzt sich auf meinen Schoß.

„Ich denke schon.“ Ich betrachte Raphaels Profil.

Hope folgt meinem Blick und sagt dann leise: „Er mag dich. Das hat er mir erzählt.“

Eine Wärme breitet sich in mir aus. „So, hat er das?“

Meine kleine Schwester nickt. Dann schaut sie mir prüfend in die Augen. „Du magst ihn auch!“

Darauf sage ich nichts. Sie hat ja recht. Ich mag Raphael. Ich weiß nur noch nicht, wie sehr.

„Kommst du mit raus?“, fragt Hope schließlich. Ich folge ihr aus dem Wagen. Ich bin noch ziemlich wackelig auf den Beinen und halte mich am Auto fest. Es ist einer von diesen Kastenwagen, die ich früher nie gemocht habe. Große Teile der gelben Lackierung sind abgesplittert.

Hope deutet auf das Auto direkt neben uns. „Da drin haben Luke und Joe geschlafen. Raphael war die meiste Zeit bei dir und mir im Auto. Wegen dir. Und weil ich in der Nacht Angst hatte." Die letzten Worte flüstert sie fast.

Das ist nicht schlimm, will ich sagen. Ich habe auch Angst. Jeder hat Angst. Aber ich bleibe stumm.

Es ist schön warm hier in der Sonne, und mein Blick streift über eine endlose Reihe von Autos. Viele der Türen stehen einfach offen. „Wo sind die ganzen Menschen?", will ich von niemand Bestimmtem wissen.

„Weg", murmelt Hope und windet sich.

„Und wo warst du vorhin?", frage ich schließlich.

„Ich war in den Autos und hab nach Sachen gesucht."

„Hast du auch was gefunden?"

Zustimmendes Murmeln.

„Darf ich ès sehen?"

„Ja."

Ich werde um das Auto herumgeführt und sehe sieben Autositze um eine Feuerstelle herumstehen.

„Die sind aus den Autos, damit wir Platz zum Schlafen haben", erklärt Hope und deutet auf die Sitze. „Und als sie sie hierher getragen haben, ist Joe gestolpert und über den Sitz gefallen, und er hat fast einen Salto gemacht. Das hat ziemlich doof ausgesehen." Die Erinnerung lässt sie kichern, und ich sage lächelnd: „Das hätte ich auch gerne gesehen."

Dann werden mir die Schätze vorgeführt, die neben einem

der Sitze liegen. Hope war fleißig. Sie zeigt mir zwei Jacken, die, so kann ich mir vorstellen, von ihren Besitzern zurückgelassen wurden. Dann ist da noch eine Dose mit Bonbons. Richtige, echte, verklebte Bonbons. Ich bin mir sicher, dass sie noch essbar sind und der Gedanke muntert mich noch mehr auf, obwohl mir wieder eine bleierne Müdigkeit in die Knochen kriecht. Ich bekomme noch eine Sonnenbrille präsentiert, die nur noch ein Glas hat, also relativ nutzlos ist, doch für Hope ist sie aus irgendwelchen Gründen perfekt.

Dann reicht sie mir ein kleines Täschchen. „Schau mal, so eins hatte Mama auch." Es ist eine Schminktasche. In ihr finde ich einen Eyeliner, Wimperntusche, Make-up und Lidschatten. Ich gebe es ihr zurück, denn ich weiß, dass ich es ohnehin nie brauchen werde. Und plötzlich fällt mir James Bond ein: »Sag niemals nie« – Sean Connery ist unter den 007 mein Favorit gewesen. Ob er wohl tot ist?

„Du hast recht. Es ist fast dasselbe", sage ich schließlich.

Nachdenklich starrt Hope in die Ferne. „Sind wir eigentlich Diebe, weil wir die Sachen von Fremden nehmen?"

Ich schüttle entschieden den Kopf. „Nein. Die anderen brauchen das Zeug ja nicht mehr. Sie hätten bestimmt nichts dagegen ..."

Was sollten sie auch dagegen haben?, meldet sich der kleine, bittere Teufel in mir zurück. *Sie sind wahrscheinlich sowieso alle tot.* Und vermutlich denkt Hope dasselbe.

Um sie auf andere Gedanken zu bringen, frage ich vorsichtig: „Freust du dich schon auf morgen?"

Ich ernte einen verständnislosen Blick. „Wieso?"

„Du hast morgen Geburtstag, Süße."

Hopes Kinnlade fällt herunter. „Geb... ich hab morgen Geb... Geburtstag." Sie ist von dieser Ankündigung tatsächlich total überrascht.

Ich senke den Kopf. Hope sieht mich an, und dicke Tränen laufen ihr übers Gesicht. „Das hab ich ... ich weiß nicht, was für ein Tag ist." Ihr bricht die Stimme. „Ich will nicht Geburtstag haben!", schluchzt sie. „Und Mama und Papa sind nicht da. Und es gibt keinen Kuchen. Ich will nach Hause!"

Auch mir brennen Tränen in den Augen. Mein halbwegs frisch verheiltes Innerstes bekommt wieder Risse.

„Aber Luke und ich sind doch hier. Und Raphael und Joe", versuche ich einen Aufheiterungsversuch. Schwach, stelle ich fest. Außerdem gesellt sich zu dem ersten Knoten in meiner Brust jetzt noch ein weiterer, als ich mich frage, wo um alles in der Welt Luke und Joe stecken – jetzt, am Spätnachmittag. Raphael hat zwar gesagt, dass sie auf der Jagd sind, aber müssten sie nicht längst wieder hier sein? Ich bin total hilflos. Als große Schwester eine Niete. Eine Träne findet den Weg über mein Gesicht und ich wische sie wütend weg. Hope sitzt inzwischen auf dem Boden, die Arme um ihre Beine geschlungen, und schluchzt hysterisch. Ich beuge mich zu ihr.

„Hope ..."

„Lass mich in Ruhe!", schreit sie und springt auf. Dann

stürmt sie davon und verschwindet zwischen den Autos.

„Hope!“ Ich will ihr hinterher, doch mir wird schwindlig und ich finde mich auf dem Boden wieder. Er scheint sich zu drehen.

Plötzlich steht Raphael neben mir.

„Vorsichtig“, mahnt er mich und hilft mir auf.

„Was ist passiert?“, fragt Raphael besorgt und blickt sich suchend um. „Wo ist Hope?“

„Weg. Sie ist einfach weggelaufen.“

Raphael flucht lautstark und stürmt davon. Wie in Trance setze ich mich auf die harte Erde und versuche, den Schwindel wegzuatmen. Ich senke den Kopf und starre auf einen kleinen Stein neben meinem Schuh.

Mir wird wieder kalt. Weder Raphael und Hope noch Luke und Joe sind aufgetaucht, und so stehe ich steifbeinig auf, nehme Hopes Funde an mich und kehre zu unserem Auto zurück. Mit einer Decke um die Schultern mache ich mich daran, die nähere Umgebung nach Hope abzusuchen, aber der Schwindel zwingt mich wieder und wieder, innezuhalten. Sorge und dann Panik breiten sich in mir aus. Und das Gefühl, versagt zu haben. Es ist meine Aufgabe, Hope zu beschützen. Ich darf mir keine Schwäche mehr leisten.

Meine Uhr zeigt halb sechs, als Raphael mit Hope in den Armen auftaucht. Ich seufze erleichtert und springe mit einem Lächeln vom Autodach, von dem ich Ausschau gehalten habe. Allerdings habe ich meine Kräfte wieder einmal überschätzt, und so knicken mir die Knie weg und ich lande unsanft auf allen vieren.

„Vorsicht“, sagt Raphael erschrocken und fügt flüsternd hinzu: „Hope schläft.“

Gemeinsam legen wir sie ins Auto, decken sie zu und setzen uns wieder aufs Autodach. Mit einem Kopfnicken deute ich nach unten. „Alles in Ordnung mit ihr?“

Als hätte er meine Gedanken gelesen, sagt Raphael: „Du bist nicht daran schuld, dass es Hope so scheiße geht.“ Doch bevor einer von uns noch etwas sagen kann, höre ich ein Geräusch. Blitzschnell drehe ich mich um. Auch Raphael schaut sich suchend um.

„Da vorne“, sage ich und deute in die Richtung, in der ich zwei kleine … drei Gestalten ausmachen kann. Drei?

„Da ist noch jemand!“, stellt Raphael fest. Wir tauschen kurze Blicke aus. Dann holt Raphael die Pistole und drückt sie mir in die Hand, noch bevor ich protestieren kann. Er selbst schnappt sich ein Messer.

Inzwischen sind die drei Gestalten so nahe gekommen, dass ich Luke und Joe eindeutig identifizieren kann. Den Mann, der auch noch dabei ist, kenne ich nicht.

Ich sehe Joe, der Luke schützend einen Arm um die Schultern gelegt hat. Er geht zwischen ihm und dem Mann, der, wie ich jetzt sehe, ein Gewehr in der Hand hält. Neben mir atmet Raphael zischend ein. Seine Augen senden mir einen lautlosen Hilferuf. Und jetzt?

Mein Unterbewusstsein übernimmt das Handeln für mich.

Ohne nachzudenken, springe ich auf, stürme auf die drei zu und schreie mit überschlagender Stimme: „Waffe runter!" Erst als ich zitternd die Pistole auf den Mann richte, kommt mir in den Sinn, dass diese Aktion die größte Dummheit meines Lebens gewesen sein könnte.

Raphael denkt das offenbar auch, denn ich höre seine angstvolle Stimme: „Nein!"

Der Mann hingegen scheint weder Angst zu haben noch wirkt er auf irgendeine Weise verunsichert. Er mustert mich mit einem überraschten, interessierten Blick, der mir schon nach ein paar Sekunden unerträglich wird. Dann streicht er sich mit einer lässigen Geste die verfilzten, angegrauten Haare aus dem Gesicht. Obwohl ich innerlich bebe und mich am liebsten irgendwo verkriechen möchte, wiederhole ich meine Worte, diesmal ruhiger: „Legen Sie sofort die Waffe hin!"

Der Mann, der wohl um die sechzig sein muss und einen schmutzigen Mantel und einen nicht minder schmutzigen Rucksack trägt, lächelt spöttisch und richtet das Gewehr langsam auf Luke, der mich angstvoll anstarrt.

„Und wenn nicht, Mädchen? Was dann?"

Raphael tritt neben mich. Ich umklammere die Pistole so fest, dass es wehtut. „Dann erschieße ich Sie."

Mein Gegenüber mustert mich abschätzig, so als müsse er überlegen, ob ich es ernst meine. Dann lässt er zu meiner Überraschung das Gewehr sinken, behält es aber in der Hand. Keiner sagt etwas, bis die Stille unerträglich wird.

Raphael ist der Erste, der wieder den Mund aufmacht: „Was wollen Sie?“

„Nichts. Ich wollte nur sehen, mit wem diese zwei kleinen Diebe unterwegs sind.“ Und nach einer kurzen Pause fügt er hinzu: „Oder denkst du vielleicht, ich will euch ausrauben? Dass ich der Bösewicht bin?“

Fast hätte ich *Natürlich!* gebrüllt, aber Joe und Luke stehen noch immer neben dem Mann, deshalb will ich ihn nicht reizen. Trotzdem fauche ich: „Finden Sie das lustig, Kinder zu bedrohen?“

Ich bekomme keine Antwort. Stattdessen sagt er: „Was haltet ihr von einem Deal? Ich bekomme ein Essen und etwas Proviant und ein sicheres Nachtlager von euch und lasse dafür die zwei halben Portionen da laufen und vergesse, dass sie mich bestehlen wollten. Ab morgen lasse ich euch in Ruhe.“

Ich setze gerade zu einer weiteren unfreundlichen Antwort an, da schaltet sich Raphael wieder ein.

„In Ordnung. Wenn Sie mir auf der Stelle Ihr Gewehr geben.“

Der Mann lächelt, und mir fallen seine großen Augen auf. Sie sind eisblau. „Du scheinst mir vernünftig zu sein. Du bekommst mein Gewehr, wenn du der kleinen Scharfschützin neben dir die Pistole abnimmst. Unter uns, man muss die Pistole erst entsichern, bevor man abdrücken kann.“

Er gibt Raphael sein Gewehr und blickt mich mitleidig an. „So könntest du nicht mal einen Vogel erschießen.“ Die beiläufige Art, wie er das sagt, feuert meinen Zorn zusätzlich an. Trotzdem weiß ich, dass Raphael das einzig Richtige getan hat. Luke läuft auf mich zu, schlingt die Arme um mich. Raphael legt Joe einen Arm um die Schultern und wir machen uns auf den Weg zurück.

Mir fällt ein, dass wir Hope alleine schlafend im Auto zurückgelassen haben, doch zu meiner Erleichterung liegt sie immer noch genauso da wie vorher.

„Wie, noch eine?“ Die Stimme des Mannes lässt mich zusammenfahren. Sein Lächeln ist offen und freundlich, aber da er noch vor wenigen Minuten meinem kleinen Bruder ein Gewehr an den Kopf gedrückt hat, bin ich nicht so sehr auf Diplomatie eingestellt.

„Haben Sie auch einen Namen?“, fahre ich ihn an.

Er lächelt. „Namen haben Macht, kleine Kriegerin. Sag mir deinen doch zuerst.“

Ich antworte nicht, und so stellt Raphael uns vor.

„Habt ihr irgendetwas mitgebracht?“, fragt er die beiden Jungen anschließend.

Joe nickt zaghaft, und mir fällt auf, dass ich ihn noch nie so kleinlaut gesehen habe. „In meiner Tasche …“

Raphael holt die Tasche, und zwei Feldhasen, ein relativ großer und ein etwas kleinerer, kommen zum Vorschein. Außerdem ein kleiner Strauß Waldblumen und drei Eier, Enteneier, wie ich vermute.

„Für Hopes Geburtstag“, murmelt Luke und deutet auf die Blumen.

Auf meine Anweisung hin zünden er und Joe auf dem Seitenstreifen ein Feuer an. Der Mann, dessen Namen wir immer noch nicht kennen, setzt sich entspannt auf den Boden und beobachtet uns dabei.

Als Raphael beginnt, die Hasen zu häuten – wobei er sich nicht sonderlich geschickt anstellt –, überrascht unser ungewöhnlicher Gast mit einem Angebot: „Soll ich dir helfen? Sind schließlich die Hasen aus meinen Fallen."

Raphael nickt dankbar und der Mann zieht aus seinem Rucksack ein Messer, das ungleich besser aussieht als unseres und auch besser schneidet, denn es dauert keine fünf Minuten, bis die Tiere ihr Fell losgeworden sind. Es überrascht mich, dass der Mann die Hasen so bereitwillig mit uns teilt. Ich überlasse ihm auch das Ausnehmen und klettere zurück ins Auto, um Hope zu wecken. Fast bringe ich es nicht übers Herz, so friedlich sieht sie aus, doch Raphael hat mir erzählt, dass sie alle in den letzten Tagen so gut wie nichts gegessen haben.

„Hope, aufwachen."

Sie blinzelt und reibt sich die Augen.

„Es gibt bald etwas zu essen, Süße."

Sie gähnt. Ihre Augen sind knallrot und geschwollen. Sie setzt sich auf und will aus dem Wagen klettern.

„Warte kurz", sage ich. „Luke und Joe sind wieder da."

Sie nickt.

„Und ein Mann, der sie hergebracht hat. Er bleibt bis morgen bei uns."

Erneutes Nicken.

Wir gehen zur Feuerstelle und werden von den neugierigen Augen des Mannes empfangen. Auch Hope starrt ihn neugierig an, und ein paar Sekunden scheinen sie zu testen, wer dem Blick des anderen länger standhält. Zu meiner Überraschung schlägt der Mann die Augen nieder und nickt Hope anerkennend zu. Aus einem mir unerklärlichen Grund lächelt sie. Auch Raphael wirkt verwirrt. Ein kleines Feuer knistert zwischen uns und Luke und Raphael braten das Hasenfleisch.

Ohne Eile geht Hope zu dem Mann und setzt sich neben ihn.

„Hallo“, sagt sie.

„Hallo.“

„Ich heiße Hope.“

Ich verziehe das Gesicht. Es wäre mir lieber, Hope würde nicht so auf den Mann zugehen. Raphael tritt neben mich.

„Wenn Hope ihn mag …“, flüstert er mir zu. Ich weiß, was er meint. Meine kleine Schwester würde nie neben einem Menschen sitzen, dem sie auch nur das kleinste bisschen misstraut.

Das Essen verläuft harmonisch. Das Fleisch schmeckt richtig lecker, vor allem, wenn man solchen Hunger hat wie wir.

Mittlerweile ist es dunkel geworden und Raphael sagt: „Joe, Luke, Hope, ihr geht jetzt schlafen.“

Die drei stehen ohne Widerspruch auf – wie macht

Raphael das nur? –, und Raphael und ich folgen ihnen. Als sie es sich in ihren Decken bequem gemacht haben, fragt er leise: „Was ist eigentlich heute passiert? Wie habt ihr den da aufgelesen?"

Joe schaut ihn kleinlaut an. „Wir haben versucht zu jagen, da hinten bei dem Wald. Luke hätte auch fast eine Ente erlegt. Dann haben wir Äste brechen gehört und die Ente ist davongeflogen. Wir wollten zum Waldrand zurück und dann ist Luke über diese Fallen gestolpert." Er verstummt, und Luke übernimmt das Reden: „Da lagen einfach zwei Hasen. Ich meine, was hättet ihr gemacht? Wir haben Hunger! Da haben wir sie einfach mitgenommen. Und dann steht der Mann da mit seinem Gewehr." Er sieht Raphael und mich mit einer Mischung aus Trotz und Schuld an.

„Er wird ja morgen sowieso wieder gehen", sage ich.

„Er will bleiben", meint Hope.

Entgeistert starren wir sie an. Wie kommt sie jetzt darauf?

„Warum?", fragt Joe mit finsterer Miene.

„Weil er nicht will, dass uns etwas Schlimmes passiert." Und ohne eine weitere Erklärung legt sie sich hin, dreht sich zur Seite und schweigt.

Raphael hebt die Arme als wolle er sagen, wir sollen ihn einfach alle in Ruhe lassen. Dann verschwindet er ohne ein weiteres Wort. Auch mir ist nicht nach Reden zumute, also sage ich: „Gute Nacht", und gehe ebenfalls.

Der Mann schläft neben dem Feuer.

„Er muss sich sehr sicher sein, dass wir ihm nichts tun",

stellt Raphael trocken fest. „Wenn du schlafen willst, kein Problem. Ich kann Wache halten." Doch ich sehe die Müdigkeit in seinen Augen.

„Nein, du legst dich hin. Du hast die letzten Tage auf uns aufgepasst. Jetzt bin ich an der Reihe."

Er lächelt. Und dann umarme ich ihn. Er umfasst mich ebenfalls, und eine Weile stehen wir einfach so da. Ich weiß nicht, warum ich das getan habe, doch es fühlt sich gut an. Seine Hände auf meinem Rücken vermitteln mir ein Gefühl von Sicherheit, Beständigkeit. So könnte es bleiben. Ich fühle mich aufgehoben. Und der schreckliche Schmerz, alleine zu sein, dieser Schmerz, der mich seit dem Tod unserer Eltern nicht eine Sekunde allein gelassen hat, ist für diesen kurzen Moment in den Hintergrund getreten.

Schließlich löst sich Raphael von mir, drückt mir einen Kuss auf die Stirn und legt sich schlafen. Ich bleibe in meine Decke gehüllt wach und versuche, an nichts zu denken. Aber irgendwann überrollt mich die Müdigkeit. Mein letzter Gedanke ist, dass die Dinge vielleicht doch irgendwann wieder in Ordnung kommen werden. Vielleicht … irgendwann …

15

1. Juni

Raphael weckt mich, indem er mir eine Haarsträhne aus dem Gesicht streicht. Ich schrecke hoch und schlage reflexartig seine Hand weg. Er zuckt zurück.

„Es tut mir leid", murmle ich. „Ich wollte nicht …"

„Kein Problem. Komm raus, es gibt Frühstück. Rührei. Ich gehe schnell die anderen wecken."

Mühsam kämpfe ich mich auf die Beine und werde von dunklen Wolken begrüßt. Als ich zur Feuerstelle komme, sehe ich schon Hope. Ich gehe auf sie zu und umarme sie.

„Alles Gute zum Geburtstag, Süße." Sie lächelt schwach, sieht aber recht gefasst aus. Neben ihr sitzt unser Unbekannter, der in einer kleinen Pfanne, die ich nicht kenne, die paar wenigen Enteneier rührt. Er schaut zu mir auf.

„Guten Morgen, Judy. Ich hoffe, du hast nichts dagegen, dass Hope und ich uns ein wenig unterhalten haben."

Da ich erstaunlich gut geschlafen habe, will ich mir meine halbwegs menschenfreundliche Laune nicht gleich wieder vermiesen lassen, und so sage ich überhaupt nichts. Soll Hope doch selbst entscheiden, mit wem sie sich anfreunden will. Außerdem hat sie heute Geburtstag.

Als die anderen da sind, beginnen wir zu essen. Die Eier schmecken wunderbar. Zusammen mit den Bonbons, die Hope gestern gefunden hat, ist es geradezu ein Festessen.

Luke und Joe schenken ihr den kleinen Blumenstrauß, und dann überrascht Raphael uns alle mit einem Bild, das er gemalt hat. Darauf ist mit blauem Filzstift eine riesige Torte gemalt, mit sechs Geburtstagskerzen. Sie sieht toll aus.

„Ich konnte keine backen", entschuldigt Raphael sich.

Hope strahlt.

„Und was machen wir jetzt?", fragt Joe sie anschließend. „Du hast schließlich Geburtstag. Du darfst dir etwas wünschen."

Hope schaut mich fragend an, und ich nicke ihr aufmunternd zu. Sie überlegt eine Weile. „Ich wünsche mir, dass wir Verstecken spielen oder Fangen … oder so."

„Das ist gut", sagt der Mann. Kurz wundere ich mich, dass er wie selbstverständlich davon ausgeht, dass er bleiben kann, bleiben darf, was auch immer. Doch schon einen Moment später stelle ich fest, dass es mich überhaupt nicht stört. Ich mag seine Stimme. Sie ist beruhigend, tief, vertrauenerweckend … Aber aufpassen werde ich trotzdem! Denn seltsam ist es schon, wie selbstverständlich für ihn alles zu sein scheint.

Auch Joe und Luke wirken ein bisschen verstimmt, weil unser Gast keine Anstalten macht zu gehen – was ich nachvollziehen kann, da ebendieser ihnen gestern noch ein Gewehr vor die Nase gehalten hat.

„Soll ich als Erster suchen?", fragt Raphael mit einem Lächeln, das kein bisschen gezwungen wirkt. Hope nickt, und sie, Luke und Joe rennen davon. „Nicht so weit!", ruft Raphael ihnen noch hinterher.

Als der Mann auch gehen will, packe ich ihn am Arm. „Eins noch: Wenn Sie auch nur daran denken, uns etwas zu tun, bringe ich Sie um!"

Er lächelt. „Das würdest du nicht tun, Judy. Du bist nicht wie ich." Dann geht er.

„Verraten Sie uns noch Ihren Namen?", rufe ich ihm hinterher – fassungslos. Was war das denn für eine Antwort? Raphael schenkt mir ein aufmunterndes Lächeln, das die Sorge in seinen Augen nicht ganz verscheuchen kann. Irgendwann, nehme ich mir vor, während ich ein Versteck suche, irgendwann, Raphael, werde ich nach deiner Geschichte fragen.

Ich setze mich in einen an einer Seite offenen Lieferwagen. Eine sonderbare Aufregung ergreift von mir Besitz. Es ist die gespannte Erwartung eines Kindes, das nicht gefunden werden will, weil es das beste Versteck entdeckt hat, und gleichzeitig hofft, das Erste zu sein, weil es nicht vergessen werden will. Ich schließe die Augen. Mit aller Kraft wünsche ich mir, wieder klein zu sein.

„Gefunden!" – Raphaels Stimme.

„Jetzt fehlt nur noch Judy!", höre ich Hope aufgeregt quietschen.

„Und unser geheimnisvoller Fremder", murrt Joe, und ich

sehe seinen verächtlichen Gesichtsausdruck deutlich vor mir. Die Stimmen kommen näher. Einige Sekunden später steckt Raphael den Kopf zu mir herein. „Komm raus."

Hope erwartet mich mit strahlenden Augen, und auch Luke und Joe wirken halbwegs fröhlich. Raphael hält mir die Hand hin und ich lasse mir von ihm auf die Beine helfen.

Den Mann finden wir an unserer Feuerstelle. Offenbar hat er keine Lust gehabt, sich ein besseres Versteck zu suchen. Wenn er meint! Ich jedenfalls habe nicht vor, Hope ihren Geburtstag zu verderben, und so erkläre ich mich gleich bereit, als Nächste zu suchen. Denn obwohl ich immer noch ein wenig aufpassen muss, mich nicht zu überlasten, ist es einfach himmlisch, so herumzutoben. Auch die anderen wirken so gelöst wie seit langem nicht mehr und Hope hüpft fröhlich durch die Gegend. Erst gegen Mittag fällt mir auf, dass der Mann verschwunden ist.

„Nein. Ich hab auch nicht auf ihn geachtet. Aber sein Zeug ist noch hier", sagt Raphael auf meine Frage, ob er ihn gesehen habe.

„Ist doch egal, wo er ist", murmelt Joe, und Luke stimmt ihm zu. Nur Hope schaut sie böse an, und ich frage mich zum wiederholten Mal, was sie so rasch für den Fremden eingenommen hat. Wie kann mein ängstliches, misstrauisches Schwesterchen einen Fremden verteidigen, den wir nicht einmal einen Tag kennen?

„Er ist ein guter Mensch!", faucht sie. „Sonst hätte er euch gestern erschossen!"

Für diese Bemerkung kassiert sie dann doch einen bösen Blick von mir. „Über so etwas macht man keine blöden Bemerkungen. Nicht mal, wenn man Geburtstag hat, mein Schatz."

Raphael sieht nachdenklich zu mir herüber. „Schon seltsam, wenn jemand seinen Namen nicht nennt", stellt er fest.

„Er kommt bestimmt zurück", sage ich. Davon bin ich überzeugt.

Und ich behalte recht. Am frühen Abend kommt er in unsere Richtung gelaufen. Hope rennt ihm entgegen.

Raphaels Frage, wo er gewesen sei, scheint ihn zu belustigen. „Höre ich da etwa, dass ihr euch Sorgen um mich gemacht habt?"

Ich schüttle den Kopf und er lacht kurz auf. „Ich war noch mal im Wald und habe nach Essen gesucht. Wirklich erstaunlich, wie fruchtbar es hier noch ist."

Als ich über seine Worte nachdenke, muss ich feststellen, dass er recht hat. Wir sind durch Gebiete gewandert, wo es nichts als trockene Erde und kaputte Pflanzen gab. Oder Wiese. Endlose Wiese. Hier ist der Wald – obwohl er nicht sehr groß ist – voller Leben. Das gefällt mir.

Der Mann zeigt uns seine Tasche, in der noch mehr Vogeleier liegen, zusammen mit einer ansehnlichen Sammlung von Pilzen und Grünzeug, das mir aber alles unbekannt ist. Meine Pflanzenkenntnisse beschränken sich auf Löwenzahn, Gänseblümchen und Hahnenfuß.

Während Luke und Joe sich aus dem Staub machen, zeigt

der Mann Hope und mir die unterschiedlichen Pflanzen und Kräuter. Manche Pflanzen wie Bärlauch oder Brennnesseln kenne ich dann doch, andere habe ich zumindest schon mal gesehen, aber nicht gewusst, dass man sie essen kann; so zum Beispiel den Sauerklee. Von den Pilzen dagegen habe ich wirklich keine Ahnung. Generell bin ich kein Freund von Pilzen und ein paar sehen tatsächlich nicht sonderlich vertrauenerweckend aus.

„Und die kann man wirklich alle essen?“, frage ich skeptisch.

Der Mann nickt. „Ich will euch doch nicht vergiften.“

Hope muss lachen, doch bei mir klingeln schon wieder sämtliche Alarmglocken. Im nächsten Moment ärgere ich mich über mich selbst. Sei doch einfach dankbar, dass er euch hilft, schimpfe ich mich. Und um meinen guten Willen zu beweisen, sage ich leise: „Danke.“

Er sieht verwundert aus, und ich kann es ihm nicht verdenken. Ist vermutlich das erste Mal, dass ich etwas Nettes zu ihm sage und es auch ernst meine. Raphael, der mit einem Buch in der Hand nahe bei uns sitzt, lächelt mich wissend an.

Der Tag endet mit einer Überraschung, als der Mann uns eine kleine Sofortbildkamera präsentiert und sich bereit erklärt, ein Bild von uns zu machen. Das Bild gibt er Hope. „Mein Geschenk für dich“, sagt er leise. Hope starrt wie gebannt auf das kleine Foto, und auch ich beuge mich vor. Ich sehe älter aus, als ich mich in Erinnerung habe. Dünner, fast abgemagert und irgendwie verwildert. Ein leises Unbehagen breitet sich in mir aus, aber Hope strahlt. „Judy, ich bin gewachsen!"

Nach einem kleinen Abendessen zaubert der Wanderer schließlich aus seinem schier unerschöpflichen Rucksack eine Packung Spielkarten hervor, und er und Raphael bringen Joe und Luke das Pokern bei, während ich Hope zum Schlafen ins Auto bringe. Sie kuschelt sich an mich und gähnt.

„Weißt du, Judy, das war ein schöner Tag", flüstert sie. Ich nicke. Was gibt es da noch hinzuzufügen?

„Meinst du, jetzt wird alles gut?", fragt sie leise.

Ich seufze. Wie gern würde ich ihr die Antwort geben, die sie hören will. „Ich weiß es nicht, Süße. Ich weiß es einfach nicht." Ich drücke sie fest an mich. „Aber selbst wenn in nächster Zeit etwas Schlimmes passiert, musst du immer daran denken, dass heute ein schöner Tag war. Diesen Tag kann dir nämlich niemand mehr wegnehmen."

Hope gähnt wieder. „Du bist die Beste auf der ganzen Welt", murmelt sie noch, dann schläft sie ein.

Ich küsse sie auf die Stirn. „Gute Nacht, Prinzessin!" Und da auch ich todmüde bin, bleibe ich gleich bei ihr liegen. Während ich wegdämmere, bete ich noch darum, dass jetzt wirklich alles besser wird. Ganz so, wie Hope es sich gewünscht hat.

16

2. Juni

Als ich aufwache, ist es erst halb fünf. Ich bin hellwach. Um Hope nicht zu wecken, klettere ich vorsichtig aus dem Auto. Der Gedanke, dass meine Uhr immer noch läuft, zaubert mir unwillkürlich ein Lächeln ins Gesicht. Es ist albern, das ist mir klar, aber es ist ein Stück Normalität in all dem Wahnsinn.

Als ich zur Feuerstelle komme, sehe ich mit dem Rücken zu mir den Mann dort sitzen. Ich will mich wieder wegschleichen, da spricht er mich an:

„Hallo Judy. Willst du dich nicht zu mir setzen?"

„Woher wussten Sie, dass ich es bin?" Da mir nichts Besseres einfällt, setze ich mich tatsächlich.

Er mustert mich durchdringend mit diesen Augen, die mich noch immer ein bisschen nervös machen, und so starre ich vorsorglich auf meine Schuhspitzen. Dabei stelle ich fest, dass auch meine Turnschuhe schon bessere Zeiten erlebt haben.

„War nur so ein Gefühl", sagt der Mann.

Für ein paar Minuten sagen wir beide nichts, doch dann halte ich die Stille nicht länger aus. „Warum helfen Sie uns?", frage ich geradeheraus. „Warum sind Sie nicht einfach weitergezogen, um sich ein besseres Leben zu suchen?"

„Kannst du dir nicht vorstellen, dass es bei euch besser ist als alleine?" Er lacht leise auf. „Vielleicht will ich euch ja einfach helfen ... Womöglich bin ich einfach nur ein netter Mensch." Seine Bemerkung macht mich nachdenklich. Ist es bei uns denn wirklich besser?

Schließlich murmle ich: „Das hat Hope auch zu mir gesagt ... also, dass Sie ein netter Mensch sind."

Bin ich tatsächlich nicht mehr fähig, zu unterscheiden, was echte und was falsche Freundlichkeit ist? Habe ich die Gabe verloren, Menschen zu vertrauen?

Als hätte er meine Gedanken gelesen, meint der Mann: „Zu düstere Gedanken am Morgen verderben den ganzen Tag." Ich ziehe die Schultern hoch. Eine Weile sitzen wir schweigend da, dann starte ich einen weiteren Versuch: „Wie heißen Sie?"

Der Mann blickt mich ernst an. Vielleicht sogar ein wenig traurig. „Ist das wirklich so wichtig?"

Ich denke einen Moment nach. Es erscheint mir schon wichtig. Ein komisches Gefühl, den Namen seines Gegenübers nicht zu kennen.

„Gut", sage ich schließlich, „es ist Ihre Entscheidung. Aber ich persönlich finde, es klingt ziemlich abwertend, wenn ich Sie in Gedanken immer ‚den Mann' nennen muss."

„Und ich finde, das ist nicht besser oder schlechter als irgendein anderer Name."

Vielleicht kann ich ihm doch ein wenig vertrauen, denke ich, als er mich anlächelt. Oder zumindest weniger misstrauen.

Wir sitzen still da und betrachten gemeinsam den Sonnenaufgang. Orange. Rosa. Rot. Für eine Weile bekommt die Welt einen schönen Anstrich. Heute gibt es keine Wolken. Weniger grau.

Doch schon im nächsten Moment fühle ich mich wieder elend. Vielleicht, weil der Mann mich an die Erwachsenen der Welt erinnert. Weil es leichter war, meine Eltern zu vergessen, als wir nur fünf einsame Kinder waren. Als Raphael und ich erwachsen sein mussten. Und jetzt? Jetzt wünsche ich mir fast, dass er bleibt und uns sagt, was zu tun ist, uns tröstet, wenn wir einsam sind, und uns die Angst vor der Dunkelheit nimmt.

Vorsichtig spähe ich zu dem Mann hinüber, und als ich merke, dass er mich ansieht, wende ich mich schnell wieder ab. Seine Augen, diese eisblauen, unglaublichen Augen, die sich so sehr von seinem Gesicht abheben, brennen Löcher in meine Haut. Er soll die Tränen nicht sehen, die mir in die Augen gestiegen sind.

Raphael kommt zu uns. Zur Begrüßung bekommt der Mann ein knappes Nicken und ich ein Lächeln. Ich stehe auf, und noch bevor er etwas sagen oder tun kann, drehe ich mich um und laufe los. Ich weiß, dass Raphael mir folgen wird.

„Judy?" Raphaels Stimme klingt zögerlich. Ich nicke.

„Judy, was denkst du?"

Ich muss nicht fragen, worüber. „Ich will, dass er bleibt", sage ich fest. Jetzt, da ich das ausgesprochen habe, finde ich auch die passenden Worte für meine Empfindungen. „Ich will nicht mehr entscheiden müssen, was wir tun. Und ich will nicht mehr dafür verantwortlich sein, dass Hope und Luke und jetzt auch Joe und du satt werden. Ich will, dass er das alles macht. Ich weiß, dass ich ziemlich egoistisch bin, aber ich bin doch …" Wütend wische ich mir über die Augen.

„… ein Kind?", fragt Raphael leise, und in seinen Augen sehe ich die gleiche Verzweiflung wie in mir. „Ich weiß, Judy, ich weiß. Ich will auch, dass er bleibt." Die letzten Worte sind kaum mehr als ein Flüstern.

Raphael weint. Es ist ein stummes Weinen, ein ängstliches Weinen. Es sind nur ein paar Tränen, die aus seinen Augenwinkeln rinnen. Zum ersten Mal, seit ich ihn kenne, wirkt er nicht mehr stark und optimistisch. Ein kleiner Junge kommt in ihm zum Vorschein, und es bricht mir das Herz zu sehen, wie dieser kleine Junge leidet, so wie wir alle leiden. Ich will nicht, dass er weint. Ich stelle mich auf die Zehenspitzen, umarme ihn und lege meinen Kopf auf seine Schulter.

Raphael atmet tief ein und aus. „Er wird bleiben", flüstert er vorsichtig in mein Ohr. „Das wird er sicher."

Der schreckliche Knoten in meiner Brust löst sich ein wenig, und ich nicke. „Ich weiß schon … Aber scheiße ist es trotzdem."

Noch einmal holt Raphael tief Luft. „Definitiv."

Und dann, weil so schrecklich schöne Momente nicht anders aufgelöst werden können, mache ich mich von ihm los und greife auf die einzige Möglichkeit zurück, die uns noch bleibt:

„Hey!" Ich verziehe das Gesicht zu einem Grinsen. „Was genau passt dir an unserer Situation eigentlich nicht? Ich meine, wünschst du dir zusätzlich zu unserer Unterbringung noch einen Butler? Oder hat der Herr sonst noch Sonderwünsche?"

Raphael lacht auf, und die letzten Tränen werden weggewischt. „Na ja, so eine asiatische Masseurin wäre schon etwas. Du weißt schon, wie im Fünf-Sterne-Hotel."

„Igitt!" Ich versuche mich an einer Grimasse. „So wie du stinkst, bräuchtest du einen Pool dringender."

Herumalbern ist besser als Herumheulen. Als Raphael mich zurück zu unserem Lager jagt, fühle ich mich besser. Ich weiß, wir können unsere Probleme nicht weglachen, und jeden Augenblick kann ein Ereignis, ein Satz, eine Geste, eine Erinnerung uns wieder einen Schlag versetzen. Aber für den Augenblick sieht die Welt besser aus.

Der Mann sitzt noch da. Raphael greift nach meiner Hand, als suche er Halt, doch er ist wieder ganz der Alte. Er weiß, was wir zu tun haben. Und ich bin froh, dass er es tut.

„Wir wollen, dass Sie bleiben", stellt er nüchtern fest.

Es klingt nicht unfreundlich oder fordernd. Es klingt auch nicht unsicher. Es klingt einfach so, wie es klingen muss.

Falls unser Gegenüber überrascht ist, lässt er es sich nicht anmerken. Ich wage nicht, ihn anzusehen. Ein kleiner, irrationaler Teil in mir fängt an zu glauben, dass diese Augen Gedanken lesen können. So ein Quatsch, schimpfe ich mich und sehe ihn dann doch an. Ein Lächeln tritt auf die harten Züge des Mannes. „Gerne. Ich bleibe sehr gerne. Alleine schon der Kinder wegen. Man muss auf sie aufpassen."

Sind wir denn keine Kinder?, will ich ihn fragen. Aber eigentlich kenne ich die Antwort schon. In dieser Welt kann niemand lange Kind bleiben.

Da das jetzt geklärt ist, will ich mich auf den Weg machen und Joe, Luke und Hope wecken, doch eine Frage des Mannes – ich habe beschlossen, ihn „den Wanderer" zu nennen – hält mich zurück.

„Wohin wollt ihr eigentlich?"

„*Wir*", korrigiert Raphael ihn, und ich schließe mich ihm an: „Ich glaube, das müssen wir jetzt gemeinsam entscheiden."

Der Wanderer nickt langsam. „Ihr habt recht." Er lächelt. „Dann solltest du die anderen wecken. Mit einem Frühstück im Bauch lässt es sich besser nachdenken."

Und wieder behält er recht, obwohl es nur ein winziges Frühstück ist – ein bisschen Tee, Löwenzahn und einige der kleinen Bonbons, die Hope bei ihrer Erkundungstour in einem der Autos gefunden hat.

„Wohin seid ihr unterwegs?", nimmt der Wanderer den Faden wieder auf.

Was soll ich sagen?

Raphael kommt mir zuvor: „Weg von daheim. Und Joe ist mitgekommen."

„Er hat mich gerettet!", wirft Joe ein, so als wolle er sichergehen, dass der Mann weiß, was für ein toller Mensch Raphael ist.

„Wir hatten fast nichts mehr zu essen", stelle ich klar, „und ich hab unserem Vater versprochen, dass wir … nicht zu Hause verhungern." Ich werfe einen vorsichtigen Blick zu meinen Geschwistern. Hope schiebt ihre kleinen Finger in meine, Luke schaut zu Boden. Und niemand erwähnt mit einem Wort, dass wir die Frage des Wanderers nicht beantworten können. Wir haben kein Ziel.

Doch bevor jemand in seine düsteren Gedanken versinken kann, frage ich schnell: „Und Sie?"

Der Wanderer blickt mich direkt an. „Ich war auf der Suche nach meiner Enkelin. Und … danach bin ich weiter. Ich wollte nach Norden."

Interessant. Also hat der Wanderer ja doch eine Geschichte. Die Frage, ob er seine Enkelin gefunden hat, liegt mir auf der Zunge, da werde ich schon unterbrochen.

„Warum?", kommt es von Joe und Luke synchron, und Luke ergänzt: „Wir wollen ans Meer."

„Warum?", erwidert der Wanderer ein wenig spöttisch. „Am Meer ist es auch nicht anders als hier."

Joe starrt trotzig zu Boden, Luke schiebt die Unterlippe vor. Ich weiß, dass der Wanderer recht hat. Aber ich verstehe den Wunsch der Jungen, sich an die Hoffnung zu klammern, dass irgendwo ein Schiff auf uns wartet, das uns in ein besseres Leben bringt. Verdammte, verfluchte, beschissene Situation! Aber ich will nicht fluchen.

Wieder ist es Raphael, der die Situation rettet. „Jungs, ihr müsst nicht dableiben, wenn ihr nicht wollt." Und tatsächlich ist die Gelegenheit zu flüchten ihnen höchst willkommen. So schnell, wie die zwei auf den Beinen sind, kann ich kaum schauen. Ich kann es ihnen nicht verdenken. Ich wage es schon lange nicht mehr, darüber nachzudenken, was ich mir wünsche. Vielleicht einfach nur ein Ziel …

Hope bleibt bei uns sitzen, und als hätte es die Unterbrechung nicht gegeben, spricht der Wanderer weiter: „Im Süden gab es Unfälle in zwei Kernkraftwerken, erinnert ihr euch?"

Raphael nickt, und auch ich kann mich vage an einen Zeitungsartikel erinnern. Es war vermutlich einer der letzten, die es gegeben hat.

„Aber das war Hunderte Kilometer von hier entfernt", wirft Raphael ein wenig trotzig ein. „Wir sind nicht in Gefahr. Und außerdem, im Norden war es noch viel schlimmer, mit den ganzen Unwettern und den …"

Doch der Mann unterbricht ihn traurig. „Muss ich dir das Gleiche sagen wie Joe und Luke? Es ist überall schlimm."

Verdammt, ich würde wirklich gerne mal angelogen werden. So in der Art wie: „Es wartet noch eine bessere Welt auf euch." Macht aber niemand.

Hope drückt meine Hand fester und ich ziehe sie auf meinen Schoß. Am liebsten würde ich ihr die kleinen Ohren zuhalten. Doch schon macht meine kleine Schwester den Mund auf: „Judy, meine Hose ist kaputt. Und ich hab keine andere mehr." Sie präsentiert ein großes Loch in ihrer Hose, direkt neben dem, das ich vor einer Weile genäht habe. Das bringt mich ein wenig aus dem Konzept.

„Ich überleg mir was", verspreche ich.

„Warum gehst du nicht zu Joe und Luke?", fragt der Wanderer. Hope steht tatsächlich auf, wirft ihm dabei aber einen vernichtenden Blick zu. „Ich weiß schon, was ihr wollt. Erwachsenen-Sachen reden." Dann hüpft sie davon. Ihre lockigen Haare tanzen hinter ihr her.

Raphael schmunzelt. „Ich glaub, Hope ist diejenige, die die meiste Ahnung hat", stellt er fest.

„Wollt ihr beide überhaupt weiterziehen?", fragt der Wanderer.

Raphael wirft mir einen raschen Blick zu.

„Schon", beginne ich, und Raphael nickt zustimmend. „Zwischen Autos wohnen ist sicher nicht so toll für länger."

„Ich hab letzte Nacht nachgedacht", sagt der Wanderer.

Wenigstens einer. Ich versuche ja, nachts zu schlafen.

„Wir könnten uns ein Auto für die Weiterreise suchen. Alle können hier gar nicht kaputt sein. Im Wald können wir vorher sicher noch ein wenig Essen finden und ...", ein schiefes Lächeln in meine Richtung, „eine Hose für Hope findet sich sicher auch noch irgendwo."

„Hope glaubt, dass wir stehlen, wenn wir die Taschen und Koffer durchsuchen und Sachen mitnehmen", murmle ich geistesabwesend. Ist es Mitleid, das ich in den Augen des Wanderers entdecke?

„Hört sich gut an", meint Raphael schließlich. „Ich mag diesen Graben nicht. Und Autofahren klingt besser als Laufen."

Und damit ist es beschlossen. Wir reden nicht mehr darüber, wohin wir fahren werden. Ich will diese Entscheidung ohnehin nicht treffen. Soll der Wanderer sie treffen. Er hat ja recht. Es ist überall gleich. Das bessere Leben, nach dem wir uns alle sehnen, könnte in jeder Himmelsrichtung warten. Oder in keiner. Aschenputtel kommt mir in den Sinn. Wer weiß, wo unsere Pferde-Prinzessin jetzt ist.

Ich stelle fest, dass die Entscheidung, dass der Wanderer bleibt, die richtige war. Denn obwohl Luke und Joe ihn immer noch nicht sonderlich leiden können – immerhin hat er sie mit einem geladenen Gewehr im Anschlag hierher begleitet –, sind auch sie begeistert bei der Sache, sich mit ihm um ein großes Auto, Benzin und die möglichen technischen Ersatzteile zu kümmern. Und ich bin sicher, die drei werden das schon hinkriegen.

In der Zwischenzeit gehen Raphael, Hope und ich auf Beutetour. Die Leute sind wohl tatsächlich von einem der Erdbeben überrascht worden. Kaputte Autos, Dutzende von Unfällen, Flucht aus den Autos, alles wurde zurückgelassen.

Es ist – ich schäme mich fast, das zuzugeben – großartig, was wir alles finden. Wir durchwühlen die Kofferräume und durchstöbern Taschen. Neue Kleidung, Unmengen von T-Shirts, Hosen, Pullis, Hemden, Unterwäsche, auch Schuhe, Bücher, Sonnenbrillen, Taschentücher, eine Reiseapotheke, Medikamente, Batterien, einige kleine Taschenlampen, Feuerzeuge, unzählige nützliche Kleinigkeiten von Taschenmessern bis hin zu CDs, von denen Raphael ein paar einsteckt, in der Hoffnung, dass das CD-Deck im Auto funktioniert. Hope sammelt Bonbondosen und Kaugummipäckchen in einen Stoffbeutel – offenbar hat wohl fast jeder Autobesitzer Bonbons und Kaugummis im Handschuhfach vorrätig –, und ab und zu finden sich sogar ein paar, meist steinharte, Gummibärchen. Worüber ich mich aber am meisten freue, sind die Zahnbürsten und die Zahnpasta sowie das Waschzeug, was wir finden. Ich scheuche alle zum Bach. Zitronendusche, gekrönt mit einer doppelten Portion Shampoo, schadet keinem von uns.

Hope verliebt sich in einen kleinen Stoffhund mit Schlappohren und beschließt, das verwaiste Stofftier zu adoptieren.

17

4. Juni

Am zweiten Tag überraschen uns Luke und Joe mit einer guten Nachricht.

„Wir haben ein Auto, einen VW-Bus!“, platzt es aus Luke heraus, als wir gerade beim Essen sind – selbstgefangener Hase, in stundenlanger Arbeit gesammelter Löwenzahn und Zitronenbonbons, wie fast immer die letzten Tage. Joe fängt an, uns über die technischen Details des Wagens aufzuklären. Raphael nickt anerkennend, doch da ich von Autos keine Ahnung habe, enthalte ich mich jeglichen Kommentars. Hope ist ähnlich desinteressiert, doch auch sie kommt mit, als wir zur großen Besichtigung aufbrechen.

Beim Auto, einem blauen Siebensitzer mit gegenüberliegenden Rücksitzen, der vorne an der Seite eine große Delle und ein kaputtes Licht hat, wartet der Wanderer auf uns. Mir schießt durch den Kopf, dass ich ihn wohl bald „den Fahrer“ nennen muss.

„Der Bus fährt“, verkündet er mit einem breiten Lächeln. „Ein Reifen musste gewechselt werden und vorne am Motor war ein bisschen was kaputt. Aber jetzt ist alles okay. Wir haben ein großes Auto, in das alles reinpasst, und wir haben sogar die Schlüssel gefunden. Und Joe und Luke sind die besten Mechaniker, die man sich nur wünschen kann." Offenbar ist mein Wunsch in Erfüllung gegangen, und sie haben ihr Kriegsbeil begraben, denn die zwei Jungs strahlen den Wanderer an.

„Das ist super!", stimme ich begeistert zu. Mir gefällt die Aussicht, nicht mehr laufen zu müssen.

„Wir brauchen nur noch Benzin", stellt Joe fest, und damit er und Luke beschäftigt sind, werden sie damit beauftragt, leere Kanister zu füllen, die Raphael und ich gestern angeschleppt haben.

„Überprüft, ob das wirklich Benzin ist, was im Tank ist", weist Raphael sie an. „Schlauch reinstecken und ansaugen. Den Schlauch müsst ihr ganz nach unten halten. Dann fließt das Benzin heraus."

„Wir brauchen dringend mehr zu essen", wendet er sich jetzt an den Wanderer. Denn obwohl die Fallen des Mannes uns jeden Tag mindestens ein Kaninchen verschafft haben, ist es nie genug. „Sie kennen sich doch aus. Wir brauchen mehr Pilze und so, nicht nur Fleisch", sagt Raphael.

„Und vielleicht sollten wir auch einen Wasservorrat mitnehmen", ergänze ich.

Der Mann nickt. „Das wäre gut. Könnt ihr eigentlich fahren?"

Ich schüttle betrübt den Kopf. „Nicht gut, nein." Eigentlich hatte ich ja bald mit dem Führerschein anfangen wollen. „Mir ist etwas dazwischengekommen. So ein, zwei kleine Erdbeben." Das bringt Raphael und den Wanderer zum Schmunzeln.

„Ich schon", sagt Raphael schließlich. Und damit ist das Thema erledigt. Aber ich werde bei Gelegenheit darauf bestehen, ein paar Fahrstunden zu bekommen.

Der Wanderer legt seine Fallen aus, und zusammen machen wir uns am Bach und in den Bäumen auf die Suche nach Vogelnestern. Doch wir haben nur wenig Glück. Drei Eier, mehr finden wir nicht. Dann die Pilze. Mir schießt durch den Kopf, dass ich mal gehört habe, dass Pilze noch nach Jahrzehnten radioaktiv belastet sein können. Und dann, ob das dann nicht auch auf das Wasser und die Pflanzen insgesamt zutreffen müsste. Doch ehrlich gesagt, der Hunger ist hartnäckiger als jeder Gedanke, womöglich irgendwann einmal an Krebs zu erkranken.

Neben Birkenpilzen und Steinpilzen finden wir auch noch Pfifferlinge in rauen Mengen – immerhin ein Pilz, den ich kenne. Bei der gefühlt hundertsten Birke kommt dem Wanderer dann noch ein Gedanke: „Birkenblätter."

„Was?"

„Na, man kann die Birkenblätter essen. Genau wie den Löwenzahn. Dass mir das nicht früher eingefallen ist."

„Schon blöd." Ich verkneife mir ein Grinsen. Jetzt also auch noch Baumblätter. Na super! Wir erzählen Raphael, der eben zu uns stößt, von dieser Offenbarung. Der braucht nicht so lange wie ich, um diese Nachricht zu verarbeiten, sondern greift nach einem der niedrigeren Äste und stopft sich eines der Blätter in den Mund.

„Und?“, frage ich neugierig.

Raphael grinst. „Also, eine kulinarische Offenbarung ist es nicht. Aber auch nicht schlimmer als Löwenzahn ... Besser als diese scheiss Pilze.“ Mit einem raschen Blick zum Wanderer vergewissert er sich, dass dieser seinen abwertenden Kommentar nicht gehört hat.

„Also ich mag den Löwenzahn“, antworte ich, während Raphael mir eine Räuberleiter macht, sodass ich mich auf einen dicken Birkenast schwingen kann. Hier oben auf dem Baum gefällt es mir, und obwohl ich Schwierigkeiten habe, dabei das Gleichgewicht zu halten, stehe ich vorsichtig auf. Allerdings gibt es keine Möglichkeit, noch höher zu klettern, und ich bezweifle, dass ich mich auf einer der anderen wenigen Astgabeln halten könnte. Ich beginne, die Blätter zu pflücken – das Bedürfnis, eines davon zu probieren, verspüre ich jedoch nicht.

„Du solltest öfter mal auf Bäume klettern“, stellt Raphael irgendwann fest. „Steht dir gut.“ Ich kann ihn nicht sehen, aber ich weiß, dass er lächelt. Mein Herz schlägt schneller und auch ich muss lächeln.

„Hilf mir lieber wieder runter!“

Nachmittags wird gepackt. Das heißt, Raphael und ich packen. Der Wanderer schaut uns zu. Wir haben seine Hilfsangebote abgelehnt, immerhin hat er das Auto auf Vordermann gebracht. Unterdessen sind Joe, Luke und Hope noch ein letztes Mal auf und davon, um weitere Autos zu durchsuchen.

Der kleine Bus ist echt toll. Mir fällt jetzt erst auf, dass der Beifahrersitz breiter ist als normal. Da könnten auch zwei Personen sitzen. Außerdem hat der Wanderer uns noch gezeigt, wie man die hinteren Sitze hochklappen kann, um darunter etwas zu verstauen. Ziemlich cool. Dahinein lege ich die Klamotten – alleine, nachdem Raphael bewiesen hat, dass er zum T-Shirt-Falten kein Talent besitzt.

Von unseren alten Sachen schmeiße ich viel weg. Vor allem um die saubere Unterwäsche bin ich froh, aber auch, dass wir jetzt ein bisschen mehr Alternativen haben. Einfach wegen der Sauberkeit und vielleicht ein bisschen – ich muss unwillkürlich grinsen – der Eitelkeit wegen. Auch die Badesachen bringen mich zum Lächeln. Ich wünsche mir einen See, um meinen „neuen" Bikini einzuweihen. Mein rotes Kleid lege ich ganz zuunterst, zusammen mit dem Schminktäschchen, das Hope mir gegeben hat. Ich will es nun doch nicht mehr wegschmeißen. Obwohl ich weiß, dass es höchst unwahrscheinlich ist, eine Gelegenheit zu finden, wo ich das Zeug einmal brauchen werde.

Achtlos stopfe ich die wenigen persönlichen Dinge in eine alte Stofftasche. Aber ich war wohl zu hastig, denn als ich sie verstauen will, fällt mir das Fotoalbum aus dem Beutel in den Dreck, und die teilweise unbefestigten Fotos werden vom Wind ein paar Schritte weiter geweht. Verdammt! Noch bevor ich reagieren kann, ist der Wanderer da, sammelt sie auf und … schaut sie an! Ungefragt. Dann kommt er zu mir herüber.

„Das sind eure Eltern, oder?"

Mama und Papa lächeln mir aus dem Bild heraus zu und sofort spüre ich einen Stich irgendwo in der Herzgegend. Trotzdem nicke ich.

„Und das?" – Ein weiteres Familienfoto, diesmal mit mehr Personen.

„Oma, Opa, Tanten. Und wir." Der Schmerz wird stärker. Alle tot; Hope als Baby auf Lukes Arm, wir drei in Paris unter dem Eiffelturm.

Dann hält der Wanderer mir ein Foto vors Gesicht, auf dem ich zu sehen bin, Arm in Arm mit …

„Und wer ist das?", fragt er.

„Mein Freund", sage ich knapp. Ich will gleichgültig wirken, aber meine Stimme bricht, noch bevor ich die beiden Worte ganz herausbringe.

Aber der Wanderer lässt nicht locker. „Wie heißt er denn?"

Jetzt habe ich genug! „Fotos her!", verlange ich und hasse mich in diesem Moment so sehr dafür, dass ich die Tränen nicht zurückhalten kann. „Das geht Sie einen Dreck an!"

Hastig greife ich nach den Fotos, doch die Aufnahmen gleiten aus meinen zitternden Fingern und landen ein zweites Mal auf dem Boden. Als ich mich zu Boden sinken lasse, wird mir klar, dass das den Aufnahmen nicht sonderlich gut getan hat.

„Das ist Ihre Schuld!", fahre ich den Wanderer an. „Nur

Ihre Schuld!“ Ich weiß, ich bin ungerecht. Ich weiß ja selbst, dass er nicht für mein Unglück verantwortlich ist. Diese Fotos sind schuld. Vielleicht hätte ich sie nicht aufbewahren sollen.

Der Wanderer scheint zu überlegen, was er jetzt tun soll. Schließlich winkt er mich zu sich, und wahrscheinlich zu unser beider Überraschung lasse ich es zu, dass er mich vorsichtig an sich zieht. Ich vergrabe den Kopf in seinem weichen Hemd und ein paar meiner Tränen sickern hinein. Aber wirklich weinen kann ich nicht. Denn dann müsste ich wegen so vielem weinen. Wegen allem, was geschehen ist. Und das will ich nicht. Stattdessen weine ich wegen ein paar blöder Fotos.

„Es tut mir leid, Judy“, flüstert er mir zu. „Ist schon gut, Kleine.“ Einen Moment stelle ich mir vor, es wäre mein Vater, der mich so hält. Er steht mir deutlich vor Augen, wie er mich festhält, mir, als ich kleiner war, ein Pflaster aufs Knie geklebt hat. Eine Weile bleibe ich so. War es nicht das, was ich mir so oft gewünscht habe? Nicht mehr stark sein zu müssen, jemand anderen als vielleicht Raphael zu haben, der sich um mich … um uns kümmert?

„Judy?“, fragt eine leise, besorgte Stimme. Hope. „Was ist mit Judy?“

Ich will mich aufrichten, doch der Wanderer hält mich zurück. „Deine Schwester ist sehr müde, Hope. Willst du Raphael und mir helfen? Dann kann Judy sich ausruhen.“

Aus den Augenwinkeln sehe ich, dass Hope heftig nickt.

„Na dann lauf und bring mir eine Decke", weist der Wanderer sie an. Schnell wie der Blitz saust sie davon und nur eine Minute später bin ich warm eingehüllt und schlafe tatsächlich sofort ein.

Als ich aufwache, kann kaum Zeit vergangen sein. Tatsächlich, meine Uhr zeigt erst kurz nach drei. Doch zu meiner Überraschung fühle ich mich ziemlich ausgeruht. Raphael ist gerade dabei, das Wasser abzukochen.

„Hey." Er lächelt mich an. „Ich dachte, du willst das Packen vielleicht weiter überwachen. Du kannst das besser als ich. Aber beim Wasserkochen kann ich ja nicht viel falsch machen."

Ich lege den Kopf schief. „Hast du eine Ahnung. Du könntest es anbrennen lassen." Ich blinzle unschuldig und versuche auszuweichen, als Raphael auf mich zuspringt.

Zu langsam. Er kitzelt mich durch.

„Hilfe! Gnade!", kreische ich. Das hysterische Lachen nimmt mir den Atem. Raphael lässt mich los. Für einen Augenblick bin ich fast traurig. Es war so schön, wieder einmal zu lachen.

„Und du lässt es doch anbrennen!", grinse ich, als das Wasser im Topf zu blubbern und zischen anfängt, bleibe aber vorsichtshalber außerhalb seiner Reichweite. „Wo ist denn der Wanderer?"

„Er ist mit Hope losgezogen, um nach seinen Fallen zu schauen", antwortet Raphael. Ich nicke. Hope wird nichts passieren, da bin ich mir sicher. Während Raphael sich um unser Wasser kümmert und ich die übrigen Klamotten verstaue, wirft er mir immer wieder kurze Blicke zu. Ich ahne, worum es ihm geht.

„Ich weiß, du hast mitbekommen, was mit mir und den verdammten Fotos war. Also, was ist dein Problem?"

„Ich wollte nur fragen, ob alles okay ist. Oder ob ich helfen kann." Sofort habe ich ein schlechtes Gewissen, weil ich ihn so angefahren habe. Kleinlaut schüttle ich den Kopf.

„Schon okay." Einen Moment lang ist es still.

„Ich hab Fotos verbrannt", sagt er dann leise. „Meine Fotos. Aber es hilft nicht."

Darauf fällt mir nichts ein.

Wieder ist es still, dann schüttelt Raphael den Kopf und lächelt versöhnlich. „Tut mir leid. Früher hab ich mir nie sonderlich viele Gedanken gemacht. Anscheinend hole ich das jetzt nach."

„Geht mir genauso. Früher hatten wir ein gutes Leben. Unsere Eltern haben für uns nachgedacht. Mann, was war ich naiv! Wir hatten alles: ein Zuhause, jeden Tag drei Mahlzeiten, Schule …"

„Sollen wir weiterpacken, Judy?"

Ich grinse Raphael an. Das war ja ein unauffälliger Themenwechsel. Aber ich bin froh darüber.

Wir beginnen mit den Benzinkanistern, die Joe und Luke angeschleppt haben. Mein Bogen fällt mir in die Hände. Raphael, der unser Essen verstaut, beobachtet mich, als ich langsam über den Schaft streiche und die Sehne einhake.

Der Bogen ist mir unheimlich geworden. Ich hatte ihn nicht mehr in der Hand seit … seit ich den Mann und die Hunde erschossen habe.

„Wo hast du schießen gelernt?“, fragt Raphael.

Ich hole tief Luft. „Mein Vater und ich waren im Verein. Im Wald nahe unserem Dorf gab es einen riesigen Parcours, mit künstlichen Tieren und so. Ich dachte immer, dass es ein riesiger Spaß ist. Aber es ist doch ein wenig anders, ein richtiges Tier zu töten oder …“

„Oder einen Menschen?“, unterbricht er mich.

Ich nicke. „Oder einen Menschen.“ Ich trete gegen einen Stein.

Raphael scheint meine Gedanken zu erraten. „Heute ist definitiv der Wurm drin, oder?“

„Definitiv.“

Raphael schmeißt die gefundenen Isomatten und Schlafsäcke in den Kofferraum und knallt die Heckklappe zu. „Fertig! Na komm, Judy“, er legt mir den Arm um die Schultern, „lass uns zu Abend essen. Es gibt Birkenblätter mit … ich glaube, wir haben noch Hase. Außerdem schleppen Hope und der Wanderer bestimmt noch irgendwelches Viehzeug an.“

„Bestimmt.“ Ich lehne mich gegen ihn. „Raphael?“

„Ja?“

Ich habe es zwar schon oft gesagt, aber ich muss es noch einmal tun: „Ich bin froh, dass wir uns getroffen haben.“

„Gute Nacht, Hope." Es ist spät. Ich wickle meine kleine Schwester fest in eine Decke ein. „Morgen fahren wir weiter. Freust du dich?"

Hope gähnt. „Schon." Den kleinen Stoffhund, den sie vor ein paar Tagen gefunden hat, klammert sie an sich, als sie hinzufügt: „Aber ich hab ein bisschen Angst."

Ich gebe ihr einen Gutenachtkuss. „Ich pass auf dich auf, meine Süße." – Das werde ich.

„Sie ist doch noch ein Kind", wispere ich, als ich die Tür des Wagens, in dem Hope und später auch ich schlafen werde, vorsichtig zumache. Ich sage das unwillkürlich, so als würde ich mir wünschen, dass irgendjemand mich hört und danach handelt. Aber da ist niemand. Nur Dunkelheit. Und die Glut des heruntergebrannten Feuers.

Raphael sitzt noch da. Er wartet auf mich. Die anderen schlafen schon. Ich setze mich neben ihn. Stumm sitzen wir da. Irgendwann legt Raphael eine Decke um uns, und ich spüre seinen warmen Körper beruhigend neben mir.

18

5. Juni

Wann ich eingeschlafen bin, weiß ich nicht. Aber geweckt werde ich von Luke und Joe, die mir die Decke wegreißen. Im wahrsten Sinne des Wortes *kalt erwischt*, schrecke ich hoch. Ich liege halb auf Raphael. Auch er ist jetzt wach. Haben wir wirklich die ganze Nacht so geschlafen? Anscheinend. Und offenbar sorgt das für viel Belustigung. Denn während die beiden Jungs lästern, wann wir denn heiraten werden, wirft uns der Wanderer einen wissenden Blick zu – was glaubt der denn zu wissen? –, und Hope lächelt mich schüchtern an. Na super! Aber immerhin habe ich gut geschlafen. Keine Albträume, kein Hochschrecken, einfach nur gut.

Wir beschließen, gleich aufzubrechen. Joe, Luke und Hope geben mir die letzten Schätze von ihrer gestrigen Tour zum Verstauen. Noch mehr Kaugummis und Bonbons. Ich sollte echt darauf achten, dass sie regelmäßig die Zähne putzen. Zu meiner Überraschung schleppt Joe noch einen ganzen Stapel Bücher an, Luke hat zwei Packungen Knäckebrot dabei und Hope präsentiert eine Sammlung Krimskrams, Sonnenbrillen, Haarspangen, ein paar Postkarten – offenbar Reiseerinnerungen – und einen Mp3-Player, zusammen mit einem Verbindungskabel fürs Auto.

„Der geht noch", stellt sie stolz fest.

„Echt cool!", grinst Raphael. „Wie wäre es jetzt mit »Highway to hell«?"

„Also mir wäre ein »Stairway to heaven« sehr viel lieber", versetzt der Wanderer trocken und ich muss lachen. Luke zeigt uns noch einige Blöcke, halbvolle Hefte und ein Federmäppchen, die er in einer Stofftasche verstaut hat.

„Wir müssen Hope Lesen und Schreiben beibringen", meint der Wanderer. Da kann ich nur zustimmen.

„Nur, weil hier keine Schule ist, dürfen wir das nicht vernachlässigen."

„Alles einsteigen!", ruft der Wanderer, der auf dem Fahrersitz Platz genommen hat. Ich nicke. „Nehmt euer Zeug und dann rein mit euch!" Raphael und ich quetschen uns zusammen auf den Beifahrersitz. Klar ist hinten mehr als genug Platz, aber ich habe das Bedürfnis – und ich denke, Raphael geht es ähnlich – so weit nach vorne sehen zu können wie möglich. Ist ja nicht nur ein Weg. Ist auch unsere noch sehr unsichere Zukunft.

Nur einmal drehe ich mich noch um und schaue auf die Blechlawine, die immer kleiner wird. Der Gedanke stimmt mich ein wenig traurig, dass diese Autos nie wieder fahren werden. Sie werden einfach zerfallen.

Als wir den Stau hinter uns gelassen haben, lenkt der Wanderer den VW-Bus zurück auf die Bundesstraße. Er fährt langsam. In unregelmäßigen Abständen ist der Teer rissig, Schutt liegt herum, zwischendurch versperren uns Teile der Leitplanke den Weg. Dann halten wir, und Raphael, Joe und Luke räumen die Straße frei.

Irgendwann setzt sich Raphael nach hinten, doch ich bleibe vorne sitzen. Mir gefällt es, freie Sicht auf die Straße zu haben. Nach einer Weile fällt mir auf, dass es im Auto ziemlich leise geworden ist. Nur der Motor ist noch zu hören. Ein Blick nach hinten sagt mir, dass fast alle eingeschlafen sind. Ich muss lächeln, als ich sie so dasitzen sehe. Joe und Luke aneinander gelehnt, Hope halb auf Raphaels Schoß. Er ist noch wach, lehnt am Fenster und lächelt mich schwach an. So friedlich. Wie früher, vor den Katastrophen. Wie …

„Wie eine Familie", stellt der Wanderer leise fest. Verwundert sehe ich ihn an. Manchmal ist sein Talent, zu erraten, was gerade in mir vorgeht, wirklich mehr als unheimlich.

„Wie meinen Sie das?", frage ich trotzdem.

Er lacht amüsiert auf. „Sei ehrlich, Judy, das ist es doch, was du dir wünschst. Deine Familie. Irgendeine Familie. Ich weiß doch, wie du die Bilder angesehen hast."

„Keine Ahnung", murmle ich, um ihm keine richtige Antwort geben zu müssen. Um seinen Blicken zu entgehen, starre ich aus dem Seitenfenster, doch die öde Leere bringt mich nach einer Weile dazu, noch einmal neu anzusetzen. „Ich will meine Eltern zurück. Ich wünsche mir, dass Hope und Luke in Sicherheit sind. Und natürlich auch Raphael und Joe. Ich wünsche mir einen Platz, an dem wir bleiben können. Und ich würde gerne wissen, ob es irgendwo auf der Welt … ob es so einen Platz gibt …" Meine Stimme verliert sich im Nichts. Ich spüre Raphaels Hand auf meiner Schulter und rutsche automatisch zur Seite, sodass er sich wieder zu mir nach vorne setzen kann. Als er mich auf seinen Schoß zieht, fühle ich mich sofort besser, gut genug, um die nächste Frage des Wanderers zu beantworten. Zum ersten Mal seit Wochen.

„Wie sind eure Eltern gestorben?"

Also fange ich an zu erzählen: „Als bei uns die ganzen Katastrophen losgingen, haben ein paar Leute aus unserem Dorf beschlossen, sich nicht kleinkriegen zu lassen, und einen Dorfrat gebildet. Das war nach den ersten Meteoriten und Erdbeben, als Strom und Wasser nicht mehr gingen." Ich glaube nicht, dass ich das groß erklären muss. War ja überall so.

„Es war echt schrecklich, aber wir hatten bis dahin kaum Verletzte, und mein Vater hat mit einigen anderen angefangen, uns zu organisieren. Damit kein Chaos ausbricht. Auch so medizinische Versorgung und so …" Ich mache eine kurze Pause.

„Aber dann gingen die heftigeren Beben los, und es hat heftig geregnet. Unser Dorf lag halb am Hang. Wir haben zum Glück ein bisschen außerhalb gewohnt. Doch meine Mutter war gerade bei Freunden im Dorf … Der halbe Hang ist einfach abgerutscht. Über zweihundert Menschen sind ums Leben gekommen. Als die erste Welle vorbei war, haben wir versucht, die Leute zu finden. Im Grunde war es klar, dass alle tot sind. 183 Menschen haben wir begraben. Mama war eine der letzten. Und noch andere … Freunde."

Mir treten Tränen in die Augen, und ich versichere mich mit einem kurzen Blick, dass die drei hinten noch schlafen.

„Danach waren alle total von der Rolle. Es gab viele Kranke und Verletzte, die meisten sind auch rasch gestorben. Eine ganze Menge Selbstmorde. Ihr könnt es euch ja vorstellen. Viele sind geflohen, sie wollten in die Städte. Wir sind geblieben. Wir haben überlebt. Sicher, es war hart ohne Mama, aber wir waren ja nicht alleine. Papa wusste, was zu tun war. Er hat mich versprechen lassen, dass ich immer auf Hope und Luke aufpasse. Als habe er gewusst, dass irgendetwas geschehen würde. Nur, ich hab ihn nicht ernst nehmen wollen. Und dann …", eine Welle von Erinnerungen überflutet mich, und ich muss mich zwingen, weiterzuerzählen, „dann, bei einer der Versammlungen – es waren, glaube ich, alle Übriggebliebenen da, viele von ihnen bewaffnet – ist einer der jüngeren Söhne von unserem Bäcker einfach … einfach ausgerastet und hat angefangen zu schießen. Einfach so. Auf alle in der Nähe. Und ein paar andere haben auch geschossen, vielleicht wollten sie ihn stoppen. Ich weiß es nicht." Jetzt strömen die Tränen mir nur so aus den Augen.

„Er wollte nur, dass es aufhört. Papa wollte, dass alle aufhören. Und dann war er tot. Und Luke und Hope saßen neben mir, wir saßen einfach da. Scheiße, ich hab nur darauf gewartet, dass die nächste Kugel uns trifft.“ Nicht mehr lange, sage ich mir selbst, die Geschichte ist gleich zu Ende. Danach geht es dir besser. „Irgendwann, als niemand mehr geschossen hat, hab ich Hope und Luke weggebracht. Und Papa … Papas Leiche auch, wir haben ihn begraben. An dem Tag hat Hope aufgehört zu reden. Ich hatte furchtbare Angst. Wir sind tagelang kaum aus dem Haus gegangen. Ich hab den Keller von unserem Nachbarhaus geplündert. Im alten Keller vom Bauernhaus waren noch Kartoffeln und Äpfel und ziemlich viel Zeug. Das ging ein paar Wochen lang ganz gut, wir waren fast die Einzigen, die noch im Dorf geblieben waren. Bis wir eines Nachts dann ‚Besuch‘ von zwei anderen Typen bekommen hatten. Keine Ahnung, wer die waren, ich kannte sie nicht … vielleicht von außerhalb. Ich denke, sie wussten nicht, dass noch jemand da war. Sie sind verschwunden, als ich mit dem Bogen die Treppe runter bin. Und da hab ich beschlossen, dass wir wegmüssen.“ Allmählich wird meine Stimme wieder fester.

„Ich meine, man hat die Wahl: bleiben und entweder irgendwann verhungern oder von einem bewaffneten Einbrecher erschossen werden. Oder weggehen und irgendwo auf dem Weg verhungern. Außer man hat Glück. Und ich glaube, wir hatten verdammt viel Glück. Es war ziemlich kopflos, einfach so loszugehen, das weiß ich. Aber ich hätte es nicht eine Sekunde länger ausgehalten. Das Einzige, was ich wusste … Ich muss für Luke und Hope sorgen, alles andere ist unwichtig. Und dann sind wir Raphael und Joe begegnet.

Und das war's auch schon." Aber das stimmt nicht. Doch ich will nichts mehr sagen.

Und das muss ich auch nicht, denn nun redet auch Raphael: „An uns ist die erste Welle der Beben und Einschläge vorbeigegangen. Klar, alle hatten Panik, aber alle sind geblieben, weil bis dahin noch nichts Schlimmes passiert ist. Hilfstrupps wurden zusammengestellt, aber niemand wusste, was zu tun war. Mein Vater war beim Militär. Nicht mal die Kommunikation von denen hat noch funktioniert. Überall brach Chaos aus." Er spricht ganz ruhig, aber seine Hände verraten ihn. Sie sind zu Fäusten geballt und seine Knöchel treten weiß hervor.

„Fast zwei Wochen nach den ersten Katastrophen begannen bei uns in der Gegend die Erdbeben. Ich glaube, dass danach kaum noch Häuser standen. Ich war gerade in der Uni. Wir hatten irgendeine Vorlesung, ich hab keine Ahnung mehr." Vorsichtig schiebe ich meine Finger in seine rechte Hand und streiche ihm sanft über den Handrücken.

„Als das Chaos ausbrach, wusste niemand mehr, was zu tun war. Wir sind raus, als die Decke einstürzte. Überall lagen Trümmer von den Häusern, überall lagen Verletzte und Tote. Ich bin abgehauen, ich wollte nach Hause zu meinen Eltern und zu meinen Schwestern. Und als ich dann heimgekommen bin, war ein großes Loch da, wo unsere Straße mal gewesen ist. Ein riesiges Loch, in das das ganze Wasser aus den kaputten Rohren geflossen ist. Niemand mehr da." Ich spüre Raphael zittern, wie ich so an ihn gelehnt dasitze.

„Ich habe gewartet und zugesehen, wie sich das Loch mit Wasser gefüllt hat. Dann hatte ich einen totalen Blackout. In irgendeiner Straße bin ich zu mir gekommen, den Rucksack mit den ganzen Sachen für die Uni noch auf dem Rücken. Alles war taub. Ich bin einfach weiter, ich hatte keinen Plan, ich wollte nur weg. Die Erdbeben haben erst zum Abend hin aufgehört. Ich hab mir die ganze Zeit über gewünscht, auch zu sterben, genauso wie die ganzen Menschen, die tot herumlagen. So wie meine Familie."

Am liebsten würde ich mir die Ohren zuhalten. Ich will nichts mehr hören. Raphaels Schmerz ist so greifbar, dass ich mich ganz klein fühle.

„An diesem Abend hab ich Joe gefunden. Er lag unter Steinbrocken, kaum verletzt, aber halb erstickt, fast tot." Raphael stockt kurz.

„Mein altes Leben … ich wollte es vergessen. Nie wieder daran erinnert werden. Joe und ich sind einige Tage in den Ruinen geblieben, bis es ihm besser ging. Solange hab ich nach Proviant und Wasser gesucht. Und dann sind wir losgegangen." Auch Raphael verstummt. Der Wanderer nickt nachdenklich, löst eine Hand vom Steuer und legt sie Raphael auf die Schulter. Raphael starrt an mir vorbei aus dem Fenster.

Nach einer Weile durchbricht der Wanderer das Schweigen: „Ich war auf der Suche nach meiner Enkelin."

Überrascht starre ich ihn an.

„Sie hat in Chicago gelebt. Aber als ich dort angekommen

bin, war niemand mehr da. Sie … sie wäre jetzt so alt wie du, Judy." Ich starre ihn weiter an, unfähig, etwas zu erwidern. Es ist ein Beweis dafür, dass er uns vertraut und uns zeigen will, dass wir ihm auch vertrauen können.

Irgendwann räuspert er sich: „Wollen wir nicht so langsam mal einen Platz zum Schlafen suchen? Ich hab keine Lust, noch weiterzufahren."

„Okay", will ich sagen, aber es kommt nur ein Krächzen aus meinem Mund, also nicke ich einfach. Der Wanderer fährt an der nächsten Ausfahrt von der Autobahn runter. Unwillkürlich schließe ich die Augen, um die Straßenschilder nicht sehen zu müssen. Ich habe während unserer Wanderung die Orientierung verloren und jetzt will ich nicht wissen, wo wir sind. Ich will nicht wissen, wo Raphael, Joe oder der Wanderer herkommen, und ich will umgekehrt auch nicht, dass die anderen wissen, wo wir herkommen. Ich glaube nicht, dass das hier noch eine Rolle spielt. Vielleicht will ich es auch einfach nur vergessen.

19

Ich werde aus meinen düsteren Gedanken gerissen, als der Wanderer ankündigt, zu halten. Den Platz, den er als Rastplatz ausgesucht hat, identifiziere ich als Autobahnparkplatz. Es ist einer von diesen Parkplätzen mit Klohäuschen und überdachtem Picknickplatz, was uns einen gewissen Schutz zum Schlafen bietet, da außer Hope oder vielleicht noch Luke niemand von uns im Bus Platz hat. Als der Wagen stoppt, schreckt Joe hoch.

„Was 'n los?", fragt er schlaftrunken. Ich muss lächeln.

„Wir bleiben hier bis morgen", informiere ich ihn. Dann steige ich aus und laufe ein paar Schritte, strecke mich ausgiebig. Die anderen folgen mir, auch Hope, die jedoch nicht sonderlich erholt aussieht.

Obwohl der Himmel aschgrau ist und die Sonne heute bisher nur kleine Auftritte hatte, ist es überraschend mild, beinahe warm. Das gefällt mir. Für einen kurzen Moment lässt es mich fast die trostlose Landschaft vergessen. Um uns herum sieht es wirklich fürchterlich aus. So karg. Nur ein bisschen Gras bedeckt die Erde, aber es ist braun und trocken. Kein Vergleich zu dem kleinen Wäldchen, das wir hinter uns gelassen haben. Man kann weit sehen, da es sehr flach ist. Schräg vor mir sehe ich in der Ferne – in sehr weiter Ferne – Hügel und eine Bergkette, die allerdings nur schemenhaft zu erahnen ist.

„Können wir ein bisschen rumlaufen?", fragt Joe und zeigt auf Luke und sich.

Ich zucke mit den Schultern. „Von mir aus."

„Ich will auch mit." Hope sieht ihren Bruder bittend an, aber Luke schüttelt den Kopf.

„Du bist zu klein." Und bevor ich reagieren kann, sind er und Joe auf und davon.

„Judy", jammert Hope. Sie sieht aus, als würde sie gleich anfangen zu weinen. Doch der Wanderer erspart es mir, eine gute Antwort finden zu müssen. „Was hältst du davon, Kleines, wenn du und ich auch ein bisschen spazieren gehen?" Augenblicklich strahlt Hope. „Darf ich?", fragt sie mich.

„Klar." Mein Lächeln ist ein wenig gezwungen. „Viel Spaß, Süße." Es fällt mir schwer, sie einfach so davongehen zu sehen. Sicher, ihr wird nichts passieren. Der Wanderer wird auf sie aufpassen.

Entschlossen drehe ich mich um und laufe ein paar Schritte in die andere Richtung. An einem der Tische im Freien bleibe ich stehen. Nach kurzem Zögern klettere ich darauf. Jetzt habe ich einen noch besseren Blick über die karge Einöde. Ich sehe Joe und Luke, sehe Hope und den Wanderer. Als ich mich umdrehe, kommt Raphael auf mich zu. Seine grünen Augen funkeln, der Wind zerzaust seine blonden Haare. Er sieht gut aus. Wunderschön. Und eine Sekunde später schießt mir noch etwas durch den Kopf: Ich mag ihn. Der Gedanke lässt mein Herz schmerzhaft zusammenziehen. Der letzte Junge, den ich mochte, ist jetzt tot. Ich fixiere weiterhin einen Punkt irgendwo am Horizont, als Raphael neben mich tritt.

„So weit." Seine Stimme ist leise, als wäre hier die Gefahr groß, dass uns jemand hören könnte. Dann legt er seinen Arm um meine Hüfte. Einen Moment bin ich überrascht, lasse ihn aber gewähren. Ich mag die Vertrautheit, die sich in den letzten Tagen bei uns eingeschlichen hat.

„Die Welt ist groß", sagt er noch einmal. Zustimmend nicke ich. Irgendwann, vor einigen Monaten, Wochen, war die Welt noch klein. International. Jetzt, jetzt ist sie ...

„Zu groß", flüstere ich. „Die Welt ist mir zu groß geworden." Und obwohl ich weiß, wie lächerlich dieser Wunsch ist, kann ich ihn nicht unterdrücken: „Ich will wieder eine kleine Welt."

Ich schmiege mich an Raphael, und er schlingt die Arme noch fester um mich. Eine Weile stehen wir einfach nur da, und jeder hängt seinen eigenen Gedanken nach.

Ich mag die Stille.

Als schließlich der Wind kälter und stärker wird und Sand und Staub um uns herumwehen, schlägt Raphael vor: „Lass uns ins Auto setzen, ja? Es ist echt ätzend hier."

Wir machen es uns auf der Rückbank bequem und ich lese Raphael Märchen vor, als er mich darum bittet. Auch Hope und der Wanderer tauchen kurz darauf wieder auf. Ich wickle meine kleine Schwester fest in eine Decke ein und drücke ihr unsere Löwenzahn-Salat-Box in die Hand.

„Wir haben Fallen aufgestellt", informiert sie Raphael stolz, der sofort die gewünschte Begeisterung zeigt. Ich muss schmunzeln und auch der Wanderer lächelt über Hopes Enthusiasmus. Offenbar war es genau das, was sie sich gewünscht hat. Etwas tun zu können.

Während Hope erzählt, betrachte ich sie nachdenklich. Hope. Süße, kleine Hope. An Tagen wie heute kommt sie mir fast so vor wie früher. Plötzlich habe ich ein Bild vor Augen, ein Familienfoto von uns. Hopes vierter Geburtstag. Ein Picknick im Grünen. Papa wollte unbedingt ein Foto von uns allen, wir haben den Selbstauslöser aber ewig nicht gefunden. Es sind bestimmt zehn Fotos notwendig gewesen, bis wir alle fünf darauf zu sehen waren. Breit grinsend, halbblind vor Lachtränen und so verdammt unbeschwert. Süße, kleine Hope. Tränen schießen mir in die Augen.

„Ich bin kurz weg." Ohne auf eine Reaktion zu warten, stoße ich die Wagentür auf und springe hinaus. Der Wind bringt mich für einen Moment aus dem Gleichgewicht. Im Wegrennen, als ich halbblind vor Tränen einfach nur weg, weit weg von unserem Lager stolpere, höre ich Raphael und den Wanderer hinter mir meinen Namen rufen. Aber ich kann mich nicht umdrehen. Als ich Hope da so sitzen sah, war dieser Gedanke plötzlich da, einfach so: Ich kann nicht mehr! Ich hab so lange auf Hope aufgepasst. Und auf Luke natürlich. Aber wir werden niemals zurückkommen zu den

Menschen auf dem Familienfoto. Das ist vorbei. Das kommt nie wieder. Nie!

Der Wind wird stärker. Ich renne und komme doch nicht vom Fleck. Die kalte Luft brennt mir in den Lungen und das Atmen fällt mir schwer, also lasse ich mich auf den Boden sinken. Ich friere erbärmlich, wie ich so auf dem harten Boden sitze, und schlinge mir die Arme um die Knie. Irgendwann höre ich jemanden hinter mich treten.

„Judy?" Raphael.

„Geh weg!"

„Nein. Erst, wenn du mir sagst, was los ist." Raphael legt mir eine warme Decke um die Schultern und dreht mich mit sanfter Gewalt zu sich herüber. Seine Fürsorge ist zu viel, die Angst, die ich in seinen Augen sehe, kaum zu ertragen.

„Lass mich einfach, okay?" Ich springe auf, die Decke fällt in den Dreck und plötzlich habe ich das Bedürfnis, ihn zu verletzen. Ihn meine Wut spüren zu lassen. Ich will ein Ventil für all den Schmerz.

„Ich will allein sein!" Meine Stimme ist viel leiser, viel kläglicher, als ich es gerne hätte. Wen will ich hier überzeugen, Raphael oder mich?

„Niemand sollte hier alleine sein, Judy", sagt Raphael leise und streckt die Hand nach mir aus. Doch ich weiche zurück, wische mir die Tränen von den Wangen. Verdammt, hab ich in letzter Zeit nicht oft genug geweint?

„Raphael, ich will nach Hause! Ich kann das nicht mehr!"

Raphael sieht mich mit großen Augen an, besorgt, vielleicht ein wenig überfordert. Und liebevoll. Dann sprudelt es nur so aus mir heraus und meine Stimme wird mit jedem Wort hysterischer. „Hope soll das nicht mehr machen müssen. Sie soll das nicht mehr durchstehen müssen. Sie hat was Besseres verdient als eine große Schwester. Sie braucht Eltern. Sie wäre fast gestorben … wenn du nicht gekommen wärst … und Luke … Jede Nacht träume ich, dass sie sterben. Ich sehe Papa, wie er erschossen wird. Und wie der Hang abrutscht und Mama … Und ich kann das auch nicht, Raphael, ich kann nicht alleine für Hope sorgen!"

Mein Gesicht muss tränenüberströmt sein, meine Nase läuft, und ich drehe mich unruhig im Kreis. Pfeifend sauge ich die Luft ein, ich kann kaum noch atmen. *Ich kann nicht atmen.* Panisch greife ich nach meinem Hals, *ich kann nicht atmen, ich kann nicht mehr* … Raphael greift nach meinen Händen. Die Panik wird stärker. „Lass mich los!"

Aber Raphael hält mich fest. „Atmen, Judy, atmen. Du hast eine Panikattacke!"

Halbblind vor Angst und Tränen versuche ich mich loszureißen, aber Raphael greift mich nur noch fester, drückt mich an sich.

„Das ist nicht real", flüstert Raphael in mein Ohr. Die Worte dringen langsam zu mir durch. „Judy, hab keine Angst."

Ich kann ihn spüren, seine Wärme, seine Hände, die mich in die Realität zurückholen. Irgendwann werde ich ruhiger. Ich kann aufhören, mich gegen seinen Griff zu wehren.

Vorsichtig zieht Raphael mich auf den Boden zurück, umschließt mich mit Armen und Beinen. Sein Pullover verströmt einen tröstlichen Geruch und als ich mein Gesicht an seine Brust presse, bilde ich mir einen Moment ein, Moschus zu riechen. Meine Tränen versickern in dem weichen Stoff.

Als Raphael spricht, ist seine Stimme rau. „Meine drei Schwestern waren nicht alle sofort tot. Mia hat noch gelebt. Ich hab sie aber erst Stunden nach dem Erdbeben gefunden, als ich schon Joe aufgesammelt hatte. Ich wollte noch einmal nach Hause, um mich zu verabschieden. Und da war sie … zwischen ein paar Trümmern … Joe und ich haben sie herausziehen können, aber es war zu spät. Mia war krank, sie ist von Stunde zu Stunde schwächer geworden. Wir mussten … wir mussten zusehen, wie sie stirbt. Sie war erst dreizehn! Sie hatte Schmerzen, hat geweint … phantasiert. Irgendwann ist sie dann still geworden. Und wir konnten nur dabeisitzen. Ihre Hand halten. Und weißt du was, Judy? Als Mia … als meine eigene Schwester da so vor mir lag, Stunde um Stunde, da hab ich mir gewünscht, dass sie stirbt. Ich wollte, dass es schnell geht. Ich konnte ihr nicht helfen, und ich konnte sie nicht umbringen. Aber ich wollte es. Joe saß neben uns, stundenlang, zitternd. Er hat ihre Hand gehalten, als ich es nicht mehr konnte. Manchmal hat sie nachts vor Schmerzen geschrien. Dann habe ich ihr den Mund zugehalten, damit Joe schlafen konnte. Als sie gestorben ist … ich war …“ Raphael schluchzt auf. „Ich weiß, wie es sich anfühlt", sagt er schließlich. „Ich weiß, wie es ist, wenn man das Gefühl hat, dass man nicht mehr weiterweiß. Wenn man nicht mehr für sich leben will, aber weiß, dass man sich um die anderen kümmern muss."

Ich kann nicht anders, ich muss ihn ansehen, also mache ich mich von ihm los und drehe mich auf Knien zu ihm herum. Über sein Gesicht laufen Tränen. Dieselben Tränen, die mir immer noch kalt auf den Wangen brennen. Es tut weh, ihn so zu sehen. Und mir wird klar, dass Raphael recht hat. Ich lebe nicht für mich, da brauche ich mir nichts vorzumachen. An solchen Tagen wie heute will ich aufgeben, einfach nur aufgeben und all die Toten im Himmel wiedersehen. Ich lebe für Luke und Hope und Joe und jetzt auch für Raphael. Ich lebe, weil ich meine Familie liebe. Und das ist sicher ein guter Anfang.

Raphael darf nicht weinen.

„Raphael?" Ich nehme sein Gesicht in meine Hände, versuche, in seine meergrünen Augen zu sehen. Aber er weicht meinem Blick aus. Ein anderes Bild blitzt in meinem Kopf auf. Es ist das Bild eines anderen Jungen mit ebenso grünen Augen. Aber dieser Junge hier lächelt.

„Raphael, warum tut Liebe immer so verdammt weh?"

Einen Moment lang starrt er mich an. Wir stehen da, Auge in Auge, der Wind heult um uns herum, kalt, auf den tränennassen Gesichtern. Und dann küsst Raphael mich. Es ist ein verzweifelter Kuss, der Versuch, die Welt zu vergessen, die uns umgibt. Und als ich seinen Kuss erwidere, fühle ich mich einen Moment lang befreit. So sanft, so unendlich hoffnungsvoll … Seine Lippen liegen weich auf meinen, seine Finger fahren in meine langen, windzerzausten Haare. Ich strecke mich ein wenig, lege die Arme um seinen Hals und kralle mich in seiner Jacke fest. Keiner von uns beiden versucht, den Kuss zu vertiefen.

Und trotzdem, ich weiß jetzt schon, dass ich nicht will, dass dieser Augenblick je vorüber ist. Ohne den Kuss zu unterbrechen zieht Raphael mich zu Boden und ich schmiege mich an ihn. Ich fürchte mich vor dem Moment, an dem ich mich von Raphael trennen muss. Irgendwann liegen wir einfach nur noch so da, Raphael unter mir. Ich habe die Arme um ihn geschlungen und er streicht mir über den Rücken. Seine behutsamen Berührungen brennen sich wie Feuer durch meinen Pullover in meine Haut. Hier zu liegen fühlt sich richtig an. Es hat sich von Anfang an richtig angefühlt, von Raphael berührt zu werden, mich in den Arm nehmen zu lassen, ihn zu berühren, nach seiner Hand zu greifen, um ihn zu beruhigen.

Als Raphael mich noch ein bisschen fester an sich zieht und mir einen Kuss auf die Wange gibt, weiß ich, dass er es versteht. Er lächelt mich an. „Schon verrückt“, sagt er. „Ich liege hier mit der hübschesten Frau weit und breit, und dabei kenne ich noch nicht einmal deinen Nachnamen.“

Die Frage ist so herrlich normal, so befreiend nach all dem Gefühlschaos, das dem Kuss vorangegangen ist, dass ich auflache. „Robinson“, antworte ich und schmiege mich an Raphael. „Judy Maya Robinson."

„Raphael Priest", antwortet er.

Wir bleiben liegen, bis der Wind so unangenehm wird, dass es trotz Decke kaum noch auszuhalten ist. Besorgt starre ich in den wolkenverhangenen Himmel. Das sieht nicht nur nach schlechtem Wetter aus, hier kündigt sich ein Sturm an! Die dunklen Wolken, die sich in Bergen über den Himmel wälzen, schlucken alles Licht, und in der hereinbrechenden Dämmerung fällt es mir schwer, unser Auto auszumachen.

„Wir müssen zurück", stelle ich fest. Der Zauber, der uns geschützt hat, ist verschwunden. Mit einem Schlag sind meine Sorgen wieder da.

„Am liebsten würde ich hier ewig sitzen bleiben", murmelt Raphael neben meinem Ohr. Einen Moment lang drücke ich mich noch an ihn. Dann lasse ich los.

„Aber wer sonst soll das ganze Chaos wieder in Ordnung bringen?", frage ich.

„Das musst nicht immer du machen", stellt Raphael fest. Ich stehe langsam auf, Raphael folgt mir, und wir schlendern Hand in Hand auf unseren Lagerplatz zu.

„Doch, muss ich." Zumindest fühlt es sich so an. Für Luke und Hope muss ich alles tun, was irgend möglich ist. Mir kommt ein Gedanke:

„Weißt du, was der Unterschied zwischen uns ist, Raphael? Ich könnte für unser aller Leben töten, während du für uns sterben würdest."

„Ich glaube, das musst du mir erklären."

Mühsam versuche ich, meine Erkenntnisse in Worte zu fassen. „Na ja, stell dir vor, wir werden angegriffen. Dann wäre ich diejenige, die beim Versuch, Hope, Luke, Joe und dich zu schützen, ihre Menschlichkeit verliert. Ich würde töten und dann daran kaputtgehen. Aber du wärst derjenige, der sich für uns alle vor eine Kugel wirft. Weil du den Gedanken nicht erträgst, irgendjemandem Leid zuzufügen. Ich könnte das nicht. Dafür wäre ich zu feige." Mit angehaltenem Atem warte ich auf Raphaels Reaktion.

Seine Augen scheinen eine Spur dunkler, als er antwortet: „Vielleicht hast du recht. Aber ich denke nicht, dass du feige bist. Sterben ist feige. Zum Leben braucht man viel mehr Mut."

Raphael klingt traurig. Ich lehne mich an seine Schulter.

„Raphael?"

„Hmmm?"

„Glaubst du noch an ein Happy End?"

Überrascht sieht Raphael mich an. „Du nicht?"

Ein leichtes Lächeln breitet sich auf meinem Gesicht aus.

20

Als wir wieder bei unserem Wagen ankommen, ist es erstaunlich ruhig. Es scheint fast so, als würde die Welt Luft holen vor dem Sturm, der sich immer weiter über uns zusammenzieht. Die Rücksitze sind schon aus dem Auto ausgebaut, und auf dem Nest aus Isomatten und Decken schlummert Hope. Ich sehe Joe und Luke in einiger Entfernung umherwandern, und Raphael ruft nach ihnen, um zu signalisieren, dass wir wieder da sind. Im Schutz des Picknickhäuschens hat der Wanderer ein kleines Feuer entzündet. Neben ihm liegen zwei Hasen, vermutlich aus seinen Fallen. Ohne ein Wort zu sagen setzt Raphael sich neben ihn und beginnt, die Hasen zu häuten. Mit einer Portion Respekt und Misstrauen lasse ich mich ebenfalls neben ihnen nieder. Der Wind ist bereits stark genug, um uns selbst hier in diesem geschützten Raum frieren zu lassen. Er spielt mit dem Feuer, lässt die Funken fliegen und wirft unsere Schatten dutzendfach flackernd über die Wände.

Joe und Luke tauchen auf, als das Hasenfleisch bereits über dem Feuer brutzelt. Durchgefroren, mit roten Wangen und Dreck in den Kleidern. Raphael zwingt sie dazu, sich draußen zu entstauben, dann klettern sie zu Hope in den

Bus. Wir folgen, nachdem wir die letzten Reste des Feuers ausgetreten haben. Das gebratene Fleisch nehmen wir mit. Der Wind ist zu einem Sturm geworden, die Böen zerren an unserem Bus und bringen ihn zum Schaukeln. Zudem hat es wieder angefangen zu regnen. Dicke Tropfen klatschen gegen die Scheiben und nach einer Weile können wir kaum noch verstehen, was der andere sagt.

Im Wagen machen wir uns dann ans Essen: das Hasenfleisch und die Löwenzahnreste der letzten Tage. Nur Hope stopft sich wieder mit Bonbons voll. Ich lasse sie einfach essen, Unmengen von Zucker hin oder her. Irgendwie wirkt mein Schwesterchen unglücklicher als sonst und ich fürchte, dass es mit mir zu tun hat. Ich bin weggelaufen. Als ich sie danach frage, bricht sie in Tränen aus. Also nehme ich sie auf den Schoß und halte sie fest, während die kleinen, bunten Bonbons zwischen ihren Lippen verschwinden.

Kurz vor Mitternacht parkt Raphael noch einmal den Bus um. Er versucht, die offene Seite des Picknickhäuschens mit dem Wagen abzuschirmen und uns so einen halbwegs geschützten Platz zum Schlafen zu schaffen, denn zum Schlafen ist es für uns alle viel zu eng im Bus. Hope liegt auf der Rückbank, die zwei Jungs rollen sich auf dem Boden des Autos zusammen, aber uns anderen bleibt nur die Übernachtung im Freien. Wir legen die Isomatten auf dem Boden des kleinen Picknickhäuschens aus, alle fünf kreuz und quer übereinander, um die Kälte möglichst lange von uns fernzuhalten. Es regnet stärker und stärker. Verrücktes Wetter! Heute Nachmittag ist es noch so schön gewesen …

Der Wanderer wickelt sich in eine Decke und dann in einen Schlafsack ein und dreht Raphael und mir den Rücken zu. Raphael schnappt sich die übrigen Decken.

„Komm schon", er zieht mich auf den Boden, „besser wird es nicht mehr." Widerwillig kuschle ich mich so gut es geht in eine Wolldecke und schlüpfe in meinen Schlafsack. Der Wind weht Tropfen auf mein Gesicht, obwohl wir hier unter einem Dach liegen und die nassen Sandkörner fühlen sich an wie tausend winzige Nadelspitzen.

„Gute Nacht, Raphael." Ich vermisse mein Bett. Die weichen Kissen, die kuschelige Decke, die Matratze. Die Wärme. Aber jetzt ist da Raphael, der sich neben mich legt, dessen Arm mich umfängt und dessen tröstliche Wärme mich ins Traumland begleitet. Und das ist beinahe so gut wie alle Kissen der Welt.

21

7. Juni
Der junge Mann lächelt mir zu, seine grünen Augen funkeln begeistert. Er lacht das mir so vertraute Lachen, zieht mich hinter sich durch die Menschenmenge. Um uns herum riecht es nach Zuckerwatte und gebrannten Mandeln, und die Achterbahnen und Karussells leuchten bunt in den heranbrechenden Abend hinein. Aus den Lautsprechern tönen blechern die neusten Hits und das Trampeln von Hunderten von Füßen mischt sich rhythmisch unter die Musik. Ich werde herumgewirbelt, jetzt will er mich zum Tanzen bringen. Ich lache. „Raphael, nein!“ Verwirrt sieht er mich an. „Raphael?“ Erst jetzt dreht er sich ganz zu mir herum, und ich erkenne …

„Sam!“ Mit einem Keuchen fahre ich hoch. Mein Herz pocht wie wild und es dauert einen Moment, bis ich realisiere, wo ich bin. Die Lichter des Jahrmarkts scheinen immer noch in meine Augen gebrannt zu sein, also schließe und öffne ich sie einige Male hintereinander. Die bunten Striemen auf meiner Netzhaut verblassen langsam, aber das Unbehagen bleibt. Raphael liegt neben mir. Ich kann spüren, wie sich sein Brustkorb hebt und senkt. Vorsichtig mache ich mich von ihm los. Erneut schieben sich die Bilder aus meinem Traum vor mein inneres Auge. Ich kenne den Jungen aus meinem Traum. Ich kenne dieses Gesicht, diese grünen Augen. Ich vermisse ihn. Der Schmerz kommt so plötzlich, dass es mir fast den Atem nimmt. *Ich vermisse Sam.*

Mit einem Mal ist es mir hier zu eng. So leise ich kann, schlüpfe ich aus meinem Schlafsack und streife mir einen Pulli und meine Jacke über. Die anderen Klamotten habe ich gestern erst gar nicht ausgezogen. Raphael schlummert weiter, also ziehe ich die Decke wieder ganz über ihn und schleiche mit einer zweiten Decke in der Hand aus dem Unterstand hinaus.

Es hat aufgehört zu regnen, aber der Wind ist noch immer unbarmherzig. Er zerrt an meinen Haaren und dringt durch meine Jeans hindurch. Ein Blick auf meine Uhr verrät mir, dass es schon fast acht Uhr morgens ist. Allerdings ist es dafür noch erschreckend dunkel. Sturmwolken hängen schwer und pechschwarz über uns, und über die Ebene hinweg kann ich erkennen, dass das Unwetter Bäume und Sträucher mit sich gerissen hat. Geistesabwesend streiche ich mir die Haare aus dem Gesicht, halte allerdings inne, als ich direkt an großen verknoteten Strähnen ziehe.

Verdammt, ich will sofort eine Haarbürste! Oder zumindest weniger Wind.

Der Wanderer ist ebenfalls schon wach. In seine Decke gehüllt sitzt er an einem der Picknicktische und blickt über das karge Land. Ich setze mich neben ihn und wickle mir die Decke noch ein wenig fester um den Körper.

„Guten Morgen, Judy."

„Guten Morgen." Meine Stimme ist rau, meine Kehle fühlt sich an wie Schmirgelpapier.

Der Wanderer lächelt mich an. Wieso wissen wir seinen Namen eigentlich immer noch nicht? Aber ich will nicht danach fragen. Ich verstehe und respektiere seinen Wunsch nach einem neuen Namen, wenn ihn der alte so sehr an all die verlorenen Dinge erinnert. Ich kann warten.

Mein Gehirn macht einen Sprung, und bevor ich darüber nachdenken kann, frage ich: „Können Sie sich an Ihre Telefonnummer erinnern?" Ich kann es nicht mehr, und es kommt mir plötzlich wichtig vor. Als wir gegangen sind, habe ich alle Papiere, Ausweis, Bankkarten, Adressbuch einfach liegen gelassen. Der Wanderer denkt einen Augenblick nach.

„Ja, schon", erwidert er schließlich. „Und du?"

Langsam schüttle ich den Kopf. „Nein."

Auf einmal habe ich Angst, immer mehr zu vergessen, von dem was mir früher lieb und teuer war.

„Unsere Mutter hieß Mia Laura", sprudelt es aus mir heraus, „und mein Vater hieß Peter. In den Sommerferien sind wir immer nach New Haven gefahren. Ins Haus von meinen Großeltern." Ich will, dass es noch jemand außer mir und meinen Geschwistern weiß. Falls wir … Um die aufsteigenden Tränen zu unterdrücken, trinke ich noch einen Schluck kalten Tee. Der Blick des Wanderers ist so mitfühlend und verständnisvoll, dass ich mich abwende. Aber dieser Blick bringt mich dazu, auch den Gedanken auszusprechen, der mir seit dem Aufwachen durch den Kopf spukt: „Unsere Eltern sind tot. Aber trotzdem, wir sind doch immer noch ihre Kinder, oder?“

Der Wanderer sieht mich nachdenklich an. „Ich denke schon.“

„Aber ist Raphael noch ein Bruder, wenn seine Geschwister alle tot sind?“ Ich weiß, dass ich mich um die Frage drücke, die ich eigentlich stellen will – anscheinend aber zu offensichtlich, denn der Wanderer zieht die Augenbrauen hoch.

„Worauf willst du hinaus, Judy?“

„Wenn ich einen Freund hatte, bin ich dann Single, nur weil er tot ist?“ Schon als ich es ausspreche, kommt es mir falsch vor – so falsch. Gegenüber Sam. Und Raphael. Schuldgefühle brennen mir im Magen. Was habe ich da gestern getan? Warum habe ich Raphael geküsst?

Es scheint mir ins Gesicht geschrieben zu stehen, denn die Eisaugen meines Gegenübers werden noch ein wenig weicher. „Du hast Raphael gerne, Kleines, stimmt´s?“

Wütend reibe ich mir über die Augen, weil ich schon wieder Tränen in mir aufsteigen spüre.

„Ich … ich hatte einen dummen Gedanken. Und jetzt werde ich ihn nicht mehr los.“ Jetzt, da ich einen Anfang gemacht habe, ist das Reden leichter. „Ich kenne Raphael im Grunde überhaupt nicht. Wir sind hier so ineinander gestolpert. Jeden Tag könnte einer von uns sterben."

Einen Moment ist es still.

„Vielleicht ist es Liebe aus Verzweiflung", höre ich mich sagen. „In diesen ganzen Filmen …"

Der Wanderer sieht verwirrt aus. „Wie bitte?"

„In diesen ganzen Filmen, diesen Weltuntergangsfilmen, da verlieben die Hauptpersonen sich immer ineinander", versuche ich zu erklären. „Vielleicht, weil sie niemanden mehr haben. Vermutlich ist es dann normal, sich den Menschen, die noch leben, sehr nahe zu fühlen."

Es stimmt ja auch. Für mich hat es sich von Anfang an richtig angefühlt, von Raphael berührt zu werden. Ihm nahe zu sein.

„Denkst du, dass du dich nicht in Raphael verliebt hättest, wenn dein Leben normal verlaufen wäre?", fragt der Wanderer ernst, vielleicht sogar ein bisschen traurig.

Nervös fahre ich mit der Zunge über meine aufgesprungenen Lippen. „Wenn mein Leben normal verlaufen wäre, hätten wir uns nie getroffen. Ich hätte jetzt noch einen Freund. Ich wäre glücklich."

Ein Scheppern lässt uns zusammenfahren, und ich wirble herum. Hinter uns steht Raphael, vor seinen Füßen die Thermoskanne, die ihm gerade aus der Hand gefallen sein muss. Und sein Gesicht … Raphael ist verletzt. Und mit der Wucht eines heranfahrenden Zuges überrollen mich Reue und Angst.

„Raphael …"

„Ich wollte nur fragen, ob ich die Kleinen wecken soll", sagt Raphael tonlos. „Aber vielleicht lassen wir sie noch schlafen." Er dreht sich um und geht, langsam, aufrecht, und ich kann sehen, dass ihm jeder Schritt schwerfällt. Hilfesuchend sehe ich den Wanderer an, aber der zuckt mit den Schultern.

„Da musst du alleine durch, Kleines."

Angst kriecht mir den Hals hinauf. So schnell ich kann, streife ich die Decke ab und folge Raphael, der sich schon ein ganzes Stück von unserem Schlafplatz entfernt hat.

„Raphael!" Der Wind weht meine Stimme über die Ebene, und ich bin mir sicher, dass Raphael mich gehört hat. Aber er bleibt nicht stehen.

„Lass gut sein, Judy." Ich kann ihn kaum verstehen, weil er immer noch vor mir herläuft – vor mir davonläuft. „Ist doch alles gesagt."

Und damit beschleunigt er seine Schritte und lässt mich im wieder stärker werdenden Sturm stehen.

Der Vormittag vergeht nur langsam. Ich lasse die Kleinen schlafen, so lange sie können, schließlich verpassen sie nichts. Ich sitze auf dem Dach unseres Wagens und beobachte Raphael, der in großen Kreisen um uns herumstreift. Mein schlechtes Gewissen verstärkt sich mit jeder Minute. Ich habe Raphael aufrichtig gerne. Aber ich finde nicht die richtigen Worte, um ihm das zu sagen. Ganz zu schweigen von dem Mut, der dafür nötig wäre.

Als es auf den Mittag zugeht und das Wetter noch schlechter wird, drängt der Wanderer zum Aufbruch. Die dunkle Wolkenfront hängt noch immer bedrohlich über uns und der Sturm bringt den Wagen zum Schaukeln. Auch das kleine Häuschen, in dem wir die letzte Nacht geschlafen haben, knarrt unheilvoll, und mir wird klar, dass wir unbedingt einen sichereren Platz für die nächste Nacht brauchen.

Luke und Joe beauftrage ich damit, Raphael zu holen. Gemeinsam mit dem Wanderer packe ich unsere Schlafsachen zusammen. Hope, die das Auto den ganzen Tag noch nicht verlassen hat, beobachtet uns vom Fahrersitz aus, von dem ich sie schließlich verscheuchen muss, als wir zum Aufbruch bereit sind.

Diesmal sitze ich hinten, nicht bei Raphael. Seit er zurück zum Auto gekommen ist, hat er mich kaum eines Blickes gewürdigt, und irgendwie finde ich immer noch nicht den Mut, ihn anzusprechen. Vor allen anderen erscheint es mir ohnehin nicht richtig. Trotzdem schmerzt seine höfliche Missachtung. Denn ansonsten ist alles wie immer. Raphael scherzt mit Hope, wechselt sich mit dem Wanderer beim Fahren ab, schimpft mit Joe und Luke, die aufgedreht auf der Rückbank herumhüpfen.

Die Straße ist eine Katastrophe. Hier kann man deutlich erkennen, dass es schwere Erdbeben gegeben haben muss. Der Asphalt ist an vielen Stellen aufgerissen, und auch der Sturm hat seinen Teil zu dem Chaos beigetragen. Zu beiden Seiten, teilweise auch auf der Fahrbahn, liegen Bäume, und mehr als einmal kommen wir nur schwer an ihnen vorbei.

Die Landschaft um uns herum verändert sich. Kleine Wäldchen unterbrechen die Ebene und ab und an sehen wir Straßenschilder, die die nächsten Ortschaften ankündigen.

Doch von vielen Orten sind nicht mehr als Ruinen übriggeblieben.

22

Die Dunkelheit liegt über uns wie eine viel zu schwere Decke, als wir uns am Abend einem Campingplatz nähern. Im fahlen Licht des aufsteigenden Mondes, der zwischen den Wolken hindurchblinzelt, kann ich am Ufer eines kleinen Sees einige kleine Blockhütten erkennen.

Der Wanderer stellt den Wagen in respektvollem Abstand zu den Hütten ab. „Lasst uns nachsehen, ob wir hier alleine sind." Seine Stimme ist rau, weil wir die letzten Stunden im Auto weitestgehend stumm verbracht haben.

„Ist gut", antwortet Raphael.

Mehr als ein müdes Nicken bringe ich nicht mehr zustande. Mir ist alles egal, solange der Abend mit einem Dach über dem Kopf und einer Nacht endet, in der ich Abstand von dem Chaos in meinem Kopf bekomme. Abstand von meinen Gefühlen. Abstand von Raphael. Abstand von diesem Kuss und den Erinnerungen, die seit diesem Augenblick meinen Verstand vernebeln.

Raphael bietet an, bei den Kindern zu bleiben. Dass der Wanderer die Gegend auskundschaftet, scheint beschlossene Sache zu sein. Und im Grunde bin ich froh darüber. War es nicht das, was ich mir die ganze Zeit gewünscht habe? Jemanden, der für uns sorgt? – Trotzdem, ganz loslassen kann ich immer noch nicht, und so finde ich mich Augenblicke später inmitten des heulenden Sturms wieder.

Die Kälte kommt wie gerufen, der Wind fegt durch meine Kleider und kribbelt auf meiner Haut, verjagt die Schwere der letzten Stunden. In einem vergeblichen Versuch, mich gegen den Sturm zu wehren, ziehe ich den Reißverschluss meiner Jacke zu und folge dem Wanderer, der die nächstgelegene Hütte ansteuert. Ein Klappern, ein Heulen, der Wind peitscht über den See. Unwillkürlich beschleunige ich meine Schritte und schließe zum Wanderer auf. Es ist ein gespenstisches Szenario, das sich uns bietet.

Mühsam blinzelnd spähe ich in die dunkle Hütte hinein. Sie sieht verlassen aus. Auch die anderen drei Hütten scheinen leer zu sein, allerdings haben sie alle kaputte Fensterscheiben, und bei der dritten fehlt ein Teil des Daches.

„Wir gehen in die erste Hütte", verkündet der Wanderer den Wartenden, als wir wieder zurück beim Auto sind.

Raphaels Lächeln ist aufmunternd, als er Hope in ihre Jacke hilft und sie anschließend auf den Arm nimmt. *Du hast dich wie eine Idiotin verhalten,* schimpft ein kleiner, aber sehr lauter Teil meines Gehirns mit mir. *Er hat dich aufrichtig gern.*

Luke zupft an meinem Arm. „Judy, kommst du?"

Seine Stimme holt mich zurück ins Hier und Jetzt.

„Na klar, mein Kleiner."

Luke ist sehr blass, wie ich besorgt feststellen muss. Er

kann seine Augen kaum offen halten. Auch Joe tapst so langsam hinter mir her, dass ich ihn irgendwann an die Hand nehme, damit wir es schneller durch den Sturm schaffen. Mit den beiden im Schlepptau erscheint mir der Weg ungleich weiter als noch vor einigen Minuten. Die Hütte kommt näher, und da sind auch schon der Wanderer und Raphael, der immer noch Hope auf dem Arm hält. Sie versuchen, die Tür aufzubrechen.

Und dann sehe ich den Schatten im Fenster.

„Raphael, nein!", schreie ich, aber meine Stimme wird vom Wind davongetragen. Meine Angst, diese nagende, energiefressende Angst, dass meinen Lieben etwas passieren könnte, ist mit einem Schlag zurück. Im Vorwärtsstürzen lasse ich Joes Hand los – aber ich bin zu langsam. Und so bleibt mir nichts anderes übrig, als mit anzusehen, wie sich die Hüttentür öffnet und der Wanderer, Raphael und meine kleine Schwester in einen Gewehrlauf blicken.

„Hope!" Während ich auf sie zustürze, wird mir klar, wie bescheuert ich bin. Die Pistole liegt in einem der Rucksäcke im Auto, ich kann mich einfach nicht daran gewöhnen, sie bei mir zu tragen. Der Wanderer hat sein Gewehr, aber ich sehe, dass auch er wie erstarrt stehen geblieben ist.

„Halt!", brüllt eine männliche Stimme aus dem Schatten der Tür hinaus. „Niemand bewegt sich, oder der alte Mann stirbt!"

Meine Füße reagieren schneller als der Rest meines Körpers – der Schwung lässt mich stolpern, und ich lande mit den Knien in einer Pfütze. Der Mann in der Hüttentür steht immer noch im Dunkeln. Zu meiner Angst gesellt sich Wut. Warum haben wir nicht besser aufgepasst? Warum sind wir nicht in die Hütten hineingegangen, um uns zu vergewissern, dass sie leer sind, bevor wir die anderen geholt haben?

Luke und Joe haben mich eingeholt, ich kann sie hinter mir atmen hören. Und dann sind da Lukes schmale Finger, die sich in meiner Jacke festkrallen. Langsam, um den Fremden nicht aufzuschrecken, lege ich meine Hand um die meines Bruders und drücke sie sanft. „Alles wird gut, Luke." Wie oft ich das schon gesagt haben muss, weiß ich nicht. Und ich bin mir auch nicht sicher, ob ich selbst daran glaube. Aber es erscheint mir richtig, Luke in dem Glauben zu lassen.

In der Hütte geht ein flackerndes Licht an, sodass ich den Mann in der Tür nun deutlicher sehen kann. Um seinen Körper tanzt das Licht, das von einer großen Öllampe kommt. Mühsam atme ich ein und aus, die Angst legt sich wie ein Seil um meine Brust. Der Wanderer redet, seine Worte dringen undeutlich zu uns herüber. Es hat wieder angefangen zu regnen und die Feuchtigkeit kriecht Schicht für Schicht durch meine Kleidung. Was auch immer der Wanderer sagt, ich hoffe, dass es überzeugend ist. Wir brauchen dieses trockene Nachtlager.

„Verschwindet!", schreit der Fremde noch einmal. Seine Stimme ist hart und unbarmherzig. Ich sehe, dass Raphael Hope hinter sich schiebt und Anstalten macht, sich langsam von der Hütte zu entfernen. Dankbarkeit strömt durch meinen Körper, Dankbarkeit und Zuneigung. Deshalb habe ich ihn so gerne. Weil er der eine gute Mensch in einer kaputten Welt ist, der sich um fremde Menschen sorgt, als wären sie seine Familie.

Der Wanderer scheint vollkommen unbeeindruckt von der unerwarteten Wendung. Er redet immer noch, leise, aber an seinem Gesicht kann ich erkennen, dass er mit Nachdruck redet. Mit angehaltenem Atem warte ich, die beiden Jungs an meiner Seite. Zwischendurch zeigt er in unsere Richtung.

Und dann, nach einer gefühlten Ewigkeit im immer stärker werdenden Regen, lässt der Mann sein Gewehr eine Handbreit sinken und tritt einen Schritt zurück. Der Wanderer dreht sich zu uns und winkt uns zu.

Zögernd und mit den Jungs im Schlepptau lege ich die letzten Meter bis zur Hütte zurück und gemeinsam erreichen wir das schützende Vordach. Hope stürzt mir entgegen und schlingt die Arme um meinen Bauch. „Was ist los?“, will ich wissen, während ich meine kleine Schwester fest umarme.

„Wir können hier übernachten“, sagt der Wanderer leise, „wenn wir ihnen Verpflegung und Benzin geben.“ Mein Blick sucht den von Raphael und zum ersten Mal seit heute Morgen sehe ich ihn richtig an. Unter seinem Blick wird mir wärmer ums Herz.

„Wir brauchen einen trockenen Platz zum Schlafen“, stellt Raphael fest. Ich will schon meine Bedenken in den Raum werfen: Der Fremde hat Waffen, wir können auf unser Essen nicht verzichten, es ist zu gefährlich – aber dann ist da Raphaels Hand an meinem Arm und er sieht mich eindringlich an. „Judy, wir brauchen Schlaf."

Widerwillig nicke ich. Er hat ja recht. Und trotzdem, die Angst bleibt. Angst um meine Geschwister, Angst vor dem Unbekannten.

„In Ordnung", höre ich mich sagen.

„Ich hole unsere Sachen", bietet Raphael an. „Joe, komm und hilf mir!"

Während die beiden in Richtung Auto verschwinden, trete ich neben den Wanderer. „Sicher, dass das eine gute Idee ist?", frage ich leise. „Der Mann hat eine Waffe."

Der Wanderer zieht die Augenbrauen hoch. „Ich hatte auch eine Waffe", stellt er nüchtern fest. „Und niemand sagt, dass wir uns anfreunden müssen." Damit dreht er sich um und folgt dem Fremden ins Innere der Hütte. Mir fällt auf, dass er sein Gewehr von seinem Rücken an seine Seite schiebt, wie um es leichter greifen zu können. „Na los, kommt mit."

Mit einer gehörigen Portion Vorsicht setze auch ich mich in Bewegung. Luke und Hope folgen mir. Sie sind so nah an mir dran, dass Luke immer wieder gegen mich stößt.

Das Licht in der Hütte stammt von zwei kleinen Gaskochern und einer Öllampe, die den Raum ungleichmäßig ausleuchten. Der Mann mit dem Gewehr steht direkt neben der Tür wie ein Wächter, und ich schicke ein Stoßgebet zum

Himmel, dass Raphael unsere Pistole mitbringt. Der Sturm scheint noch stärker geworden zu sein. Blitze zucken über den Himmel und werfen ihr grelles Licht durch den offenen Raum.

Die Hütte ist größer, als ich erwartet habe. Eine kleine Kochnische, ein großer Wohnbereich mit zwei ausziehbaren Sofas, zwei halb geöffnete Türen, die den Blick auf ein Badezimmer und ein Schlafzimmer freigeben.

„Kommt schon rein, es ist kalt", knurrt der Mann neben mir, und ich zucke zusammen. Auch Luke und Hope hat der harsche Ton erschreckt. Sie pressen sich noch dichter an mich ran. Wütend hebe ich den Blick und funkle den Mann böse an. Es ist eine Sache, Erwachsene zu bedrohen, … aber Kinder? In mir blitzt das Bild auf, wie der Wanderer Joe und Luke zu uns gebracht hat. Entschlossen dränge ich es zurück.

Der Fremde ist mindestens einen Kopf größer als ich, und ich schätze ihn auf Anfang dreißig. Sein dunkler Bart und die im Schatten liegenden Augen geben ihm eine wilde, unzerstörbare Ausstrahlung. Als Raphael und Joe nur Augenblicke später in die Hütte stolpern, nass bis auf die Haut, wirft er mit grober Bewegung die Tür hinter ihnen zu.

„Setzt euch!", werden wir aufgefordert. Ich werfe Raphael einen nervösen Blick zu, den er nicht minder beunruhigt erwidert, und bleibe, wo ich bin. Der Wanderer, der so entspannt wirkt, als wäre das hier nichts weiter als ein Besuch unter Freunden, geht ein paar Schritte in Richtung Sofa, bleibt dann aber wie angewurzelt stehen. Ich folge seinem

Blick und erstarre: Hinter den Sofas, in der am weitesten entfernten Ecke, sitzt ein zweiter Mann. Er ist jünger, höchstens fünfundzwanzig, mit rabenschwarzen, verfilzten Haaren, eingefallenen Wangen und wachsweißem Gesicht. Und mit einem Schlag ist meine Angst wie weggeblasen. Ich sehe ihn an … und sehe Hope. Hope, wie sie auf unserem Leiterwagen gesessen ist, Hopes Schweigen … Der Ausdruck in seinen Augen, es ist dasselbe Schwarz, das ich in Hopes Blick gesehen habe. Unwillkürlich mache ich einen schnellen Schritt nach vorne, aber schon greift Raphael nach meiner Hand und hält mich zurück. Zaghaft erwidere ich den Druck. Ich kann meine eigene Reaktion selbst kaum nachvollziehen.

„Was ist jetzt?“ Die Stimme des ersten Mannes dringt nur langsam zu mir durch. „Wenn ihr schlafen wollt, könnt ihr in den anderen Raum gehen. Und vergesst nicht, wir wollen Essen!“ Mühsam schlucke ich meine Wut hinunter. „Danke.“

Der Mann sieht mich überrascht an. Doch bevor irgendjemand noch etwas anderes sagen kann, lasse ich Raphaels Hand wieder los und schiebe meine Geschwister in das angrenzende Schlafzimmer. Raphael und Joe folgen uns, und als ich sehe, dass sich der Wanderer wie selbstverständlich auf einem der Sofas niedergelassen hat, schließe ich hinter uns die Tür. Das Schlafzimmer ist winzig. Das Bett füllt fast den gesamten Raum aus und liegt fast völlig im Dunkeln.

„Ich denke, da habt ihr auch gut zu dritt Platz“, sagt Raphael. Seine Stimme ist warm und beruhigend, aber sein Gesicht verrät ihn – seine Augen, die unruhig hin und her wandern. Und ich weiß, dass Raphael genauso wenig an Schlaf denkt wie ich.

Joe und Luke nicken müde und sind im Nu in den Schlafsäcken verschwunden, die Raphael aus dem Auto mitgebracht hat. Ein Gefühl der Zuneigung durchströmt mich, als ich sehe, wie Joe meinem kleinen Bruder ein Kissen unter den Kopf schiebt und Raphael anschließend eine zusätzliche Decke über die beiden legt.

Obwohl wir hier im Trockenen sind, ist die Hütte kalt und der Sturm, der das Holz zum Knarzen bringt, scheint nur auf eine Gelegenheit zu warten, durch einen Spalt oder ein offenes Fenster eindringen zu können. Hope hingegen rührt sich nicht vom Fleck.

„Ich will nicht schlafen!", quengelt sie. Ihre Augen glänzen verräterisch, und zum unzähligsten Mal überkommt mich Mitgefühl für meine kleine Schwester. Wenn ich schon kaum begreifen kann, was hier passiert, wie muss es dann nur Hope damit gehen? „Hast du Hunger, Süße?", frage ich.

„Nein", die ersten Tränen beginnen zu laufen, „ich will nur nicht weg von dir!"

Müde fahre ich mir über die Augen. „Du kannst auch noch mal mit rauskommen." Auch wenn ich nicht glaube, dass ein Raum mit mindestens zwei bewaffneten Männern, die einander nicht kennen, der richtige Ort für eine Sechsjährige ist. Aber ich kann mir auch nicht vorstellen, die ganze Nacht in diesem engen, dunklen Zimmer zu sitzen und

Luke und Joe beim Schlafen zuzusehen. Mit Hope an meiner Seite folge ich Raphael in den Hauptraum.

„… wenn die Kinder nicht wären …“, höre ich unseren unfreiwilligen Gastgeber gerade noch sagen. Mir ist sofort klar, worum es geht. Wenn unsere Kleinen nicht wären, steckten wir immer noch draußen im Sturm.

Die beiden fremden Männer sitzen auf dem einen Sofa, der Wanderer auf dem anderen. Raphael lässt sich neben ihn fallen, während ich meine Schuhe abstreife und mich auf den dicken Teppich setze, Hope halb sitzend, halb liegend neben mir.

„Judy, Raphael, darf ich vorstellen: Michael und Alexander.“ Der Wanderer lächelt uns aufmunternd zu, aber von den beiden Männern und auch von Raphael und mir kommt keine Reaktion.

In dem unbehaglichen Schweigen habe ich die Gelegenheit, die beiden zu betrachten. Der Mann, den der Wanderer als Michael vorgestellt hat, beugt sich nach vorne. Es ist derjenige mit dem Gewehr. Er ist jünger, als ich ihn anfangs geschätzt habe, Mitte zwanzig vielleicht, mit dunklen Haaren und markanten Gesichtszügen. Eigentlich ganz hübsch, stelle ich fest, aber die Ringe unter den braunen Augen und das verdreckte Gesicht malen Falten in seine Züge, wo unmöglich welche sein dürften. Seine Hand liegt locker auf dem Arm des jungen Mannes, der in eine Decke gewickelt neben ihm kauert. Ob sie wohl Brüder sind? Eine gewisse Ähnlichkeit ist zu erkennen, vor allem die dunklen Locken, aber ansonsten sind die beiden wie Tag und Nacht. Michael sieht so aus, als bräuchte er einfach nur etwas zu essen und Schlaf, um wieder auf die Beine zu kommen. Aber er sieht gesund aus. Alexander hingegen ... Sofort spüre ich wieder Sorge in mir aufkeimen – die Art von Sorge, die eigentlich meiner kleinen Schwester vorbehalten ist – und augenblicklich lege ich meine Arme schützend um Hopes kleinen Körper. Alexander erinnert mich so sehr an Hope, dass es schmerzt. Seine dunklen Augen, die ins Leere blicken. Die Art, wie er vor- und zurückschaukelt. Apathisch.

„Was ist jetzt mit dem Essen?", brummt Michael. Aber ich habe den Eindruck, dass es weniger unfreundlich klingt als vorhin. Vielleicht hat er ja genauso viel Angst vor uns wie wir vor ihm.

Raphael scheint sich mit der Situation abgefunden zu haben. Er stellt das Grünzeug, das wir die letzten Tage gesammelt haben sowie die Reste von den Hasen aus den Fallen des Wanderers zwischen uns. Dann legt er noch zwei Konserven mit Dosengemüse dazu. Sein Blick ist herausfordernd auf Michael gerichtet, als wolle er klarstellen, dass wir nicht mehr zu geben haben. Michael setzt gerade zu einer Erwiderung an, da kommt ihm Hope zuvor: „Ich will Nudeln."

Entgeistert starre ich sie an. „Was?" – Offenbar unsicher geworden, weil sie von allen im Raum angestarrt wird, deutet Hope auf einen der Gaskocher. Ihre Stimme wird zum Ende hin immer leiser: „Können wir Nudeln kochen?"

Es ist eine so banale Frage, dass ich grinsen muss. Und offenbar geht es den anderen auch so. Plötzlich ist ein Teil der Anspannung weg. Michael dreht sich zu uns um. Und als er auf Hope hinabblickt, kann ich ein Lächeln hinter seinem wilden Bart erkennen.

„Habt ihr denn überhaupt Nudeln, kleine Prinzessin?“

Aus den Augenwinkeln sehe ich, wie Hope den noch fremden Mann halb misstrauisch, halb neugierig mustert.

„Haben wir!“, antwortet der Wanderer an ihrer Stelle. „Hope, das ist eine gute Idee.“ Er steht auf. „Ich kümmere mich darum.“

Raphael sieht ihn finster an, und ich merke, wie sich auch mein Körper anspannt. Es geht Michael nichts an, was für Vorräte wir noch haben. Und Hope soll er gefälligst in Ruhe lassen. Aber da habe ich die Rechnung ohne meine kleine Schwester gemacht.

„Wie heißt du?“, fragt sie leise.

„Michael. Ich bin Michael, kleine Prinzessin. Und wer bist du?“

Mein Unmut wird größer. Aber Hope kichert.

„Ich bin keine Prinzessin. Ich bin Hope. Judy ist meine Schwester.“ Dass Hope das so betont, besänftigt mich ein wenig. Raphael allerdings sieht weiterhin finster aus.

„Und ob du eine Prinzessin bist, Kleine. Du bist meine Prinzessin“, sagt Raphael und betont das vorletzte Wort unüberhörbar. Das Strahlen, das sich auf Raphaels Worte hin auf ihrem Gesicht ausbreitet, ist Balsam für mein Herz.

Michael hingegen zieht die Augenbrauen hoch.

„Kein Grund, eifersüchtig zu werden", sagt er trocken.

„Lass die Kleine in Ruhe!", faucht Raphael zurück. Etwas an Raphaels Tonfall geht mir durch und durch. Raphael will uns beschützen. Er hat so offensichtlich Angst um uns, dass ich es kaum ertrage. Jeden Gedanken, jedes Gefühl kann man ihm vom Gesicht ablesen.

„Hey!" Ich lege Raphael meine Hand aufs Knie. Als er unter meiner Berührung zusammenschreckt, ziehe ich sie wieder zurück. Michael zuckt nur mit den Schultern.

„Wir müssen uns nicht unterhalten", stellt er klar. „Wir essen, ihr könnt hier schlafen. Und morgen seid ihr wieder weg." Bei seinen Worten regt Alexander sich ein wenig, bleibt jedoch stumm. Sein Blick ist auf Hope gerichtet, die ihm zaghaft zulächelt. Irgendwann, und der Gedanke bricht mir jetzt schon das Herz, werde ich Hope sagen müssen, dass ein Lächeln nicht alle Probleme löst.

Allerdings sollte das besser heute als morgen sein, denn noch bevor ich sie davon abhalten kann, steht Hope auf und geht auf Alexander zu.

„Hope, nein!"

Auch Michael macht einen Schritt in Richtung meiner Schwester. Eine Sekunde später steht Raphael vor ihm. „Lass sie in Ruhe!"

„Sie soll von Alex weggehen!", fährt Michael ihn an.

Ich zwinge mich dazu, ruhig zu bleiben, auch wenn es in meinem Inneren brodelt.

„Hope, nein." Ich schüttle den Kopf. „Komm wieder her." Sie ignoriert mich und geht ein paar Schritte weiter durch den Raum. „Hope…" Aber sie schüttelt nur ihrerseits den Kopf.

„Ich bin Hope", flüstert sie Alexander zu, gerade noch laut genug, dass ich es verstehen kann. „Wie heißt du?"

Sie sehen einander in die Augen, und für einen Moment habe ich das Gefühl, dass ich in Hopes Augen wieder nur Schwärze finde. Der junge Mann vor ihr sagt nichts.

Ich sehe, dass Hope leicht zittert, und kann mich nicht mehr beherrschen. „Hope, komm her!" Doch als ich sehe, wie meine Schwester unter meinen harschen Worten zusammenzuckt, habe ich sofort ein schlechtes Gewissen.

„Ist dir kalt?", fragt sie weiter und deutet auf die Decke. „Oder hast du Hunger? Oder Durst? Weißt du was …", sie kichert leise, „wir essen sogar Baumblätter." Es ist eine besondere Ruhe, die in diesem Moment von Hope ausgeht, ein Zauber, dem sich niemand mehr entziehen kann. Der Wanderer, der am Gaskocher herumhantiert hat, hält inne. Und auch Michael und Raphael, die einander weiterhin drohend gegenüberstehen, scheinen wie versteinert. Und dann, ich kann es kaum glauben, langsam, ganz langsam nickt Alexander.

Raphael sucht nach meinem Blick und ich versuche, ihm Sicherheit zu vermitteln. *Es ist okay,* will ich sagen, *ich vertraue ihnen auch nicht. Aber sie werden uns nichts tun.*

Sie werden Hope nichts tun. Hope, die plötzlich zu unserer Sicherheit geworden ist. Die Art, wie Michael uns ansieht, macht mir klar, dass er ohne zu zögern jeden niederschlagen würde, der sich Alexander nähert. Aber wenn er Hope ansieht, weiß ich, dass es ihm genauso geht wie mir. Hope ist Alexanders Spiegelbild.

Mühsam schüttle ich den Kopf. Ich will die wirren Gedanken loswerden. Was jetzt vor allem zählt, ist die Geborgenheit, die eine ruhige Nacht in der Hütte verspricht. Und nicht die Begegnungen mit wildfremden, traumatisierten Menschen.

Einen Moment verharren wir noch in dieser Position. Ich auf dem Boden, Raphael und Michael einander gegenüberstehend. Hope steht vor Alexander, der aussieht, als würde er aus einem tiefen Traum erwachen. Vorsichtig dreht er den Kopf ein Stück zur Seite, sein Blick streift über Raphael und mich. Michael sieht er einen Herzschlag länger an, bevor er sich wieder meiner kleinen Schwester zuwendet und zaghaft die Decke ein Stück zur Seite schlägt. Und noch ehe Raphael oder ich protestieren können, sitzt Hope neben ihm und schiebt ihre Beine unter die Decke. Ich atme tief ein und aus. Es kann ja kaum noch verrückter werden. Der Wanderer ist es, der uns schließlich aus der Starre reißt: „Wenn ihr heute noch essen wollt, brauchen wir Teller."

23

Das Abendessen ist eine stumme Angelegenheit. Der Sturm um uns herum untermalt das Ganze mit einer Kaskade von Tönen, heulende Winde und grollender Donner wechseln mit knarrenden Ästen und klappernden Fensterläden.

Mit einem warmen Gefühl sehe ich Hope dabei zu, wie sie sich die Backen vollstopft. Ich bin jedes Mal froh, wenn ich sehe, dass meine Schwester genug Lebenswillen zurückgewonnen hat, um wieder selbst zu essen.

Raphael hingegen schiebt seine Nudeln nur auf seinem Teller hin und her. Ich würde ihn gerne fragen, was los ist, aber das Gespräch von heute Morgen, besser gesagt der Gesprächsversuch, liegt mir immer noch schwer im Magen. Wie kommen wir nur wieder zu dem unbeschwerten, bedingungslosen Verständnis zurück, das wir vor dem Kuss hatten? Können wir vergessen, was gestern Abend passiert ist? Und viel wichtiger – will ich das überhaupt?

Meine Uhr zeigt halb zehn, als Hope endlich müde wird. Sie sitzt immer noch neben Alexander und malt mit den Fingern die Muster auf seiner Decke nach. Michael sitzt ihnen gegenüber, sein Blick wandert besorgt von Alexander über Hope und wieder zurück, und ich kann dieselben

Ängste und Sorgen erkennen, die ich nur zu gut von mir kenne. Michael hat Angst um Alexander. Und von irgendwoher verspüre ich ein Gefühl der Zuneigung für ihn.

Hope gähnt und kuschelt sich wieder wie ein Kätzchen in das Sofa. Ihre Augen flattern müde.

„Süße, willst du nicht schlafen gehen?", frage ich leise.

Hope schüttelt den Kopf. Ich weiß ja, dass sie spätestens in fünf Minuten eingeschlafen sein wird, also ist das nicht weiter schlimm. Und tatsächlich, kaum einen Augenblick später fallen ihr die Augen zu und sie atmet ruhiger. Gerade will ich vorsichtig aufstehen, um sie zu Joe und Luke ins Zimmer zu tragen, da ertönt eine leise Stimme: „Soll ich sie ins Bett bringen?"

Ich schrecke zusammen. Alexander. Er spricht? Verdutzt schaue ich von ihm zu Michael, der mich müde anblinzelt und mit den Schultern zuckt, dann wieder zu Alexander. Seine Augen wirken wacher als vorhin – so als wäre er erst jetzt wieder präsent. Einzig die schwarzen Schatten in seinen Augen machen mir Sorgen.

Trotzdem. „Nein", stelle ich entschieden klar. Ich habe nichts dagegen, dass jemand sich im gleichen Raum aufhält wie Hope oder gar neben ihr sitzt, aber das geht zu weit. „*Ich* gehe", bekräftige ich noch mal. Aber da ist Raphael schon aufgestanden. „Schon gut, Judy", sagt er leise, und als er an mir vorbeigeht, streift seine Hand wie zufällig meine Schulter. Seine Berührung fließt durch mich hindurch wie Wasser, und einen Moment stelle ich mir vor, wie ich Raphael an mich ziehe und festhalte. Egal, wer noch im Raum ist. Ich will ihm sagen, dass es mir leidtut, was ich gesagt habe.

Dann ist der Moment vorbei. Ein wenig benommen sehe ich zu, wie Raphael Hope vorsichtig hochnimmt und mit ihr im Nebenzimmer verschwindet. Ein Klirren hinter mir lässt mich zusammenfahren.

„Ist das euer Whiskey?“, fragt der Wanderer und wedelt mit einer Flasche, die er aus einem Schränkchen hinter dem Sofa hervorgeholt hat. Entgeistert starre ich ihn an. Hält er das hier wirklich für den geeigneten Moment für einen Drink? Im Ernst? Böse funkle ich ihn an, als er sich wieder zurück aufs Sofa fallen lässt. Aber der Wanderer ignoriert mich.

„Sie können das Zeug haben“, sagt Michael. „Aber wenn Sie sich betrinken, werfe ich Sie raus.“ Allerdings sieht er nicht halb so entschlossen aus, wie er klingt. Der Wanderer scheint Ähnliches zu denken, denn er öffnet die Flasche und trinkt einen großen Schluck. Dann streckt er sie Michael entgegen.

„Na komm, Junge, einer für die Freundschaft und einer gegen den Schmerz.“ Michaels Blick spricht Bände, als er die Flasche ergreift. Und so wie er in diesem Moment aussieht, wird mir klar, dass ein einziger Drink niemals gegen all seinen Schmerz ankommen wird.

Raphael, der aus dem Schlafzimmer wieder aufgetaucht ist, ist der Nächste. Während ich die drei beobachte, habe ich den Eindruck, dass es ein wenig so ist, wie auf einen

Waffenstillstand anzustoßen. Ein stummes Versprechen für eine ruhige Nacht.

Die Flasche landet bei mir. Misstrauisch schnuppere ich an ihrem Inhalt. Ich habe noch nie viel getrunken, mal ab und an einen Schluck, doch es schmeckt mir einfach nicht. Allein schon der Geruch treibt mir Tränen in die Augen, aber ich beschließe, das zu ignorieren. Vorsichtig nehme ich einen Schluck.

Keine gute Idee. Feuer und Eis verätzen meine Kehle, und ich muss husten. Das löst die Spannung, und alle prusten los, während Raphael mir auf den Rücken klopft und sich wie selbstverständlich neben mich setzt. „Ekelhaft!“, keuche ich. „Wie kann man so was nur freiwillig trinken?“

Michael grinst mich an, und als er mir die Flasche aus der Hand nimmt und sie an Alexander weiterreicht, wirkt er zum ersten Mal richtig gelöst. „Das ist einfach. Es hilft, zu vergessen.“

Eigentlich gefällt mir der Gedanke, aber ich will nicht zu viel trinken. Nicht um alles Vergessen in der Welt werde ich meine Geschwister und Joe heute Nacht unbeaufsichtigt lassen – und doch gefällt es mir nach einer Weile, so dazusitzen. Alexander ist inzwischen eingeschlafen und auch der Wanderer hat sich auf einer Isomatte zusammengerollt. Nur Raphael und Michael sind noch wach, reichen von Zeit zu Zeit die Flasche weiter. Irgendwann merke ich, wie ich langsam wegdämmere. Mit trüben Augen breite ich meinen Schlafsack vor der Schlafzimmertür aus und lege die Pistole, die Raphael in einem der Rucksäcke versteckt in die Hütte gebracht hat, unter mein Kopfkissen. Jeder, der zu meinen Geschwistern will, wird über mich fallen. Kurz bevor ich einschlafe, schaue ich noch ein letztes Mal zu Raphael auf. Das flackernde Licht tanzt über seinen Körper und streicht ihm durch die Haare. Er sieht schön aus, wie er so dasitzt, entspannt, und lacht …

Eine kleine Weile später schrecke ich hoch. Raphael sitzt neben mir, seine Hände liegen auf meiner Seite. „Entschuldige", wispert er, „ich wollte dich nicht wecken." Die Lichter sind inzwischen aus. Ich höre jemanden sehr laut, aber gleichmäßig atmen. „Die anderen schlafen alle."

So leise ich kann, setze ich mich auf. „Raphael, ich …" In der Dunkelheit kann ich ihn kaum erkennen. Ich nehme nur seine Umrisse wahr. Das macht es einfacher.

„Was ich gestern gesagt habe, tut mir sehr leid", beginne ich. „Ich wollte dich nicht verletzen." Er ist mir sehr nahe, fast schon zu nahe. Ich spüre die Wärme, die von ihm ausgeht. Ich kann ihn riechen, diese Mischung aus Sturm, Moschus und Schweiß. Der Wunsch, mich zu erklären, wird stärker. „Das mit meinem Freund … das war noch nicht abgeschlossen, weißt du? Er … er war einfach weg. Und dann waren meine Eltern weg, und ich musste mich um Luke und Hope kümmern. Es ist …" Mühsam hole ich Luft. „Er hieß Sam. Er hat mir das rote Kleid geschenkt. Wir wollten zusammen zum Abschlussball. Ich weiß, das ist echt lächerlich.

Aber ich wünsche mir jeden Tag nichts sehnlicher, als auf diesen Ball gehen zu können."

Ich spüre, wie mir Tränen in die Augen steigen. „Ich weiß, dass er tot ist. Das weiß ich. Aber ... er war glücklich. *Wir* waren glücklich." Die Tränen lassen sich nicht wegblinzeln. Sie strömen mir über die Wangen. „Ich hab dich gern, Raphael." Hilfesuchend taste ich nach seiner Hand. „Nur ... es fühlt sich so unfertig an." Angst kriecht in mir hoch, Angst, dass Raphael mich wegstößt, mir sagt, dass meine Gefühle verrückt sind. Dabei habe ich ihn doch wirklich gern.

„Ich hatte auch jemanden, Judy", sagt Raphael ganz leise und mit Schmerz in der Stimme. „Meine Freundin hieß Hannah. Sie hatte ein umwerfendes Lächeln. Sie wollte Kinder, ein Haus an einem kleinen See. Und das wollte ich auch, Judy, ich wollte ein Haus am See und Kinder und einen Hund. Aber das sind nur noch Träume." Raphael wischt mir die Tränen von den Wangen. „Es ist okay, wenn wir sie vermissen." Einen Moment hält er inne. „Und, Judy – ich hab dich auch gern."

Er ist mir zu nahe, viel zu nahe. Wie selbstverständlich finden sich unsere Hände, verschränken sich unsere Finger. Wie selbstverständlich zieht er mich näher zu sich heran und wie selbstverständlich schlinge ich die Arme um seinen Hals – und dann küsst Raphael mich erneut. Und ich lasse es zu. Seine Lippen an meinen, rau und aufgesprungen. Sein warmer Atem, rauchig und scharf vom Whiskey, seine Berührungen, die ein Kribbeln durch meinen Körper schicken.

Ich schließe die Augen, fahre mit meinen Händen seinen Hals entlang, greife in seine Haare.

Eine kleine Ewigkeit später lösen wir uns voneinander und ich presse mich so fest an ihn, wie ich nur kann. Ich will, dass er mich hält, will mich geborgen fühlen. Und als er den Druck erwidert, als ich sein Gesicht an meinem spüre, kann ich sein Lächeln auf meiner Haut spüren.

Irgendwann werden meine Augen schwer.

„Raphael?"

„Hmmm?"

„Wenn ich morgen wieder Angst bekomme … du gehst nicht weg, oder?" Ich will nicht mehr alleine sein. Ich will, dass das Gefühl von diesem perfekten Moment bleibt. Aber ich habe Angst, dass die Verantwortung für die Kinder – für unsere Kinder – mich bei Tag wieder überrollt. Dass ich den Gedanken an mehr nicht ertragen kann, auch wenn dieses *mehr* meinen ganzen Körper mit kribbeliger Freude erfüllt.

Raphael zieht mich auf die Isomatte zurück, legt sich hinter mich, ohne mich auch nur eine Sekunde loszulassen.

„Ich werde nirgendwohin gehen, Judy."

24

8. Juni
Warm. Weich. Gemütlich. Mein Bett. Hier ist es sicher. Der Körper neben mir strahlt Wärme und Geborgenheit aus. Hope? Mit einem Schlag bin ich wach. Das ist nicht Hopes kleiner Körper, der neben mir liegt. Und ich bin auch nicht zu Hause.

Campingplatz.

Sturm.

Raphael.

Ich warte auf das Gefühl der Panik, das sich gestern Morgen in mir ausgebreitet hatte. Aber da ist nur Ruhe. Raphael ist noch da. Er atmet tief und ruhig hinter mir. Raphael wird bleiben. Ein warmes Gefühl durchströmt mich, als ich mich aufrichte und auf den Schlafenden neben mir blicke. Raphael sieht friedlich aus, wie er da neben mir liegt, sorglos. Seine Haare sind immer noch zu lang, sie fallen ihm über die Augen. Offenbar sind meine Frisör-Versuche vergeblich gewesen.

Mit einem amüsierten Lächeln streiche ich ihm die Haarsträhnen hinter die Ohren und schäle mich aus dem Schlafsack. Der Sturm hat nachgelassen, die Geräusche von letzter

Nacht sind verschwunden, und die Sonne blinzelt durch die Fenster. Es ist still.

Zu still! Mit einem lauten Plopp zerplatzt die behagliche Blase der letzten Minuten. Luke. Hope. Joe. Mit einem Satz springe ich über Raphael, öffne die Schlafzimmertür – und atme auf. Die drei schlafen noch. Luke und Joe haben Hope in die Mitte genommen. Luke hat den Arm um seine kleine Schwester gelegt, als wolle er sie beschützen. Trotzdem, das Misstrauen unseren beiden Gastgebern gegenüber will nicht so recht verschwinden. Zurück im Hauptraum sehe ich mich vorsichtig um. Der Wanderer ist schon wach, das fällt mir jetzt erst auf. Er sitzt unter einem der Fenster und lächelt mir zu.

Mein Blick wandert weiter zu Alexander, der auf einem der Sofas liegt. Eingerollt verschwindet er fast unter seiner Decke. Aber ich kann die Streifen auf seinem Gesicht erkennen, die aussehen wie Tränen von nächtlichen Albträumen. Die Sorge und Zuneigung, die ich sonst nur für Hope reserviert habe, kommen wieder zurück. Was ist nur mit ihm geschehen? Hope ist so klein, so verletzlich. Ich weiß, warum ich sie beschützen muss. Sie würde alleine nicht überleben. Aber wovor will Michael Alexander beschützen? Und wo *ist* Michael überhaupt? Wie konnten wir nur alle einschlafen? Was, wenn er gerade jetzt in diesem Moment unser Auto ausräumt? Aber hätte er Alexander dann schlafen lassen? Entschlossen greife ich unter mein Kissen, ziehe die Pistole hervor und signalisiere dem Wanderer, dass er auf Raphael und die anderen achten soll. Dann schlüpfe ich aus der Tür.

Wir haben lange geschlafen. Es ist schon halb zehn und die Sonne schickt die ersten warmen Strahlen über den See, an dem der Campingplatz liegt. Von dem Sturm, der letzte Nacht um uns herum getobt hat, zeugen nur die herumliegenden Äste und ein paar umgestürzte Bäume. Unschuldig blinzelt der neue Tag auf mein Gesicht.

Neugierig sehe ich mich um. Am gegenüberliegenden Seeufer erstreckt sich ein kleines Wäldchen, dahinter kann ich eine kleine Rauchfahne erkennen. Aber vielleicht ist es auch nur ein Trugbild in der Morgendämmerung. Hinter mir stehen die kleinen Blockhütten um eine Feuerstelle herum, zu meiner Linken ist eine freie Fläche – vermutlich war sie für Camper mit Zelten gedacht. Rechts von mir liegt ein Strandbad mit einem einfachen Holzzaun abgetrennt, und ein kleiner Kiosk bewacht eine Reihe von Sonnenliegen. Neben den Klettergerüsten liegt ein vergessener Stoffhase. Ein vergessener Ort der Freude.

Als ich mich erneut dem See zuwende, fällt mein Blick auf den Sprungturm, der in den See hineinragt … und auf Michael, der ganz oben am Rand des Sprungbretts steht.

Im ersten Moment bin ich erleichtert, dass er nicht an unserem Auto ist. Aber dann bekomme ich Angst.

„Michael!“ Er hört mich nicht, oder vielleicht will er mich nicht hören. Was hat er vor? Will er springen? Meine Angst ist vollkommen unbegründet, das weiß ich. Selbst wenn er springt, was soll schon groß passieren? Das sind fünf Meter bis zum Wasser, nur fünf Meter! Trotzdem …

Ein wenig misstrauisch gehe ich in seine Richtung, nicht ganz sicher, was genau ich da eigentlich tue. Es sollte mir doch egal sein, was er da oben macht. Ich bin nicht für ihn zuständig. Und trotzdem gehe ich weiter. Vielleicht ist es das Wissen, dass, wenn ich nicht frage, was Michael da macht, es niemand tun wird. Alexander hat nicht so ausgesehen, als könne er sich um irgendetwas kümmern.

Ich erreiche den Fuß des Sprungturms. Vorsichtig klettere ich hinauf. Die Aussicht muss schön sein, über den sonnenbeschienenen See hinweg. „Michael?"

Als Michael sich umdreht, scheint er kein bisschen überrascht, mich zu sehen. Wahrscheinlich hat er mich längst gehört. Sein Blick huscht zu der Pistole, die ich immer noch in der Hand halte.

„Ich hatte gehofft, ihr seid schon weg", sagt er anstelle einer Begrüßung. Er klingt nicht wütend oder aggressiv wie gestern. Hauptsächlich klingt er müde.

Ich zucke mit den Schultern. „Ich wollte die anderen schlafen lassen. Aber keine Angst, wir verschwinden sofort." Ich kann die Unsicherheit nicht ganz aus meiner Stimme verbannen. Michael sieht wieder zu meiner Pistole. Plötzlich habe ich ein schlechtes Gewissen. Was mache ich hier eigentlich? Ich sollte bei Raphael sein, bei Luke, Hope und Joe. Es sollte mir wirklich egal sein, was mit Michael und Alexander passiert!

Einen Moment lang ist es still. Doch gerade, als ich wieder

gehen will, hebt Michael den Blick und sieht mich an.

„Es ist schön hier oben“, sagt er. „Ich bin schon eine Weile wach und hab die Sonne aufgehen sehen.“ Er lächelt - ob echt oder nicht, kann ich nicht erkennen. „Alexander schläft noch, oder?“ Seine Frage überrascht mich.

„Ja, er hat noch geschlafen.“

Michael atmet tief durch. „Gut. Das ist gut. Ich war … er war die halbe Nacht wach.“

Ich starre den Mann vor mir an. Von der harten, unbarmherzigen Seite von gestern Nacht ist kaum noch etwas zu erkennen. Ich sehe, wie sich seine Hände um den Rand des Sprungbretts krallen und seine Fingerknöchel weiß hervortreten. Im Grunde erschreckt es mich ein wenig, denn Michael scheint mir niemand zu sein, der schnell zu emotional wird. Ganz anders als Raphael, auf dessen Gesicht man noch die kleinste Gefühlsregung ablesen kann.

„Deine Schwester ist …“, beginnt er, bricht dann ab und wendet sich wieder dem See zu. „Alexander spricht nicht so viel. Eigentlich nie. Aber gestern, mit deiner kleinen …“

„Ich weiß“, murmle ich. Hope hat Alexander gestern für eine kurze Weile zurückgeholt aus diesem ganz eigenen Ort, der irgendwo zwischen Wachen und Träumen liegt.

„Ich mache mir Sorgen um ihn.“

„Ich weiß.“ Unendlich viele Sorgen, das kann ich ihm ansehen.

„Er isst nicht, er schläft nicht. Manchmal glaube ich, dass er stirbt.“

Die Nüchternheit in seinem Tonfall macht mich traurig.

„Als Hope so war, dachte ich, sie würde einfach verhungern", gestehe ich leise. „Ich habe sie festgehalten, habe sie zum Essen gezwungen, habe ihr mit Lukes Hilfe Wasser eingeflößt. Ich musste sie vor sich selbst beschützen, und dafür musste ich ihr wehtun. Und sie liebt mich. Immer noch."

Michael nickt langsam. „Er … er ist der Ruhige, der Kleine. Den ich beschützen muss. Das war schon immer so. Manchmal wünsche ich mir, dass er gestorben wäre. Dann müsste er es nicht ertragen. Dann wäre er den Schmerz los. Gott, ich bin so ein Arsch." Seine Stimme bricht. Da ist so viel Traurigkeit in der Luft.

„Du bist kein Arsch, du bist ein Mensch." Ich denke an Hope und daran, dass es einfach nicht reicht, meiner kleinen Schwester die Augen zuzuhalten, wenn wir eine Leiche sehen. „Und du bist bei weitem nicht der einzige Mensch, der so empfindet." Ich überlege, wie ich ihn ein klein wenig aufheitern kann.

„Weißt du, was du machen kannst? Immer, wenn du vor Sorge am liebsten schreien willst, musst du an Schokolade denken. Zumindest klappt das bei mir." Der Gedanke bringt mich zum Lächeln.

„Schokolade?"

Ich nicke. „Genau. Das hilft. Vollmilchschokolade, Schokolade mit Erdnüssen, Smarties, Karamell, Schoko-Osterhasen und Weihnachtsmänner, Schokoladentafeln und Schokoriegel." Als ich Michaels leises Lachen höre, bin ich beruhigt. „Und, funktioniert es?"

Jetzt ist er es, der verblüfft nickt. „Es funktioniert."

Inzwischen sitze ich neben ihm. In einträchtiger Stille schauen wir auf den See hinaus. Nie im Traum wäre mir letzten Abend eingefallen, dass ich heute mit dem fremden Mann mit dem Gewehr auf einem Sprungturm sitzen würde, um über unsere Geschwister zu reden. Und auch wenn das nichts an der Tatsache ändert, dass sich unsere Wege wieder trennen werden, bin ich doch dankbar, dass das Misstrauen und die Angst der letzten Nacht kleiner geworden sind.

„Judy?" Die Stimme lässt mich zusammenzucken. Raphael steht in der Hüttentür. Anscheinend hat er uns noch nicht entdeckt. Er sucht nach mir.

„Dein Lover?", fragt Michael.

Der Moment der stillen Einträchtigkeit ist vorbei. Sein abschätziger Ton gefällt mir nicht, und ich nehme wieder deutlich die Rivalität wahr, die ich gestern schon gespürt habe.

„Mein Freund!", stelle ich klar und erschrecke ein wenig über meine eigenen Worte. Es laut auszusprechen macht es real. Raphael gehört zu mir, im Grunde schon seit dem Moment, als er Hope zum Reden gebracht hat. Mit einem letzten Blick auf Michael, der von einem auf den anderen Moment wieder abweisend und kalt wirkt, mache ich mich an den Abstieg.

„Ich bin hier drüben!", rufe ich und laufe auf Raphael zu.

„Ich bin aufgewacht, und du warst weg. Und du sagst mir,

ich soll nicht verschwinden?" Seine Augen lächeln.

„Wenn ich weglaufe, bleibe ich in Rufweite", verspreche ich. Bei seinem Strahlen wird mir ganz warm ums Herz. Raphael ist nahe an mich herangetreten, so nahe, dass ich die grünen Flecken in seinen Augen erkennen kann. Plötzlich fühle ich mich wie vierzehn, so aufgekratzt, so aufgeregt vor dem, was gleich passieren wird. Bevor ich noch weiter zögern kann, überwinde ich die letzte Distanz und küsse Raphael. Ganz zart, auf die Wange. „Guten Morgen", wispere ich.

Raphael lächelt. „Das soll ein Guten-Morgen-Kuss sein?"

„Das ist ein Anfang", antworte ich trocken.

Als Raphael sich nun seinerseits zu mir herunterbeugt, halte ich ganz still. Er beginnt bei meinen Wangenknochen, setzt Kuss neben Kuss und jagt mir abwechselnd heiße und kalte Schauer über den Rücken. Langsam, vorsichtig, öffne ich den Mund, lasse es zu, dass Raphael über meine Lippen streicht. Ich will ihn spüren, in ihm ertrinken …

Ein hölzernes Knarren lässt uns auseinanderschrecken und ich wirble herum, während meine Hand zu der Pistole schnellt, die inzwischen wieder in meinem Jeansbund steckt.

„Da könnte man glatt neidisch werden", brummt der Wanderer, der auf die Veranda hinter uns getreten ist. „Kein Grund, zur Waffe zu greifen, Kleines."

„Dann schleichen Sie sich nicht so an!", schnaubt Raphael. Er ist zartrosa angelaufen. Offenbar bin ich nicht die Einzige, die sich ertappt fühlt.

„Frühstück?“ Ich ignoriere den Wanderer und nehme Raphaels Hand.

Er nickt. „Frühstück.“

Inzwischen ist die Sonne weitergewandert und erhellt jetzt den ganzen Campingplatz. Ein wenig unter uns verläuft ein Pfad um den See herum und hinter Gebüsch und den Ausläufern eines kleinen Wäldchens kann ich einen Steg erkennen, der ebenfalls in schönstem Sonnenlicht gebadet wird.

„Lass uns da essen.“

Das Frühstück ist schnell vorbereitet. Während Raphael die Reste vom Hasenfleisch und den Nudeln holt, mache ich mich ans Sammeln von allerlei Grünzeug. Luke und Joe, die vom Wanderer geweckt worden sind, helfen mir, aber Hope lässt uns einfach links liegen. Sie läuft zum Steg und beobachtet Alexander, der mittlerweile unterhalb des Sprungturms sitzt. Michael steigt gerade zu ihm herab. Die beiden wirken sehr vertraut, wie sie einen Moment innehalten, die Gesichter einander zugewandt und in das gleißende Sonnenlicht getaucht. Sehe ich genauso aus, wenn ich meine Geschwister ansehe? Habe ich die gleiche hingebungsvolle Haltung, das gleiche Versprechen, mich um sie zu kümmern?

Aber dann ist der Moment auch schon wieder vorbei, denn Michael wendet sich um und läuft in unsere Richtung. Frühstück – natürlich. Er will seinen Anteil. Essen gegen Unterschlupf. Auch kann ich sehen, dass er sein Gewehr wieder umgeschnallt hat. Automatisch taste ich nach der Pistole. Sie ist noch da. Beruhigend kalt drückt sich ihr Griff gegen meinen Bauch.

Noch bevor er uns erreicht hat, winke ich Joe und meine Geschwister zu mir her. Der Wanderer geht Michael entgegen, Raphael aber bleibt bei uns und nimmt meine Hand. Als Hope hinter mir aufquietscht, wende ich mich um.

„Seid ihr zusammen?“, fragt sie aufgeregt. Ihre großen Augen funkeln begeistert, während Luke neben ihr etwas verdutzt schaut und Joe einen gelangweilt coolen Blick aufgesetzt hat. Mit einem belustigten Seitenblick zu mir fragt Raphael: „Und was wäre denn, wenn wir zusammen sind?“

Er sagt das so selbstverständlich, dass meine Ängste und Zweifel gar keine Chance haben, wiederaufzutauchen.

Hope seufzt. „Das wäre so schön.“

Mir wird warm ums Herz. Mit meiner freien Hand ziehe ich sie an mich und drücke ihr einen Kuss auf den Kopf. „Ich finde das auch schön.“

„Löwenzahn?“, brummt Michael zweifelnd, als wir uns schließlich alle gesetzt haben. Nur Alexander fehlt, er sitzt noch immer beim Sprungturm.

„Löwenzahn schmeckt gut“, belehrt Hope ihn und stopft sich eine Handvoll Grün in den Mund. „Es gibt sogar Löwenzahnsalat.“ Ihr Tonfall ist so besserwisserisch, dass ich grinsen muss, und selbst Michael kann ein Schmunzeln nicht unterdrücken.

„Schon gut, Prinzessin. Aber ich mag kein grünes Essen.“ Das wiederum bringt Hope zum Lachen. Ich sehe Michael an. Sein Blick ist weich, achtsam, vorsichtig. Genau wie der Blick, mit dem er Alexander ansieht. Wieder spüre ich, gegen meinen Willen, dieses Gefühl der Verbundenheit mit ihm.

Während wir unser karges Frühstück genießen, legt sich eine sonnige Stille über uns. Mein Blick streift über den Steg und das friedlich glitzernde Wasser. Ein paar verirrte Wölkchen erinnern noch an den Sturm der letzten Tage, und eine leichte Brise streift mir über die Haut, aber sonst scheint sich der Juni von seiner besten Seite präsentieren zu wollen.

„Dürfen wir spielen gehen?“, fragt Luke irgendwann. Joe neben ihm nickt heftig, und auch Hope sieht mich erwartungsvoll an. Ein schneller Blick zu Raphael, dessen Augen für einen Moment zu Michael hinüberzucken. „Ist okay“, sage ich. Michael ist schließlich bei uns. Wir haben ihn im Blick, und von Alexander scheint kaum Gefahr auszugehen.

„Immer in Rufweite“, fügt Raphael noch hinzu, und da sind sie auch schon auf und davon, die beiden Jungs vorneweg und Hope auf ihren so viel kürzeren Beinen hinterher.

„Warum kommt Alexander nicht zum Frühstücken?“, fragt Raphael, als er sieht, dass Michael etwas von dem Essen in eine kleine Box packt. Sein Tonfall ist nicht feindselig, aber auch nicht sonderlich freundlich.

Blitzschnell dreht Michael sich zu ihm um. „Kümmer dich um deinen eigenen Scheiß!“

„Hey!“ Das Bedürfnis, Raphael zu beschützen, ist von einer auf die andere Sekunde da. „War doch nur eine Frage, Michael!“

Michael funkelt uns böse an. „Alex geht euch nichts an! Und ihr solltet längst wieder weg sein!“ Sein Blick flackert hinüber zu Alexander und dann zu Hope, die jetzt wieder nahe bei ihm steht, während Joe und Luke den Sprungturm erklimmen.

„Ihr werdet jetzt verschwinden!“ Michaels Stimme ist noch lauter geworden. „Verschwindet und lasst uns zufrieden!“

Raphael baut sich neben mir auf, aber ich lege ihm die Hand auf den Arm. Michaels Tonfall macht mich stutzig. Er ist nicht zornig oder bedrohlich, zumindest nicht nur. Michael hat Angst. Doch wovor? Dass wir ihm oder Alexander etwas antun? Sie ausrauben? *Nein,* flüstert eine leise Stimme in meinem Hinterkopf. *Er hat dieselbe Angst, die ihr hattet, als der Wanderer zu euch gekommen ist* – die Angst vor dem Neuen, vor dem Unbekannten. Angst davor, neue Menschen ins Herz zu schließen und dann nur noch mehr Sorgen und Ängste in sich zu tragen. Menschen zu vertrauen bedeutet, sich Sorgen um sie zu machen. In dieser Welt noch mehr als in der, die wir verloren haben.

„In Ordnung, Michael, wir verschwinden jetzt.“ Der Tonfall des Wanderers lässt mich vermuten, dass auch er Michaels Angst spüren kann. Mit einem angestrengten Stöhnen steht er auf und sieht uns erwartungsvoll an. „Judy, Raphael, kommt …“

Aber er kommt nicht dazu, den Satz zu Ende zu bringen, denn in diesem Moment hören wir es. Das Röhren von Motoren. Äste, die unter schweren Reifen zersplittern. Das Geräusch von schweren Fahrzeugen, die sich schnell nähern.

25

Mit einem Satz bin ich auf den Beinen.

„Hope!“, schreie ich und sprinte los. „Luke! Joe!“ Michael ist neben mir, wir rennen den Steg entlang. Panik steigt in mir hoch. Immer wieder sinken meine Füße in den vom Regen aufgeweichten Untergrund, der Kies am Seeufer bremst mich aus. „Hope!“ Sie müssen mich einfach hören! Meine Füße verhaken sich an einer Wurzel, einem Stein, keine Ahnung. Reflexartig reiße ich mir die Arme vors Gesicht, dann stürze ich auf den Boden. Steinchen bohren sich in meine nackten Arme. Der Schmerz reißt mich aus meiner blinden Panik, bringt mich zurück in die Gegenwart. Die Motorengeräusche sind verstummt, dafür kann ich jetzt laute Männerstimmen hören. Und Raphael, der uns gefolgt sein muss, direkt an meinem Ohr: „Judy, bleib unten.“ Die Angst gibt mir die Kraft, mich wieder aufzurappeln, aber Raphael drückt mich runter. „Bleib liegen!“

Mit einem wütenden Keuchen bäume ich mich auf, versuche, nach Raphael zu treten. Wie kann er nur? Wie kann er mich festhalten, wo doch Joe und Luke und Hope irgendwo hier herumlaufen? Wie kann er mich festhalten, wo wir doch nicht wissen, was das für Menschen sind, die da kommen?

Raphaels Hände sind unerbittlich. Er hält mich fest, sodass wir von der Uferböschung verborgen sind. „Raphael …"

Raphaels Hand presst sich auf meinen Mund. „Judy, sei still! Die haben Waffen!", wispert er mir ins Ohr. Tränen der Wut laufen über meine Wangen. Wir haben auch Waffen, will ich sagen. Aber etwas an Raphaels Ton sagt mir, dass uns das nichts nützen wird.

Hope.

Luke.

Joe.

Ihre Namen brennen mir in der Kehle, und ich bete dafür, dass sie die Autos früh genug gehört haben. Dass sie klug genug waren, sich zu verstecken.

„Verteilt euch! Sucht nach Vorräten und anderem Zeug!" Die Stimme ist laut, bestimmt. Eine Stimme, die es gewohnt ist, Befehle zu erteilen.

Ich kann Raphaels Atem in meinem Nacken spüren – schnell, voller Angst. Für einen Moment lockert sich sein Griff. Auf diese Gelegenheit habe ich gewartet. Mit einem Ruck befreie ich mich und krieche so schnell ich kann von ihm weg, in Richtung meiner Geschwister. Das Adrenalin brennt in meinen Adern, brennt die Panik aus und lässt nur noch entschlossene Leere zurück.

Ich habe die Baumreihe, die den Steg vom Campingplatz abschirmt, bereits erreicht, als Raphael mich wieder an der Jacke erwischt. „Nein!", zischt er, seine Stimme zerschneidet die Luft. „Du bleibst hier!"

Ohnmächtiger Zorn steigt in mir auf, als er mich wieder nach unten zieht, hinter ein paar Büsche. Noch einmal versuche ich, mich gegen seinen Griff aufzulehnen. Dann gebe ich auf. Raphael ist größer als ich und um einiges stärker. Neben mir drückt der Wanderer Michael gegen einen Baum, das Gewehr im Anschlag. Auch sie spähen angestrengt in Richtung der Hütte, in der wir die Nacht verbracht haben.

Zwischen den Büschen hindurch kann ich die Fahrzeuge nun deutlich sehen. Ein Kleinlaster und ein Pick-up. Auf die Schnelle zähle ich mindestens sieben Männer, die jetzt in Richtung Campingplatz ausschwärmen, alle bis an die Zähne bewaffnet. Wir wären hoffnungslos unterlegen. Meine Gedanken überschlagen sich. Ich muss zu meinen Geschwistern, ich muss wissen, dass sie in Sicherheit sind. Warum können wir uns nicht zu erkennen geben und verhandeln? Aber noch bevor ich den Gedanken ganz zu Ende gebracht habe, weiß ich, dass diese Männer nicht so sind wie der Wanderer. Oder wie Michael. Sie sind hier, um zu plündern.

„Raphael …“ Meine Stimme wird von seiner Hand erstickt. Wütend versuche ich, meine Hände unter dem Körper hervorzuziehen, und als ich scheitere, trete ich so fest ich kann gegen seine Knöchel. Das wirkt. Er zischt verärgert und sein Griff lockert sich. Mühsam richte ich mich ein Stück weiter auf. Ich kann den Sprungturm nicht mehr sehen, der Lastwagen versperrt mir die Sicht. Mein Herz pocht wie wild gegen meine Rippen. Ich brauche Raphaels Hand nicht und auch nicht den warnenden Blick des Wanderers, der Michael immer noch in Schach hält, um hier in relativer Sicherheit zu bleiben. Ich weiß, einfach loszustürmen wäre das Dümmste, was ich jetzt tun könnte. Aber ich kann auch nicht einfach hier sitzen bleiben, während meine Geschwister irgendwo da draußen sind. Alleine.

Raphael löst sich noch ein Stück von mir. Mit aller Kraft stoße ich ihn weg, zurück auf den Boden. Zorn brennt in mir, Zorn auf Raphael, der mich festgehalten hat, Zorn auf mich, weil ich nichts tun kann.

Die Männer machen eine Menge Lärm – offenbar fürchten sie nichts und niemanden. Etwas streift mein Bein und ich zucke zusammen. Der Wanderer, der kleine Steinchen gegen mein Bein kickt. Wütend starre ich ihn an. *Was?* Er hält Michael fest, die Arme auf den Rücken gedreht, das Gewehr drückt gegen die Wirbelsäule des jungen Mannes. Michael sieht fürchterlich aus, sein Gesicht zornverzerrt, die Augen weit aufgerissen. Ich weiß, warum der Wanderer ihn zurückhält. Michael hat den entschlossenen Blick eines Mannes, der nichts zu verlieren hat. Er würde ohne zu zögern losstürmen, um zu Alexander zu gelangen. Ein weiterer Stein fliegt in meine Richtung. Der Wanderer sieht mich eindringlich an und ruckt mit dem Kopf in unsere Richtung. Irgendetwas hat seine Aufmerksamkeit erregt, sein Blick ist angsterfüllt. So habe ich ihn noch nie gesehen.

Blitzschnell drehe ich mich um – und erstarre. Zwischen den Bäumen und der Böschung, die uns noch vom See trennt, steht einer der Männer. Er schaut in Richtung des Stegs. Und mit der Wucht eines heranrasenden Zugs trifft mich die Erkenntnis, dass dort noch immer unsere Taschen und die Reste unseres Frühstücks liegen.

Raphael atmet hörbar ein und zieht mich wieder zu Boden. Ich bin so perplex, dass ich kaum reagieren kann. Jeden Moment wird der Mann seine Kameraden rufen. Jeden Moment wird ihm klar werden, dass hier noch andere Menschen sein müssen. Sie werden in den Wald ausschwärmen, werden Waffen dabeihaben. Und dann … höre ich eine Stimme.

„Nein, loslassen! Nein!"

Luke! Plötzlich ist mir eiskalt.

„Lass mich los!", zische ich Raphael an und ramme ihm den Ellenbogen ein weiteres Mal in die Seite. Raphael keucht auf. Angst flutet mein Gehirn, löscht jeden rationalen Gedanken aus. Ich muss zu Luke! Ich muss ihm helfen!

Ein paar Meter schaffe ich, dann ist Raphael wieder über mir und drückt mich zu Boden, seine Hand auf meinem Mund. „Judy, sei still", zischt er mir ins Ohr, „du bringst uns alle in Gefahr!"

„Wen haben wir denn da?", dröhnt eine laute Stimme zu uns herüber. Raphael über mir zuckt zusammen. Die Männer sind nah. Viel zu nah. Das sind keine zehn Meter mehr. Sie stehen direkt vor ihrem Laster. Und sie haben Luke.

„Wie heißt du denn, Junge?", fragt der Mann weiter. Ist er der Anführer? Ich kann Lukes helle Jacke erkennen. Sie leuchtet in der Sonne zu uns herüber. Ich weiß, dass er Angst hat. Von Luke kommt keine Antwort.

„Bist du alleine unterwegs?“ Stille.

Inzwischen zittere ich so heftig, dass es mich schüttelt. Er versucht, uns zu beschützen. Uns, die wir feige im Gebüsch liegen.

Mit aller Kraft zwinge ich mich dazu, liegen zu bleiben, meine Gliedmaßen zu entspannen. Und tatsächlich, das Zittern lässt nach, und Raphael – lockert seinen Griff. Blitzschnell reiße ich mich los, greife nach der Pistole in meinem Gürtel und ziehe den Arm hoch. Um besser sehen zu können, springe ich auf und drücke mich hinter den nächsten Baum. Aber noch bevor ich irgendetwas tun kann, um zu Luke zu gelangen, höre ich einen weiteren Schrei. Verzweifelt. Animalisch.

Alexander? Zwei Männer schleifen den jungen Mann in Richtung des Lasters. Alexander ist außer sich. Er schlägt um sich, wippt vor und zurück.

Um den Schrei zu ersticken, der in mir aufsteigt, presse ich mir nun selbst die Hand auf den Mund. Die Männer stoßen Alexander mit roher Gewalt neben meinem Bruder zu Boden und halten ihn mit den Füßen unten.

Hinter mir höre ich ein verzweifeltes Stöhnen. Ich weiß, dass es von Michael kommt. Hilflos müssen wir mit ansehen, wie sich neun Gewehre auf den jungen Mann richten, der da am Boden liegt, die Arme um den Körper geschlungen.

„Noch einer“, höhnt einer der Männer. „Umso besser! Also, wie viele seid ihr?“

„Und wo sind eure Vorräte?“, ergänzt ein anderer.

Alexander antwortet nicht. Einer der Männer beugt sich zu Luke. Ich kann nicht hören, was er sagt, dafür spricht er zu leise. Aber ich sehe, wie mein Bruder den Kopf senkt und versucht, zurückzuweichen. Dann dreht er sich weg von den Männern und beugt sich zu Alexander herunter. Und dann, ich kann es kaum erkennen, so schnell bewegen sie sich – dann fängt es an. Alexander schlägt um sich, sein Arm trifft Luke, der zurückstolpert und gegen den Anführer fällt. Schnelle Bewegungen, ein Fluch, ein Knall. Und Alexander schreit.

Panik steigt in mir auf. Was passiert hier? Wer hat geschossen? Haben sie auf Alexander geschossen? Mit aller Macht wehre ich mich gegen die Angst, versuche, unter meinen Tränen hindurch klar zu sehen.

„Zurück zum Lager, Männer! Nehmt die beiden mit! Zumindest der Kleine kann arbeiten.“

Kinderschreie mischen sich unter Alexanders Schmerzensschreie. Luke.

„Nein, nicht, lasst ihn in Ruhe! Wir sind alleine! Lasst uns gehen!“ Aber die Männer hören nicht auf ihn, schleifen ihn und Alexander zu ihrem Pick-up. Was passiert hier?

Die Stimmen und Schreie sind mit einem Mal leiser geworden, gedämpfter. Ich taste zu meinen Ohren – aber sie sind noch da. Die Männer laden Kisten und Taschen in den

Laster, darunter einiges von unseren Vorräten und Dinge, die ich gestern in der Hütte gesehen habe. Und Luke.

Nebel legt sich über meine Augen – aber es sind doch nur Tränen. Und als ich endlich vorstürze, meine Pistole in der Hand, kann ich nur noch die Rücklichter des Lasters erkennen, die um die nächste Kurve herum verschwinden. Und mit ihnen verschwindet Luke.

Ein wilder Schrei ertönt hinter mir. Michael. Ganz langsam löst sich der Druck wieder. Und hinterlässt Chaos.

26

„Das ist eure Schuld!“, brüllt Michael. „Wir hätten sie aufhalten müssen!“ Dass der Wanderer immer noch das Gewehr auf ihn gerichtet hat, scheint ihn herzlich wenig zu kümmern.

„Warum hast du mich zurückgehalten?“, schreie ich Raphael an, noch bevor Michael seinen Satz ganz beendet hat.

Michael hat recht, es ist unsere Schuld. Es ist Raphaels Schuld. Die Tränen strömen immer noch, aber jetzt habe ich keine Angst mehr. Jetzt bin ich zornig.

„Wie konntest du nur?“

Raphael sieht mich traurig an, verständnisvoll. Aber ich will sein Verständnis nicht. Ich will nicht, dass er mir erklärt, dass wir uns nur so schützen konnten. Luke ist weg! Und Alexander.

„Judy …“, beginnt der Wanderer, aber Michael kommt ihm zuvor. „Wir müssen hinterher!“ Seine Panik ist einer fiebrigen Energie gewichen. Er tigert auf und ab. „Wo ist euer Auto?“ Er macht einen Satz auf Raphael zu, aber der Wanderer geht dazwischen.

„Ganz langsam, Junge. Nichts überstürzen.“

„Nichts überstürzen?“, explodiert Michael. „Die sind längst über alle Berge, wenn wir nicht sofort hinterherfahren!“

Und da verstehe ich. Michael hat kein Auto. Er kann Alexander nicht zurückholen. Nicht alleine. Er ist auf uns angewiesen. Alexander ist weg. Luke ist weg. Und wir müssen sie suchen.

Plötzlich ist meine Stimme ganz ruhig. „Ich bin dabei!“

Ich stecke mir die Pistole erneut in den Hosenbund. „Wir suchen Hope und Joe – und dann holen wir die anderen zurück!“

Michael nickt knapp.

„Judy?“ Raphael berührt mich zaghaft am Arm. „Wir wissen doch nicht mal, wo sie hin sind. Wo sollen wir denn anfangen zu suchen?“ Seine Stimme ist schmerzerfüllt. Aber das hilft nicht!

„Fass mich nicht an!“ Ich stoße ihn weg. Ich bin so wütend auf ihn, dass ich kaum atmen kann. Er hätte mich niemals aufhalten dürfen. Raphael zuckt zurück, aber der Wanderer lässt sich von meinem schroffen Ton nicht beeindrucken.

„Beruhig dich, Kleine!“

„Beruhigen? Wieso sollte ich mich beruhigen! Mein Bruder ist verschwunden, und ihr zwei steht einfach nur so rum …“ Ich funkle ihn böse an, aber er starrt unbeeindruckt zurück.

„Wir alle wollen Luke suchen, Judy. Aber Schreien bringt uns nicht weiter.“ Seine Stimme ist sanft – und beruhigt mich kein bisschen. Ich hätte nie gedacht, dass ich so zornig sein könnte. Mein ganzer Körper bebt vor Wut, meine Fäuste zittern …

„Judy!", schreit Hope, und ich blicke auf. Mit einem Mal weicht ein großer Teil meiner Wut der Erleichterung. Bis zu diesem Moment habe ich nicht gemerkt, dass ich mir auch um sie solche Sorgen gemacht habe.

Vom See her rennt Hope zu uns herüber, Joe dicht auf den Fersen. Ohne zu bremsen wirft sie sich in meine Arme und ich versuche, ihren Schwung auszugleichen. „Langsam, Süße."

Auch Hope zittert. Ihr kleiner Körper wackelt in meinen Armen hin und her. „Ich wollte ihm helfen", schluchzt sie, „ich wollte zu Luke." Ihre Stimme ist hasserfüllt. „Joe hat mich festgehalten!"

Augenblicklich drücke ich sie noch fester an mich. Über ihren Kopf hinweg sehe ich zu Raphael, der zu Joe getreten ist und ihn ebenfalls umarmt, ihn dann ein Stück von sich weghält, um sein Gesicht in Augenschein zu nehmen. Drei flammend rote Kratzer ziehen sich über die Wange des Jungen. Eine Art grimmiger Stolz erfüllt mich. Mutige, tapfere Hope. Sie wollte Luke retten, genau wie ich. Und auch wenn ich tief in meinem Herzen weiß, dass ich ihnen Unrecht damit tue, in diesem Moment ist es leicht, Raphael und Joe zu hassen. Hass verleiht Kraft.

Michael ist zurück, noch bevor ich Hope wieder losgelassen habe. „Na los!", faucht er. „Die sind bestimmt schon über alle Berge!" Ohne mich darum zu kümmern, was die anderen tun, stürme ich mit Hope an der Hand hinter ihm her und zu unserem Auto. Der Wanderer sitzt bereits auf dem Fahrersitz. Dankbarkeit überkommt mich. Er ist immer noch für uns da!

Raphael und Joe springen nach uns in den Wagen. Aus den Augenwinkeln heraus kann ich erkennen, dass Raphael mich ansieht, aber ich richte meinen Blick entschlossen nach vorne, wo Michael auf dem Beifahrersitz Platz nimmt und der Wanderer den Wagen startet.

„Wohin jetzt?", fragt Raphael, als der Wanderer die Richtung einschlägt, aus der wir gestern Abend gekommen sind. Die Angst meldet sich zurück und kriecht langsam durch meinen Körper. Ja, wohin eigentlich?

„In Richtung Stadt", kommt es von Michael. „Ich war da zum Vorrätesuchen. Ich glaube, ich habe den Laster schon einmal dort gesehen." Aber sein Blick ist nicht halb so zuversichtlich wie seine Stimme.

„Es gibt sicher Tausende solcher Laster." Raphael klingt mutlos. Das ist im Moment das Letzte, was ich hören möchte. Auch Michael sieht ihn mordlustig an, aber es ist Joe, der das Wort ergreift: „Irgendwo müssen wir doch anfangen!" Ich kann sehen, dass auch er geweint hat. Getrocknetes Blut klebt auf seiner Wange und einer der Kratzer, die Hope ihm zugefügt hat, sieht ziemlich schmerzhaft aus.

Raphael drückt Joe an sich. „Du hast recht, irgendwo müssen wir anfangen." Der eisige Knoten in mir löst sich ein wenig, und ich merke, wie mein Zorn gegenüber Raphael nachlässt. Er tut sein Bestes. Wir alle tun das.

Hope hat noch immer nicht aufgehört zu weinen. Stumme Tränen rinnen ihr übers Gesicht, und ich wische sie entschieden weg. „Alles wird gut, mein Schatz." Michael schnaubt verächtlich, aber ich ignoriere ihn. Ich werde hoffen, so lange ich kann. Und ich werde nicht zulassen, dass Hope wieder die Hoffnung verliert.

Eine bleierne Stille legt sich über uns. Der Wanderer fährt, so schnell er kann, umkurvt umgestürzte Bäume und fährt durch angespülten Dreck. Durch den Sturm der letzten Tage hat sich auch auf den größeren Straßen eine Menge Geäst und Matsch angesammelt. Matsch, in dem ab und an die frischen Spuren zweier größerer Fahrzeuge zu erkennen sind.

Die Sonne brennt höhnisch vom Himmel. Es könnte kein schönerer Junitag sein. Die ganze Szenerie ist unwirklich. Fahren wir wirklich irgendwelchen irren Entführern hinterher, die meinen kleinen Bruder gemeinsam mit einem psychisch labilen Fremden verschleppt haben? Sitzen wir alle zusammen in diesem Auto, Michael eingeschlossen, weil wir es nicht geschafft haben, aufeinander achtzugeben? Inzwischen haben wir die Autobahn hinter uns gelassen und die Straßen werden kleiner. Wie zum Teufel sollen wir Luke hier finden?

Wir fahren eine holprige Bundesstraße entlang, auf die Ausläufer eines Industriegebiets zu. Das Ortsschild ist nur noch halb zu erkennen: „...ton, 90 000 Einwohner" steht da zu lesen. Einige der Fabrikruinen sind ausgebrannt, aus einer steigt noch dunkler Rauch empor und die Luft, die wir atmen, ist voll von Ruß. Brandruine an Brandruine reihen sich aneinander, während wir den Schildern in Richtung Stadtzentrum folgen. Menschen sehen wir keine, nicht einen einzigen. Irgendwann werden die Reifenspuren undeutlicher. An einer großen Kreuzung verliert sich die Spur.

„Und jetzt?" Wieder ist es Raphael, der fragt.

„Wir brauchen einen Platz, von dem aus man weit sehen kann", schlägt der Wanderer vor. „Ein Hochhaus zum Beispiel."

Raphael nickt. „Klingt gut."

Ein paar Straßen weiter halten wir erneut, diesmal vor einem Gebäudekomplex, der mit seinen sieben, acht Stockwerken die anderen Gebäude überragt. Er sieht gut erhalten aus, besser jedenfalls als die Gebäude zu seiner Rechten, die große Brandschäden aufweisen. Zögernd folgen wir dem Wanderer aus dem Wagen.

27

Es ist stickig und ein bisschen rußig. Zusätzlich zu dem kratzigen Rauch gesellt sich nun auch der Geruch des Todes. Süß, durchdringend und schwer liegt er über den Straßen und nimmt mir den Atem. Dazu kommt noch die warme Sommerhitze.

„Ich wette, hier sind alle erstickt", prophezeit Michael düster, als wir auf das Gebäude zugehen. „Bis vor ein, zwei Wochen konnte man hier sicher kaum atmen."

Ich würde gerne fragen, woher er das zu wissen glaubt, aber bevor ich etwas sagen kann, dreht Raphael sich zu ihm um. „Verdammt, musst du allen immer Angst einjagen?"

Tatsächlich wirkt vor allem meine kleine Schwester, die Raphael an die Hand genommen hat, beunruhigt, also bindet Raphael ihr ein Halstuch vors Gesicht, während Michael eine halbherzige Entschuldigung murmelt.

„Wir sollten uns aufteilen, dann können wir mehr erreichen." Wieder ist es der Wanderer, der die Anweisungen gibt. „Michael, Judy, ihr geht mit Hope da hoch." Er deutet auf die außen liegende Feuertreppe, die zum Flachdach des Gebäudes führt. „Wir anderen gehen ein paar Straßen weiter und suchen von einer anderen Stelle aus – vielleicht hat ja einer von uns Glück. In Ordnung?"

Raphael schüttelt den Kopf. „Ich gehe mit Judy." Sein Blick ist voller Zuneigung und Sorge. Und plötzlich ist da wieder die Erinnerung an letzte Nacht – Raphael, der mir verspricht, nicht wegzugehen.

„Judy hat eine Waffe, du nicht!", stellt der Wanderer in einem Tonfall fest, der jedes weitere Widerwort im Keim erstickt. „Einverstanden?", setzt er nach, als niemand reagiert.

„Verdammt, ja. Macht schon!", schnauzt Michael.

Ich nicke. Als ich mich ein wenig zur Seite drehe, schaue ich direkt in Raphaels leuchtende Augen. Und mit einem Mal tut es mir leid, dass ich so grob zu ihm gewesen bin. Ich will ihn umarmen, von ihm festgehalten werden. Raphael soll mir sagen, dass wir ein Happy End haben werden … Mit aller Macht reiße ich mich von seinen Augen los und nehme Hope an die Hand. „Lasst uns gehen."

Die Feuertreppe windet sich dicht am Gebäude entlang. Unbehagen überkommt mich, als wir Etage für Etage aufsteigen, denn durch die angrenzenden Fenster können wir direkt in die Wohnungen hineinsehen. Es ist so persönlich, viel zu persönlich, in diese halb ausgeräumten Zimmer hineinsehen zu können. So als wäre die Zeit angehalten worden.

Hope beginnt hinter mir zu keuchen und so bremse ich Michael aus, der die Treppen am liebsten im Laufschritt genommen hätte. Schon nach der Hälfte der Treppen können wir bereits weite Teile der Stadt überblicken – vom Industriegebiet zu unserer Linken bis hin zum Stadtkern, aus dem vereinzelt noch immer leichter Rauch aufsteigt.

So viel Feuer. So viel Zerstörung.

„Hier gab es nur ein paar leichtere Beben, aber vielleicht ist in der Nähe ein Meteor heruntergekommen. Es hieß ja, dass diese Gebiete von einem Tag auf den anderen menschenleer waren." Michael sieht sich interessiert um.

„Ich habe Geographie studiert", erklärt er weiter. „Ich wollte in die Forschung, Klima, Erderwärmung, irgendwas in die Richtung." Er lacht spöttisch. „Ich hatte sogar schon ein Jobangebot. Für August. Dass die Leute hier alle erstickt sind, war nicht nur so dahergesagt. Also, falls es jemandem von euch schwindlig werden sollte, unbedingt Bescheid sagen."

Inzwischen haben wir das Dach erreicht. Zu meiner Verwunderung erwartet uns eine gemütliche Dachterrasse mit einem Wintergarten, der mit einer der unteren Wohnungen verbunden zu sein scheint.

„Wonach genau halten wir eigentlich Ausschau?", fragt Michael und lässt den Blick über die Stadt unter uns schweifen. Ich zucke mit den Schultern und trete neben ihn an den Rand des Daches.

„Nach fahrenden Lastern, Häusern, in denen man sich verstecken kann ..." Schon als ich es sage, schwindet mir der Mut. Die Stadt ist eine Geisterstadt. Man könnte sich nahezu in jedem Haus verstecken.

„... nicht in der Stadtmitte", ergänze ich und wende mich nach links. „Hier drüben sind die Gebäude weniger beschädigt.“ Ein Geräusch zu meinen Füßen lässt mich zusammenzucken und ich spüre einen feinen Stich im Herzen, als ich bemerke, dass ich auf einen Bilderrahmen getreten bin, der gerade unter meinem Fuß zersprungen ist. Daneben liegen weitere Fotos. Warum wohl hat die jemand mit aufs Dach genommen? Ich versuche, die Scherben des Bilderrahmens zu ignorieren, die unter meinen Füßen knirschend zu Staub werden.

Am Geländer vor mir hängt ein Seil und als ich mich ein Stück vorbeuge und einen Blick über die Brüstung werfe, sehe ich die Frau hängen. Direkt unter mir, nur einen Meter entfernt und an einem Seil baumelnd, das meinem alten Kletterseil so verdammt ähnlich sieht.

Hope beginnt zu weinen, als auch sie die Tote sieht, und Michael zieht sie vom Rand weg. Ich weiß, ich sollte zu meiner Schwester gehen und sie trösten. Aber ich kann mich nicht rühren. Ich kann meinen Blick nicht von der Frau abwenden, die wie eine Spinne am Faden an der Hauswand hängt.

Mein Fuß stößt gegen etwas Kleines, Weiches. Zu meinen Füßen liegt ein Heft, ein Tagebuch. Zitternd greife ich danach und während ich noch überlege, ob wir die Frau nach oben ziehen sollen, schlage ich es auf.

„22. November, 6 Uhr
Heute Nacht hat es begonnen.“

Ich blättere in dem Tagebuch, sauge Wort um Wort in mich hinein.

„John ist tot … Ich hoffe, ich sehe John wieder!"

Müde blicke ich Michael an.

Warum?, will ich fragen. *Warum?* Aber ich weiß, dass es keine Antworten gibt.

„Komm mit, Judy." Michael führt mich zurück zur Feuertreppe. Ich lasse es zu, dass er mich auf die oberste Stufe setzt, in die Sonne, die warm und tröstend über meine Haut streicht. Jetzt erst bemerke ich, wie furchtbar schlecht mir ist.

„Wir sollten gehen", stellt er fest. „Das hat echt keinen Sinn hier oben."

Ich nicke und atme langsam ein und aus. Das ist nur eine Tote. Nur irgendeine andere Tote. Das ist nicht die erste Leiche, die du siehst. Die schlechte Luft ist schuld daran, dass du dich so mies fühlst.

Aber das Zittern geht nicht weg.

28

Am Wagen angekommen, sehe ich, wie die anderen schon auf uns warten. Raphael lächelt mich aufmunternd an, und ich kann nicht anders; ich trete nahe zu ihm. „Kein großer Erfolg." Entmutigt lasse ich den Kopf hängen.

Raphael legt mir den Arm um die Schultern. „Aber wir haben vielleicht was gesehen." Seine Berührung ist tröstlich, verscheucht das Zittern.

„Wo?", fragt Michael.

Der Wanderer deutet in Richtung Industriegebiet. „Wir haben einen Lastwagen gesehen, der stadtauswärts gefahren ist."

Michael funkelt sie an. „Das ist alles?"

„Das ist besser als nichts!", giftet Raphael zurück – und vor allem ist es die einzige Chance, die wir haben. Also machen wir uns auf den Weg.

Der Wanderer fährt langsam in die Richtung, auf die er und Raphael sich geeinigt haben. Jede neue Leiche, an der wir vorbeikommen, bringt mich zum Schaudern. Lass es nicht Luke sein, bete ich im Stillen, lass meinen Bruder noch am Leben sein. Über die Alternative will ich nicht nachdenken. Alles, was ich will, ist so schnell wie möglich aus dieser

Geisterstadt zu verschwinden.

„Ich glaub, ich hör etwas." Raphaels Stimme ist hoffnungsvoll. Inzwischen haben wir den Teil der Stadt erreicht, der früher mal ein lebendiges Industriegebiet gewesen sein muss. Aufregung macht sich in mir breit und ich lausche angestrengt über unser eigenes Motorengeräusch hinweg. Also doch keine Geisterstadt. Oder schlimmer noch – lebendige Geister.

Tatsächlich kann auch ich ihn jetzt hören: den Lärm von mindestens einem großen Auto, das nicht allzu weit von uns entfernt über die unebene Straße holpert. Vielleicht haben die Männer die Stadt ja doch noch nicht verlassen.

„Lassen wir den Wagen hier." Der Wanderer biegt in eine kleine Seitenstraße ein. „Wir gehen zu Fuß weiter."

Dankbar, dass er immer noch klare Anweisungen gibt, folge ich ihm und Michael hinaus aus dem Wagen. Das Gebäude vor uns scheint ein Einkaufszentrum zu sein. Große Schilder kündigen die verschiedenen Supermärkte und Geschäfte an, die es zu erkunden gab. Die Straße runter reihen sich einige Fabrikgebäude aneinander. Rechts davon öffnet sich die Stadt. Ein riesiger Schrottplatz geht in ein freies Feld über.

„Wir gehen nicht alle." Der Wanderer blickt in die Runde. „Judy, du bleibst mit Joe und Hope im Wagen. Keine Widerrede, du siehst schrecklich aus. Wir lassen euch die Pistole da. Wir nehmen die Gewehre. Wenn wir etwas finden, holen wir euch. Einverstanden?"

Resigniert nicke ich. Ich fühle mich fürchterlich leer, seit wir die Frau auf dem Dach gefunden haben. Seit ich in ihrem Tagebuch gelesen habe. Der Tod ist uns viel zu nahe. Und trotzdem: Ich will sie nicht alleine ziehen lassen. Ich bin es, die für meinen Bruder verantwortlich ist. Ich habe nicht gut genug auf ihn achtgegeben.

„Ich will auch mit!“ Joe funkelt den Wanderer zornig an. „Luke ist mein Freund. Ich will nicht hierbleiben.“

Der Wanderer sieht ihn eindringlich an. „Du hast keine Waffe, Joe. Das ist zu gefährlich.“

Joe setzt zu einem energischen Protest an, aber da schaltet Hope sich ein: „Joe kann doch *uns* beschützen! Oder, Judy?“

Über ihren Kopf hinweg fange ich Raphaels belustigten Blick auf. „Das ist ein guter Plan.“ Raphael stupst Joe aufmunternd an. Und tatsächlich, es wirkt. Langsam, ganz langsam, nickt Joe.

„Haben wir denn überhaupt einen Plan?“, frage ich plötzlich. Denn tatsächlich habe ich mich das die ganze Zeit über schon gefragt – was machen wir eigentlich, wenn wir die Männer finden? Höflich klopfen und fragen, ob sie uns Alexander und Luke zurückgeben? Ich sehe in die Runde.

Michael wendet sich ab, sobald unsere Augen sich begegnen, und ich sehe, wie sich seine Hand fester um sein Gewehr krallt. Raphael nickt mit zusammengebissenen Zähnen. In seinem Gürtel stecken zwei Messer, und er hat meinen Bogen aus dem Auto geholt. Der Wanderer lächelt mir traurig zu.

Und da wird mir klar, dass es keinen Plan gibt. Nur das Ziel. Luke und Alexander zurückzuholen, was immer es auch kosten wird.

„Los jetzt!" Michael klingt unwirsch.

Tränen steigen in mir auf. „Passt auf euch auf!" Mit zusammengepressten Lippen schiebe ich mir die Pistole in den Bund meiner Jeans und sehe dabei zu, wie die drei Männer sich umdrehen und sich auf den Weg die Straße hinunter machen.

„Raphael?" – Er dreht sich um. Ich will ihn bitten, vorsichtig zu sein. Auf sich aufzupassen. Ich will ihn küssen und sagen, dass ich ihn heute Morgen nicht verletzen wollte. Aber die Worte bleiben mir im Hals stecken, als Raphael zu mir zurückläuft und mir einen schnellen Kuss auf die Lippen drückt. „Ich bring dir Luke zurück", verspricht er.

Und noch bevor ich etwas erwidern kann, hat er sich umgedreht und läuft Michael und dem Wanderer hinterher. Geistesabwesend lege ich mir die Finger an die Lippen.

„Warum suchen *wir* nicht nach Luke?" Joe sieht immer noch rebellisch aus.

„Wir suchen auch!" Im Bruchteil einer Sekunde habe ich mich dazu entschieden. „Nur eben hier in der Nähe." Denn endlich habe ich wieder zu meiner alten Entschlossenheit zurückgefunden. Ich werde nicht hier rumsitzen und warten, bis die anderen Luke vielleicht zurückbringen! Also machen wir uns in entgegengesetzter Richtung auf den Weg. Langsam, vorsichtig, von Seitenstraße zu Seitenstraße.

29

Wir sind noch nicht weit gekommen, als Hope wie angewurzelt stehen bleibt. Das immer lauter werdende Brummen höre ich erst, als Hope mich darauf aufmerksam macht.

„Du, Judy, ich glaub, da kommt jemand."

„Sofort wieder zum Auto!", höre ich mich sagen. Wir brauchen ein Versteck. In einem direkten Aufeinandertreffen kann ich Joe und Hope unmöglich vor diesen Männern beschützen. Ich schnappe mir Hopes kleine Hand, greife Joe am Arm und zusammen laufen wir wieder zu der Stelle, wo der Wanderer den Wagen abgestellt hat. Wir sind fast da, gerade auf Höhe des Schrottplatzes, als das Motorengeräusch erschreckend laut wird.

„Die kommen zu uns!" ruft Joe verängstigt.

Und tatsächlich, als ich mich zu den Geräuschen umdrehe, sehe ich einen Pick-up, der langsam um eine entfernte Straßenecke biegt und schnell näher kommt. Auf dem Wagen steht ein Mann an einem aufgebockten Gewehr. Und schießt.

Der Knall zerfetzt die Luft, aber erst, als neben uns eine Fensterscheibe zerspringt und Hope vor Schreck in mich hineinrennt, realisiere ich, dass der Schuss uns galt.

Meine Reaktion kommt mit ein paar Sekunden Verzögerung, da ist Joe schon hinter dem Zaun des Schrottplatzes verschwunden. Kluger Junge. Als ich Hope ebenfalls hinter den Zaun ziehe, bete ich darum, dass Joe bereits ein gutes Versteck gefunden hat.

Der Wagen fährt an uns vorbei, und ich halte unwillkürlich die Luft an. Er wird langsamer, und ich fürchte und hoffe zugleich, dass er direkt bei uns zum Stehen kommt. Ich muss Luke retten! Ich taste nach der Pistole. Dann beschleunigt der Wagen wieder. Obwohl ich jetzt beobachten kann, wie der rote Pick-up mit zwei Männern auf der Ladefläche in einer der Seitenstraßen verschwindet, fühle ich mich kein bisschen erleichtert. Irgendetwas stößt dieser Wagen in meinem Kopf an, das ich im Moment nicht greifen kann. Er kommt mir bekannt vor. Und nicht nur, weil darauf vor einigen Stunden mein kleiner Bruder entführt worden ist.

„Hope, komm mit." Ich nehme meine zitternde Schwester an die Hand und ziehe sie so schnell ich kann weiter. Als ich mir sicher bin, dass keine Motorengeräusche mehr zu hören sind, atme ich ein wenig auf.

„Joe! Wo bist du?" Laut zu schreien traue ich mich nicht, aber er hat mich gehört. Langsam kommt er hinter einem der Container hervor. Joe ist leichenblass. Von seinem Mut vor einigen Minuten ist nicht mehr viel übrig geblieben.

„Hey, alles ist okay, Süßer, alles gut." Ich drücke ihm einen Kuss auf die Stirn und Joe schmiegt sich an mich. Hope hingegen sieht mich an, eine fiebrige Aufregung im Gesicht.

„Judy, das waren … das waren …“, sie holt pfeifend Luft, „das waren die Leute, die die Frau getötet haben. Die mit den roten Haaren. Die uns in der anderen Stadt angegriffen haben!“ Hopes kleine Finger schließen sich fest um meine. „Das stimmt doch, Judy?“, fragt sie panisch.

Ich brauche noch einen Moment, aber dann kommen die Erinnerungen mit voller Wucht zurück. Wie ein Film laufen sie vor meinen Augen ab. Der Pick-up. Ungewaschene Männer. Die junge Frau, gefesselt, tot. Es kommt mir vor, als wäre das vor einer kleinen Ewigkeit gewesen.

Joe starrt uns verständnislos an. „Was meint sie damit?“

„Vielleicht …“, ich vermeide es, zu sagen, dass ich mir fast sicher bin, „… vielleicht haben wir diese Männer schon mal gesehen.“ Ein Stiefel, der mich auf den Boden drückt. Ein Mann, der versucht, meine Jacke aufzureißen. Ein Knall. Und Blut. „Das sind keine guten Menschen, Joe.“

Meine Gedanken fahren Karussell. Raphael. Ich brauche Raphael. Und den Wanderer. Wir müssen Luke finden. Doch in diesem Moment heult hinter uns wieder ein Auto auf.

„Judy!“, kreischt Hope.

„Judy!“

Ich wirble herum. Der Pick-up kommt aus der Seitenstraße herausgeschossen, in die er noch vor wenigen Minuten verschwunden ist. Er hält direkt auf uns zu.

„Lauft!“, schreie ich, als ein weiterer Schuss ertönt. Weglaufen, einfach nur laufen.

„Schrottplatz! Verstecken!“ Joe stürmt an mir vorbei und ich zerre Hope hinter mir her. Sie weint, sie schreit, aber ich zerre sie weiter. In meinen Ohren rauscht das Blut. Angst habe ich keine, nein; Panik, Wut, aber das Adrenalin in meinen Adern verhindert, dass die Angst von mir Besitz ergreift. Wieder peitscht ein Schuss durch die Luft, näher diesmal, und ich tauche mit Hope zwischen ein paar schrottreifen Containern ab. Hope schreit nicht mehr, schwer wie eine lebensgroße menschliche Puppe hängt sie an meinem Arm. Ich zwänge sie in eine winzige Lücke zwischen den Containern. Joe ist aus meinem Blickfeld verschwunden.

„Da bleiben. Beweg dich nicht. Bleib ruhig“, bringe ich noch heraus. Dann kommt die Angst doch. Angst um meine Schwester, um Joe. Angst um Luke, wo auch immer er sein mag. Angst um mein eigenes Leben. Mit zitternden Fingern ziehe ich die Pistole aus meiner Hose und mache sie schussbereit, so wie der Wanderer es mir gezeigt hat. Dann, mit einem letzten Blick auf Hope, stürme ich davon. *Es tut mir leid, mein Schatz. Sie dürfen dich nicht bekommen. Ich liebe dich.*

Erneutes Geschrei, aber bisher kann ich nur laute Männerstimmen hören. Zitternd presse ich mich in einen Winkel zwischen einem Zaun und zwei leerstehenden Autos und beiße mir in die linke Hand.

Nicht schreien. Nicht schreien.

Von dieser Stelle aus kann ich auch verstehen, was die Männer rufen:

„Kommt raus, ihr kleinen Ratten! Na los, kommt schon!" Ich unterscheide drei Stimmen. Ein erneuter Adrenalinschub verscheucht die schlimmste Angst. Drei. Während ich noch fester zubeiße, arbeitet mein Gehirn auf Hochtouren. *Wenn sie nur näher kämen, … wenn sie in Schussweite wären, … wenn ich schnell genug wäre …*

„Rauskommen, ihr kleinen …"

Noch bevor die raue Stimme den Satz beendet hat, höre ich plötzlich Joes verzweifelte Stimme. „Nein! Nein! Nein!"

Mein Herz krampft sich zusammen. Weitere Schreie vermischen sich mit Joes. Kinderschreie. Schreie voller Angst.

„Luke?", wispere ich atemlos. „Luke."

Also ist Luke noch immer auf diesem Pick-up. Wir haben ihn gefunden! Jetzt muss ich ihn nur noch zurückholen. Ihn und Alexander. Doch die Erleichterung, die mich durchflutet, ist nur von kurzer Dauer. Denn Luke schreit nicht nach mir, nicht nach Hope, er schreit einfach. Und jeder seiner Schreie lässt mich würgen.

Einatmen, ausatmen.

Einatmen, ausatmen.

Kriechend und halb blind vor Tränen wage ich mich Meter um Meter in die Richtung, aus der die Stimmen kommen. Zum Glück sind die Schreie laut genug, um mein eigenes, unbedachtes Vorankommen zu übertönen.

„Wer ist noch da?", höre ich einen der Männer brüllen, als ich um das nächste Auto herumspähe. Zwei Männer stehen mit dem Rücken zu mir. Sie halten Joe und Luke, der tränenüberströmt zu Joe hinüberstarrt. Der dritte geht vor ihnen auf und ab und wiederholt seine Frage.

Meine Zähne graben sich erneut in meine linke Hand, während ich langsam mit der rechten die Waffe hebe. Vermutlich sind wir ohnehin alle so gut wie tot, Joe, Luke und ich – jetzt, da diese Männer wissen, dass Luke und Alexander doch nicht alleine unterwegs waren. Dass jemand gekommen ist, um sie zu retten.

Langsam krieche ich noch ein Stückchen weiter. Ich bin jetzt in Schussweite. Hoffentlich finden sie Hope nicht, hoffentlich sind die anderen klug genug, sich versteckt zu halten, oder kommen erst, wenn wir schon weg sind! Vielleicht wird alles wieder gut –

Ich drücke ab. Die Wucht des Schusses lässt mich nach vorne fallen, aus meiner Deckung heraus. Der Mann, der Luke festhält, fällt mit einem Schrei vornüber und reißt Luke mit sich. Augenblicklich ist die Luft wieder erfüllt von wütenden Männerstimmen, die die beiden Jungenstimmen übertönen.

Mein zweiter Schuss geht ins Leere und ich lande endgültig flach auf dem Boden, doch ich schieße noch ein drittes Mal. Der Schuss trifft einen der Männer am Bein, dann kracht direkt neben mir eine Kugel in den Boden.

Jetzt bin ich es, die aufschreit. Vor Schreck gleitet mir die Pistole aus den Fingern. Ich hebe den Kopf und erstarre.

„Aufhören!“ Die Stimme ist eisig, tödlich. „Aufhören! Oder er stirbt!“

Und wieder muss ich hilflos zusehen, wie meinem Bruder eine Waffe an den Kopf gedrückt wird. Nur dass es diesmal – und da bin ich mir erschütternd sicher – kein gutes Ende nehmen wird.

30

Wenige Minuten später sitzen wir auf der Ladefläche des Pick-ups, in dessen Fahrerhäuschen zwei weitere Männer warten. Neben uns liegt der noch warme Körper des Mannes, den ich erschossen habe. Ein dumpfer Triumph breitet sich in mir aus. Wenigstens einer, sage ich mir, wenigstens habe ich es versucht.

Luke hat sein Gesicht in meiner Jacke vergraben. Das Wort „zittern“ beschreibt nicht einmal annähernd das panische Beben, das sein Körper auf meinen überträgt. Joe sitzt auf meiner anderen Seite, stocksteif. Seine Finger krallen sich schmerzhaft in mein Bein. Ich kann ihre Kälte durch den Stoff meiner Jeans hindurch spüren.

Dieses Mal ist es mein Handgelenk, in das ich meine Zähne vergrabe. Tränen rinnen mir übers Gesicht, verkleben meine Haare, aber der Schmerz hält mich im Hier und Jetzt. Eine raue Hand zerrt mich nach oben.

„Wer ist noch hier, Kleine?“ Ausdruckslos starre ich den Mann an. Ist er der Anführer? In einem anderen Leben war er vielleicht einmal attraktiv, mit markanten Gesichtszügen und dunklen Augen. Aber jetzt … Seine Faust trifft mich hart unter meinem Auge, und ich stürze zurück.

„Sag schon!“

„Niemand“, keuche ich. „Nur wir!“ Den nächsten Schlag sehe ich kommen. Ich will ausweichen, bin aber zu langsam. Warmes Blut strömt mir aus der Lippe. Aus weiter Ferne höre ich Lukes lautes Schluchzen. Und dann ist da noch eine Stimme, leise zuerst, aber immer lauter werdend.

„Judy?“ – Verwundert blicke ich in die Richtung, aus der die Stimme kommt.

„Judy?“

Jetzt erkenne ich ihn. Alexander. Er wird von einem weiteren Mann zu uns geschleift.

Alex!, will ich rufen, aber mein Mund ist voller Blut und es kommt nur ein hilfloses Gurgeln heraus.

„Hierbleiben!“, knurrt der Anführer, schnappt sich sein Gewehr und springt vom Wagen. Der andere folgt ihm, humpelnd, ein blitzendes Messer in der Hand. Sein Bein ist blutüberströmt von meiner Kugel. Auch einer der Männer aus dem Fahrerhäuschen steigt jetzt aus, und zum zweiten Mal läuft ein Erinnerungsfilm vor meinen Augen ab. Es ist der Mann mit dem schokobraunen Gesicht und den ebenso dunklen Augen. Der Mann, der uns damals vermutlich das Leben gerettet hat.

„Du?“ Die offensichtliche Verblüffung im Tonfall des Mannes lenkt mich für einen Moment von meiner Angst ab und Wut kocht in mir hoch.

„Du!“, wiederhole ich seine Frage mit Wut in der Stimme. „Hilf uns!“ – Und einen Augenblick lang glaube ich, dass er zu einem Nicken ansetzt.

„Neil, was ist los?“ Jetzt ist auch der letzte Mann aus dem Wagen ausgestiegen. Noch ein Mann mit Pistole. Er starrt den Schwarzen misstrauisch an, dann wendet er sich mir zu:

„Was soll das?“

Ich senke den Blick. Ich habe keine Lust, noch einmal geschlagen zu werden, und ich will Joe und Luke nicht weiter gefährden.

„Und, seid ihr jetzt vollständig, du Miststück?“

Ich schrecke zusammen, als ich sehe, wie Alexander von seinem Bewacher neben dem Pick-up zum Stehenbleiben gezwungen wird. Aus einem großen Schnitt auf seiner Stirn sickert Blut, doch zu meiner Erleichterung ist sein Blick vollkommen klar. Der Anführer stößt ihn zu Boden, dann wendet er sich uns zu:

„Na los, runter vom Wagen, Kleine!“

Luke und Joe klammern sich an mir fest, doch sie werden gewaltsam von mir weggerissen, und es ist der Schwarze, Neil, der mich vom Pick-up stößt. Jetzt würde ich gerne sein Gesicht sehen, denke ich. Ich will sehen, was in ihm vorgeht.

Ich knie auf der harten Straße, Alexander neben mir, uns gegenüber Joe und Luke. Über ihre Köpfe hinweg kann ich den Supermarkt sehen und für einen Moment bilde ich mir ein, dort eine Bewegung wahrzunehmen. *Hoffentlich nicht Raphael,* flehe ich stumm. *Lass uns einfach fahren, lasst sie zurück.*

„Erschießt sie!“ Die Stimme des Anführers ist vollkommen ausdruckslos. „Die Erwachsenen. Die Jungen nehmen wir mit."

Vorbei. Die Blicke der beiden Jungen schneiden tief in mein Herz. Voller Verzweiflung, Todesangst. *Alles wird gut,* will ich sagen, *gleich vorbei.* Zumindest hoffe ich, dass es gleich vorbei ist. Hoffentlich geht Sterben schnell.

Undeutlich nehme ich wahr, wie mir ein Gewehr an den Kopf gedrückt wird.

Und dann fällt ein Schuss.

Als ich die Augen wieder aufreiße, sehe ich den Mann aus dem Pick-up vor Alexander zu Boden krachen. Er hat kein Gesicht mehr. Ein hysterisches Lachen steigt in mir auf – ein Mann ohne Gesicht.

Alexander, der aufspringt und sich auf den Anführer wirft.

Noch ein Schuss.

Alexander, der sich das Bein hält.

Und dann ist da der Wanderer. Wo kommt der plötzlich her?

Joe, an mich gedrückt, neben mir auf dem Boden kauernd. Reflexartig schirme ich ihn mit meinem Körper ab. Wo ist Luke? Kleiner Bruder, wo bist du?

Wieder Schüsse. Wer schießt eigentlich?

Männer, die an mir vorbeirennen, Joes kleiner Körper unter mir.

Und dann die Schreie. Und es ist Luke, der am lautesten schreit. „Judy! JUDY!"

Wieder ein Schuss.

Dann schreit niemand mehr.

Die Welt um mich herum wird wieder klar, aber die Bilder erreichen mich nicht vollständig. Zwei Männer rennen von uns weg. Alexander liegt ein paar Meter neben uns am Boden. Ohnmächtig? Ich drehe mich noch weiter, stehe schwankend auf. Da steht der Wanderer, zwischen uns und dem Anführer. Wo sein Gewehr ist, kann ich nicht sehen.

Und dann sehe ich Luke. Schlaff hängt er im Griff des Anführers, über und über mit Blut bedeckt, das aus einem großen Schnitt an seinem Hals sprudelt.

„LUKE, NEIN!“ Als ich vorspringe, schießt der Anführer. Aus dem Augenwinkel sehe ich den Wanderer zu Joe hechten, stolpern, er fällt zu Boden. Aber auch der Anführer steht jetzt nicht mehr, denn da ist der Schwarze, der ihm mit einem langen Messer in den Bauch sticht.

Und dann ist es still. Totenstill.

Vorsichtig hebe ich den Kopf. Ich sehe Alexander, der langsam auf den Wanderer zu kriecht, ich sehe den Schwarzen, der sich umdreht und wegrennen will, ich sehe Michael, der ihn packt und zu Boden wirft. Ich sehe Raphael, der auf uns zusprintet, und ich sehe Luke.

„Luke!“ Mühsam krieche ich auf ihn zu. Da ist der Wanderer, reglos liegt er da, offensichtlich tot, aber ich habe nur Augen für meinen kleinen Bruder.

„Luke." Mein kleiner Bruder ist zusammengesackt. Gespenstisch blass und zitternd liegt er im Dreck, die Hände um die Wunde an seinen Hals geklammert. Hektisch und halbblind vor Tränen ziehe ich mein T-Shirt aus, presse den Stoff auf seinen Hals, um zu verhindern, dass … um zu verhindern, was nicht mehr verhindert werden kann. Es ist einfach zu viel Blut. Und es kommt immer mehr.

„Es tut so weh! Judy, ich will nicht sterben." Lukes Stimme ist kaum mehr als ein Röcheln. Ich beiße mir so fest ich kann auf die Lippen. Ich darf nicht weinen, sage ich mir, nicht jetzt. *Alles wird gut,* will ich sagen, so wie ich es Tausende Male schon getan habe. Aber lügen darf ich auch nicht mehr.

„Ich weiß, Luke, ich weiß."

Undeutlich nehme ich wahr, dass nun auch Joe neben uns kniet. Er nimmt Lukes Hand.

Und dann ist da noch Hope, die aus ihrem Versteck gekommen ist. Hope, die sich weinend an Luke klammert und deren helle Locken sich von seinem Blut rot färben.

Ich weiß, dass irgendwo hinter uns Raphael, Michael und Alexander warten.

„Ich hab Angst", wispert Luke. Und dann wieder: „Ich hab Angst." Ich habe das Gefühl, zu ersticken. Jeder Atemzug ist eine Qual.

„Du brauchst keine Angst haben, kleiner Bruder, keine Angst." Es ist Hopes Weinen, das mich davor bewahrt, vollkommen durchzudrehen. Dieses Weinen, das vom Wunsch zu leben erzählt.

„Es ist so dunkel. Und kalt. Judy, ich will nach Hause.“ Lukes Augenlider flattern. Ich lege den Kopf in den Nacken. Die Tränen dürfen nicht kommen.

„Meine Mama hat geglaubt, dass wir auch ein Zuhause im Himmel haben“, sagt Joe leise und beugt sich vor, sodass er Luke direkt ansieht. „Sie hat gesagt, dass wir zwei Zuhause haben, eines auf der Erde und eines bei Gott, wo wir unsere Freunde wiedersehen. Danach.“

„Stimmt das, Judy?“, fragt Luke, und ich meine, etwas in seiner Stimme zu hören, das vorher noch nicht da war. Ist es Hoffnung?

Ich lächle ihn an und nicke. „Ich denke schon.“ Zumindest will ich es glauben. Ich will es so gerne glauben. Für Luke. Für Mama und Papa und auch für Sam.

„Bin ich dann bei Mama und Papa?“ Er ist so klein, mir ist noch nie aufgefallen, wie klein Luke wirklich ist.

„Sie warten bestimmt auf dich.“ Wieder ist es Joe, der spricht, und ich bin sehr froh, dass er genug Glauben für uns beide hat.

„Auf jeden Fall brauchst du keine Angst vor der Dunkelheit haben, Luke“, flüstere ich heiser. „Ich mache einfach dein Nachtlicht an, genau wie früher. Du brauchst keine Angst mehr vor dem Einschlafen zu haben.“ Ist es das, was jetzt für Luke kommt? Glaube ich an das, was ich sage?

Irgendwann wird Lukes Körper in meinen Armen kalt. Es kommt langsam, schleicht sich in seine kleinen Gliedmaßen, in sein Gesicht.

„Judy? Wo bist du?" Seine Stimme ist leise, kaum zu hören.

„Ich bin hier, mein Schatz. Ich geh nicht weg." Mühsam schlucke ich die Tränen runter. Hope hat ihr Gesicht immer noch an Luke gepresst. Joe hält seine Hand.

„Nicht loslassen, Judy, nicht …"

„Ich lass dich nicht los, kleiner Bruder, niemals."

Und dann ist es vorbei. Sein kleiner Körper entspannt sich, liegt schwer in meinen Armen. Er schließt die Augen.

Ich sehe ihn an, seltsam gefasst, während Joe neben mir in Tränen ausbricht. „Luke!", schreit er, wieder und wieder. „Luke! Komm zurück!"

Raphael kommt. Er nimmt mir Luke aus den kraftlosen Armen. Alexander hält die weinende Hope fest, und ich sitze da und warte. Warte auf den Schmerz, der jetzt, nachdem ich es schon so lange ausgehalten habe, Welle um Welle auf mich zuzurollen beginnt.

Nicht schreien, ich darf nicht schreien, sage ich mir, immer und immer wieder. Nur nicht schreien.

Bitte nicht schreien!

31

Es kommt mir vor, als tauchte ich auf.

Michael sitzt neben mir. Er hält meine rechte Hand, um die andere ist ein weißer Verband gewickelt. „Judy?“

Der Schmerz ist verschwunden, dieser grauenhafte Schmerz, der mich in zwei Hälften gerissen hat. Zurückgeblieben ist ein dumpfes Gefühl von Leere und Verlust.

Ich nicke und versuche, mich aufzusetzen, bleibe dann aber liegen. Hope … Mühsam zwinge ich meine Lippen dazu, Worte zu formen. „Wie geht es … wo sind die anderen?“ Von meiner Position aus kann ich zwei Leichen sehen, aber ich kann nicht erkennen, um wen es sich handelt.

„Dieser … der Mann, der uns geholfen hat, und Raphael suchen nach Joe. Er ist weggerannt. Keine Angst, Raphael hat die Pistole dabei, ihm passiert nichts. Alex hat Hope in den Bus gebracht. Raphael und ich … wir haben Luke und den Wanderer – wir haben uns um sie gekümmert.“ Michaels Stimme bricht.

„Sollen wir zu den anderen gehen?“, fragt er nach einer Weile vorsichtig. Ich würde gerne *ja* sagen. Ich weiß, ich muss aufstehen, weitergehen. Aber ich will liegen bleiben. Ich will mich nicht mehr bewegen, nichts mehr fühlen.

„Judy?“ Michaels Stimme klingt besorgt, und erst jetzt merke ich, dass mir Tränen übers Gesicht laufen.

„Ich kann nicht.“ – Ich kann nicht aufstehen, in einer Welt, in der mein kleiner Bruder nicht mehr lebt, in der der Wanderer nicht mehr auf uns aufpasst, ich kann … „nicht, ich kann nicht.“

Undeutlich nehme ich wahr, dass Michael sich bewegt, und eine Sekunde später schwebt sein Gesicht vor meinem. Und plötzlich fällt mir das Reden ganz leicht: „Michael, ich kann nicht aufstehen. Es tut weh … es fühlt sich an wie auseinanderfallen.“ Immer weitere Tränen strömen über mein Gesicht. „Ich will nicht auseinanderfallen!“

Michael sieht mich eindringlich an, greift nach meiner Hand und richtet sich halb auf. „Aber du musst, Judy. Du musst! Du wirst nicht auseinanderfallen, versprochen! Die anderen werden aufpassen, dass du nicht auseinanderfällst.“ Seine Stimme wird sanfter. „Na los, steh auf. Ich helfe dir, in Ordnung?“

Noch immer möchte ich einfach so liegen bleiben, für immer. Aber dann, ganz plötzlich, wird wieder die andere Judy in mir wach. Die Judy, die immer wieder aufsteht, die alle Schwierigkeiten immer und immer wieder überwindet – und diese Judy erinnert sich daran, dass es ja noch andere Menschen gibt, um die man sich kümmern muss. Hope…

„In Ordnung.“ Ich lasse es zu, dass er mich zu sich hochzieht, greife dankbar mit der zweiten Hand nach Michaels ausgestreckten Fingern. „In Ordnung.“

Als ich stehe, atme ich tief ein und aus und wische mein Gesicht an meiner Jacke trocken. „Wo ist Hope?“

Michael führt mich langsam zu unserem Bus, vorbei an zwei in Decken gewickelten Körpern … Die Tränen beginnen wieder zu fließen, und ich bleibe stehen.

„Ist das …? Sind das …?“

Er nickt traurig. „Es tut mir leid, Judy, aufrichtig leid.“

Langsam, aber bestimmt, zieht er mich weiter. „Komm mit, lass Luke liegen, lass ihn schlafen. Hope braucht dich.“

Luke schläft. Er schläft jetzt. Später kann ich ihm noch einen Gutenachtkuss geben. Der Gedanke hat etwas Tröstliches und in diesem Moment möchte ich nichts weiter, als mich an dieser kindlichen Vorstellung festklammern. Die Toten schlafen.

„Und der Wanderer?“, höre ich mich fragen. Ich konnte Luke in den Armen halten. Aber er, der Wanderer, ist genauso plötzlich verschwunden, wie er aufgetaucht ist.

Dieses Mal ist es Michael, der meine Tränen wegwischt, zögernd, so als wüsste er nicht, wie das geht.

„Schläft auch.“ Seine Stimme klingt halb erstickt. „Beide schlafen. Komm mit.“

„Judy?“ Hope sitzt vor dem verlassenen Pick-up auf dem Boden, neben ihr Alexander, der nun wieder abwesend wirkt. Um sein Bein ist ein Verband gewickelt.

„Judy?“ Hope sieht furchtbar aus, müde, kaputt, so klein, unendlich klein. Als sie auf mich zustürmt, breite ich die

Arme aus und fange sie auf. „Ich liebe dich, ich liebe dich, Süße, ich hab dich so lieb!“ Über ihren Kopf hinweg sehe ich Alexander an. „Danke, Alex, tausend Dank!“

Alexander nickt mir zu, und ich meine, ein feines Lächeln in seinem Gesicht zu erkennen. Irgendwann regt sich Hope.

„Alles okay, mein Schatz?“ Meine Stimme klingt leer. Leblos. Nichts ist okay. Wir wissen das alle.

„Können wir zu Luke, Judy?“ Ich habe auf diese Frage gewartet – und gleichzeitig gebetet, dass dieser Moment nie kommen wird. Sich einzureden, dass Luke schläft, zwar viel zu tief, als dass er je wieder aufwachen würde, aber trotzdem einfach nur schläft, ist eine Sache; aber ich weiß nicht, ob ich es schaffen werde, ihn wirklich anzusehen.

Alexander lächelt mir noch einmal traurig zu, und Michael wendet sich unbehaglich ab, als wir an ihnen vorbeigehen. Ich bin ihnen dankbar, dass sie uns alleine lassen. Das ist etwas, was Hope und ich alleine tun müssen.

Ich weiß nicht, wer mehr von uns beiden zittert, als wir uns neben Lukes kleinen, in eine Decke gehüllten Körper zu Boden sinken lassen. Irgendjemand – Raphael, vermute ich – hat ein Tuch um seinen Hals gewickelt, sodass die hässliche Wunde und all das Blut fast gänzlich verdeckt werden. Eine helle Haarsträhne fällt ihm über die halb geöffneten Augen. Es kommt mir vor wie in einem Film, einem sehr grausamen, schrecklich traurigen Film, als ich meine Hand hebe und ihm sanft die Augen zudrücke. Hope fängt an zu schluchzen, und sofort ziehe ich sie zu mir heran, halte sie so fest ich kann. Über ihren Kopf hinweg starre ich Lukes toten Körper an. Ich würde auch gerne weinen. Aber da ist keine Trauer, kein Schmerz. Nur ein großes, dunkles Nichts.

Erst als ich mich nach einer ganzen Weile von Lukes Anblick lösen kann und mein Blick auf den zweiten eingewickelten Toten fällt, bekommt die Dunkelheit in mir ein paar kleine Risse. Es ist der Wanderer, der da liegt. Mit Hope, die wie eine Klette an mir hängt, beuge ich mich zu ihm hinunter.

„Ich wünschte, du hättest mir deinen Namen verraten. Das wünsche ich mir wirklich." Ich beuge mich vor und gebe ihm einen Kuss auf die Wange. „Vielen Dank für alles."

Ein letztes Mal versuche ich mit aller Macht, mir Bilder von Luke und dem Wanderer ins Gedächtnis zu rufen. Aber sie bleiben unscharf. Die Dunkelheit frisst alle Farben. Und während ich Hope, die immer noch bitterlich weint, von den Toten zu den Lebenden trage, bleibt mir nichts mehr übrig, als zu hoffen, dass ich recht damit hatte, was ich meinen Geschwistern immer wieder gesagt habe. Dass es irgendwann einmal wieder gut sein wird.

Irgendwann schläft Hope ein. Alexander hilft mir, sie in unseren Wagen zu legen und verspricht, bei ihr zu bleiben. Dankbarkeit erfüllt mich, als ich im Gehen beobachte, wie er ihr mit einem feuchten Tuch das Gesicht abwischt. Während ich zu Michael hinübergehe, der eine Straßenecke weiter einfach herumsteht, wickle ich mir den Verband von der Hand. Ich kann mich nicht erinnern, mich verletzt zu haben.

Michael deutet auf meine Hand. „Lass den Verband dran. Du hast dich gebissen, bis aufs Blut. Keine Ahnung, wie du das hinbekommen hast." Er klingt fast ein bisschen beeindruckt, und ich kann nicht anders, ich muss schmunzeln.

„Wie geht es dir denn?", fragt er dann, deutlich ernster. Ich hole tief Luft.

„Meine Mutter und mein Freund sind am selben Tag gestorben", erzähle ich ihm nach kurzem Zögern. „Da dachte ich, ich würde auch sterben. Ich wollte den ganzen Tag nur noch schreien. Als unser Vater dann tot war, hat Hope aufgehört zu reden und zu essen. Luke hat sich tagelang in den Schlaf geweint, und ich habe einfach nur Stunde um Stunde versucht, zu helfen. Ich wollte, dass es den beiden besser geht. Als es dann besser wurde, als Luke angefangen hat, sich um Hope zu kümmern, da ist mir erst wirklich klar geworden, dass unsere Eltern tot sind. Ich weiß nicht, warum ich dachte, dass wir in Sicherheit sind." Einen Moment lang schaue ich zurück, auf Luke und den Wanderer, auf ihre … Leichen. „Ich war so blöd."

Michael ringt mit Worten.

„Schon gut, Michael", sage ich traurig, „du musst nichts sagen."

„Aber ich weiß etwas, das dich aufmuntern wird, Judy." Michaels große Hände drehen mich wieder in Richtung der nächsten Straße. „Schau mal, da sind Raphael und Joe."

Er hat recht. In einiger Entfernung kommen die beiden auf uns zu. Raphael hebt grüßend die Hand. Ohne mich nach Michael umzusehen, stürme ich los. Bis zu diesem Zeitpunkt habe ich nicht bemerkt, wie groß meine Angst um die beiden gewesen ist. *Aber tot ist nur Luke,* flüstert eine Stimme in meinem Kopf. *Tot ist nur dein wunderbarer Bruder.*

Mit aller Kraft ignoriere ich die Stimme und reiße Raphael fast von den Füßen, als ich ihn umarme. „Dir ist nichts passiert!"

Vorsichtig macht Raphael sich los. „Es ist alles okay bei mir." Dann sieht er mich ernst an. „Judy, es tut mir so leid."

Ich ziehe die Schultern hoch. „Danke." Ich drücke mit meiner gesunden Hand so fest ich kann auf den Verband an meiner Linken. Der Schmerz tut mir gut. Er schirmt mich ab von allem anderen. Dann wende ich mich zu Joe.

Der Junge sieht mich an wie ein verletztes Tier, die großen Augen gerötet und weit aufgerissen, benommen und doch hektisch atmend. Er sieht aus, als könnte er jeden Augenblick zusammenbrechen.

„Ich wollte nicht, dass er stirbt", wispert er.

„Ich weiß."

„Judy, es ist meine Schuld. Du hast mich beschützt. Und jetzt ist Luke tot."

Plötzlich ist mein Hals wieder wie zugeschnürt. „Es ist nicht deine Schuld, Joe. Schlimme Dinge geschehen, und niemand hat Schuld."

Aber ich weiß, wem ich die Schuld dafür geben kann. Diesen Männern … diesen Kinderschlächtern!

„Joe, sieh mich an. Ich weiß, dass es nicht deine Schuld ist. Und Luke weiß das auch. Egal, wo er jetzt ist, ich bin mir sicher, er weiß das auch.“ Aber Joe sieht nicht so aus, als würde er mir glauben.

Ich schicke Joe zu Hope zurück und bin ein wenig erleichtert, als ich sehe, dass Michael ihn in Empfang nimmt. Das Letzte, was wir jetzt brauchen können, ist, dass Joe noch einmal wegläuft. Ich will mich nur ein paar Minuten mit Raphael alleine unterhalten.

„Blöde Frage, aber … geht es dir gut?“, fragt der gerade.

„Nein.“ Ich schüttle den Kopf. „Und ich will auch nicht darüber reden.“ Er nickt.

Eine Weile ist es still. Dann fällt mir etwas ein.

„Wo ist der Mann? Unser ‚guter Hirte‘?“ Ich will verächtlich klingen, wütend, aber ich bin einfach nur müde. „Michael hat gesagt, dass er dir helfen wollte, Joe zu finden.“

Wieder nickt Raphael. Auch er sieht erschöpft aus. „Er hat Joe gefunden, in einer Bar ein paar Straßen weiter. Und dann hat Joe versucht, ihn mit einem Küchenmesser zu erstechen.“

Mein Herz zieht sich schmerzhaft zusammen. Armer Joe. So jung, zu jung für so viel Schmerz. Und gleichzeitig spüre ich auch ein wenig Mitleid für den anderen, der uns nun schon zum dritten Mal geholfen hat. Aber das Gefühl verschwindet, als mir ein Bild von Lukes totem Körper in den Sinn kommt.

Raphael erzählt weiter: „Joe hat ihn nicht schlimm verletzt. Dieses Arschloch hat Joe geschlagen und dann zu mir geschleift. Als ich mich um Joe gekümmert habe, ist er verschwunden.“ Er greift nach der Pistole, die in seinem Hosenbund steckt und schleudert sie wütend von sich.

„Ich konnte es nicht, Judy. Ich konnte ihn nicht erschießen! Ich konnte auch nicht schießen, als sie euch angegriffen haben. Warum kann ich es nicht? Der Wanderer ist tot, Luke ist tot …“

So deutlich wie jetzt habe ich Raphael nur einmal Schmerz zeigen sehen. Als er mir von seiner Schwester erzählt hat. Ein Spiegelbild meiner eigenen kaputten Gefühle.

„Erinnerst du dich daran, was der Wanderer an Hopes Geburtstag zu mir gesagt hat?“, frage ich Raphael. Raphael zuckt mit den Schultern, doch ich glaube, er kann sich noch sehr gut daran erinnern. Ich sehe es an der Art, wie er die Schultern hochzieht.

„Er hat gesagt, dass du ihn nicht erschießen wirst, dass du nicht bist wie er“, sagt Raphael schließlich.

Schweren Herzens nicke ich. „Er hat sich geirrt.“ Die Tränen kommen aus dem Nichts. „Er hat sich geirrt, und trotzdem konnte ich Luke nicht beschützen.“

Manchmal tut die Wahrheit unglaublich weh. Ich kann töten, das habe ich bewiesen. Aber der Tod bringt nur noch mehr Tod mit sich. Mein Herz klopft wie wild. Es ist fast so, als wolle es mich an den Wert des Lebens erinnern.

„Ich wollte nie, dass Hope das mitansehen muss“, wispere ich.

„Was denn?“ Raphael sieht mich an, und ich weiß, dass er an seine Schwester denkt.

„Das alles! So viel Leid, so viel … Luke, der …“

Raphael zieht mich wieder an sich. „Hope ist stark. Sie wird das schaffen.“ Er sieht mich an, das Gesicht schmerzverzerrt. „Es ist gut, dass sie Luke nicht schreien hören muss“, flüstert er heiser.

„Was?“ Plötzlich bin ich es, die Raphael hält, nicht mehr umgekehrt.

„Mia. Jede Nacht schreit meine kleine Schwester. Immer und immer wieder. Dass sie nicht mehr leben will. Und jede Nacht will ich sie töten und kann es nicht. Es soll niemand mehr schreien.“

Ich bin mir nicht sicher, ob ich verstehe, wovon er redet. Aber mir wird bewusst, dass ich nicht die Einzige bin, die Geschwister verloren hat. Und dass Raphael denselben Schmerz teilt wie ich.

„Lass uns nach Hope und Joe sehen.“ Entschlossen mache ich mich von Raphael los. „Wir alle leben noch.“

Ich muss nach Hope sehen. Ich will sie halten. Ihren kleinen, warmen, lebendigen Körper spüren.

32

Als wir am Schrottplatz vorbeigehen, beschleunige ich automatisch meine Schritte. Ich kann die Körper nicht anschauen, die in Decken gewickelt immer noch auf uns warten.

Schon von weitem hören wir Stimmen. Einen schrecklichen Moment lang denke ich, dass die Plünderer zurück sind. Dass sie zurückgekommen sind, um auch Hope zu holen. Meine Hand krallt sich in Raphaels Ärmel. Aber da hat Raphael schon beruhigend nach meiner Hand gegriffen.

„Das sind Michael und Alexander", sagt er leise. Langsam beruhigt sich mein wild klopfendes Herz wieder. Er hat recht, es sind bekannte Stimmen. Aber es versetzt mir einen schmerzhaften Stich, als mir klar wird, dass ich zwei Stimmen nie wieder hören werde.

„Komm jetzt, Alex." Michael ist zornig, das kann ich aus seinem Tonfall heraushören. Die beiden stehen hinter dem verlassenen Pick-up und Michael schiebt gerade ein Gewehr auf die Ladefläche. Die beiden haben uns noch nicht bemerkt. Ohne dass wir uns abgesprochen hätten, werden Raphael und ich langsamer. Erschrocken stelle ich fest, dass Alexander wieder komplett in seiner eigenen Welt gefangen zu sein scheint. Er steht, hält sich aber mit einer Hand am

Seitenspiegel des Wagens fest. Sein Oberkörper wippt hin und her, und ich meine, Tränenspuren auf seinen Wangen zu erkennen.

„Alex, verdammt!“ Jetzt ist nicht mehr Wut, sondern Verzweiflung in Michaels Stimme. „Steig in den Wagen.“ Er scheint hin- und hergerissen zwischen dem Wunsch, nach Alexander zu greifen, um ihn zu beruhigen, und der Angst, wie dieser darauf reagieren könnte.

„Ihr wollt weg?“, platzt es aus Raphael heraus. Nicht nur ich, auch Michael und Alexander zucken zusammen. Mit ein paar schnellen Schritten überwinden wir die restliche Distanz.

Michael sieht uns unbehaglich an. „Wir gehen. Wir nehmen den Pick-up und verschwinden. Ihr habt euer Auto.“ Er sieht ein wenig verlegen aus, so als suche er nach Worten. „Es war doch nur für eine Nacht.“

Ein bitteres Gefühl steigt in mir auf und schnürt mir die Luft ab. Noch ein Abschied.

Raphael neben mir nickt. Er scheint zu begreifen, warum sie gehen.

„Nein!“ Ich erkenne meine eigene Stimme kaum wieder, so rau ist sie. „Nein, ihr könnt nicht weg!“

Michael und Raphael sehen mich überrascht an. Und sogar Alexander dreht den Kopf ein wenig in meine Richtung.

„Ihr könnt nicht gehen“, wiederhole ich. „Lasst uns nicht alleine!“ Wo die Worte auf einmal hergekommen sind, weiß ich nicht. Genau wie meine Tränen fließen sie einfach aus mir heraus und landen zwischen uns auf der Erde. Ich will nicht, dass sie gehen.

Wir können nicht alleine bleiben – wir brauchen Menschen.

„Wir sind nicht für euch verantwortlich!" Michael sieht uns entschlossen an, sein Blick flackert immer wieder zu Alexander an seiner Seite.

Raphael nickt. „Judy, es ist okay." Ich spüre seine Hand auf meinem Arm und wie er mich vorsichtig von dem Pick-up wegzieht. Erneut drücke ich auf den Verband an meiner Hand, spüre dem Schmerz hinterher. Irgendwie begreife ich nicht, was hier vor sich geht. Es ist zu schnell, alles ist zu schnell. Jemand sollte etwas sagen. Es kann doch nicht so zu Ende gehen!

Aber Michael nimmt mir die Entscheidung ab. „Passt einfach auf euch auf." Er lächelt nicht. Aber er klingt aufrichtig.

Mit einer seltsamen Distanziertheit sehe ich zu, wie Michael Alexander in den Pick-up schiebt. Nicht grob, aber bestimmt. Alexander, der es mit sich geschehen lässt und der ebenfalls nicht so richtig zu begreifen scheint, was hier gerade vor sich geht. Alexander, der Hope so ähnelt.

„Habt ihr euch von Hope und Joe verabschiedet?" Meine Frage scheint etwas in Michael zu bewegen, denn plötzlich sieht er so aus, als habe er ein schlechtes Gewissen.

„Wir sind bei euren Kleinen geblieben, bis sie eingeschlafen sind." Entschlossen steigt er auf der Fahrerseite ein und schlägt die Tür zu. Aber das Fenster ist noch offen.

„Wohin geht ihr?", fragt Raphael. Seine Hand in meiner zittert leicht. Fest verschränke ich meine Finger mit seinen und atme auf, als er den Druck erwidert.

Michael sieht uns nachdenklich an. „Unsere Sachen holen. Und dann weg von hier." Der Motor springt grollend an. „Wenn ihr wollt, könnt ihr mit den Kindern dahin zurückgehen. Zum Campingplatz, meine ich. Das ist kein schlechter Ort."

Und damit tritt er aufs Gas. Der Pick-up macht einen Satz nach vorne, rollt die Straße hinunter, biegt um eine Ecke. Und dann sind die beiden verschwunden.

Und Raphael und ich sind alleine.

33

Es ist ruhig um uns herum. Kein Vogelgezwitscher, kein Autolärm, keine Menschenseele. Nur wir. Die Sonne brennt heiß auf den Asphalt. Es muss fast Mittag sein. Unsere Schatten werden unter der Sonne immer kürzer.

„Und jetzt?", frage ich vorsichtig. Raphael dreht sich zu mir um, und als ich ihn ansehe, glitzern Tränen in seinen Augen.

„Wir sollten sie begraben", sagt er leise.

Ohne mich zu bewegen, starre ich ihn an. Ich kann ihn zwar hören, aber seine Worte dringen nicht bis zu mir durch. Es ist fast so, als hätte mein Gehirn die Fähigkeit verloren, Sprache mit Handlung zu verknüpfen. Einen Moment lang bewegt auch Raphael sich nicht, doch dann streicht er mir vorsichtig eine Strähne aus dem Gesicht. „Komm mit zum Auto, Judy. Wir sollten Luke und den Wanderer holen. Und dann … weg von hier."

Als wir zum Auto kommen, schlafen Joe und Hope. Halb sitzend, halb liegend haben sie sich auf dem Beifahrersitz aneinandergeschmiegt. Joe hält Hope im Arm. Der Anblick treibt mir die Tränen in die Augen. Raphael macht eine jähe Bewegung, als wolle er mich umarmen, aber ich wende mich ab. Ich kann nicht. Wenn er mich jetzt berührt, werde ich zusammenbrechen. Ich werde zusammenbrechen, und ich weiß nicht, wie lange ich dann brauchen werde, um mich zu erholen …

Es dauert nur Sekunden, bis Raphael den Wagen zum Schrottplatz gelenkt hat. Mein Schmerz ist jetzt zu einem dumpfen Pochen geworden. Jedes Mal, wenn ich mich bewege, zerrt es an meinen Lungen. So viele Männer, so viele Tote. Sind wirklich wir es gewesen, die sie getötet haben? Wir wollten doch nur Luke zurück.

„So sinnlos", wispere ich. Leise, dass es niemand hören kann. Luke liegt immer noch so da, wie ich ihn verlassen habe. Schlafend. Neue Tränen strömen mir über die Wangen, aber diesmal sind es Tränen der Wut. Und der Scham.

„Ich habe es nicht geschafft", flüstere ich ihm zu, als ich den in die Decke gewickelten Körper vorsichtig zu mir heranziehe. „Es tut mir so leid, kleiner Bruder. Ich hätte dich beschützen müssen." Er ist so kalt. Und nichts kann ihm je wieder Wärme einhauchen. Ich kann meinen Blick nicht von seinem Gesicht abwenden. Ich höre seine Stimme, sein Lachen, sehe ihn mit Hope um die Wette laufen …

„Judy …" Raphael sitzt jetzt genau hinter mir. „Judy, darf ich?" Ich muss wohl genickt haben, denn einen Augenblick später schlingt Raphael die Arme um uns und hält uns fest. Sein Körper ist klebrig vom Schweiß, so lebendig … lebendig … „Schon okay", wispert er mir ins Ohr. Seine Stimme schafft es kaum, mein Schluchzen zu übertönen. „Es ist okay."

Später, denke ich, werde ich Raphael dafür danken, dass er sich um uns kümmert. Ich werde ihm sagen, dass ich ihn brauche. Dass ich ihn liebe. Aber jetzt – jetzt will ich hier sitzen, Luke halten. Und einfach nur weinen.

Irgendwann werde ich müde und ich sinke gegen Raphael. Er lässt mich noch einen Augenblick so sitzen, aber dann nimmt er mir Luke aus den Armen, ganz sanft. „Lass uns gehen, Judy."

Raphael schlägt vor, zum Campingplatz zu fahren und Luke und den Wanderer irgendwo am See zu begraben, aber irgendwie ist der Gedanke für mich noch immer nicht zu greifen. Der Schmerz kommt in Wellen, mal mehr, mal weniger, nimmt mir zeitweise den Atem, während ich in der nächsten Sekunde fast vergessen kann, dass Luke für immer weg ist. Für immer. Wie könnte ich da an ein Grab denken?

Raphael fährt unseren Bus. Die beiden Kleinen schlafen immer noch. Ich sitze hinten, zu meinen Füßen liegt der Wanderer und in meinen Armen halte ich Luke, den ich einfach nicht alleine lassen kann. Und wie ich Luke so in den Armen halte, fest an mich gedrückt, denke ich an den Wanderer. Wie er einfach verschwunden ist, genauso plötzlich, wie er in unser Leben getreten ist. Er ist aufgetaucht, hat geholfen, ist wieder gegangen. Auch für immer. Das Schaukeln des Autos schläfert mich ein, die Dunkelheit in mir zieht mich unaufhörlich an, bis …

„Luke!" Als ein lauter Knall ertönt, schrecke ich hoch.

34

Es sind drei Männer, die vor uns stehen und die Straße blockieren. Einen erkenne ich, er war vorhin dabei. Er war bei denen, die weggelaufen sind. Und alle drei richten ihre Waffen auf uns.

„Dreh um, Raphael!" Mein Schrei kommt im selben Moment wie die Kugeln. Raphael reißt den Wagen herum und schlingert knapp an ein paar Straßenlaternen vorbei. Die Heckscheibe zersplittert in einen Glasnebel und ich drücke Hope unsanft nach unten. Ihre Schreie mischen sich mit dem nächsten Schuss. Der Seitenspiegel. Weitere Schüsse. Warum wird Raphael langsamer?

Auch Joe schreit, lauter noch als Hope. „Raphael! Raphael!" Und da sehe ich das Blut. Mit einem Mal ist mir eiskalt. An Raphaels linkem Arm läuft Blut hinunter.

„Nicht schlimm!", keucht Raphael. „Nicht so wild. Aber ich glaube, sie haben die Reifen erwischt."

Als Raphael vor dem nächsten Bordstein bremst, zerre ich Hope aus dem Wagen. „Raus hier!" Joe springt uns hinterher und auch Raphael folgt uns, nachdem er noch nach dem Gewehr des Wanderers gegriffen hat. Das Adrenalin in meinen Adern gibt mir keine Gelegenheit für Angst, und so weiß mein Körper ganz genau, was jetzt zu tun ist: rennen.

Hinter uns höre ich wildes Geschrei, offenbar sind die Männer uns dicht auf den Fersen. Neben mir rennen Joe und Raphael, der seinen linken Arm umklammert. Sein Gesicht ist schmerzverzerrt, aber entschlossen.

„Da rein!", keucht Raphael und hetzt in eine kleine Seitenstraße. Mit Hope an der Hand bin ich um einiges langsamer als die beiden anderen. Sie weint und stolpert hinter mir her. So schnell ich kann, nehme ich sie huckepack und sprinte wieder los, auch wenn ihre kleinen Ärmchen mir fast die Luft abdrücken. Das Seitenstechen ist mörderisch, aber ich ignoriere die Signale, die mein Körper aussendet.

Noch eine Straße, dann durch einen Hinterhof. Die Männer sind immer noch hinter uns her. „Ich kann nicht mehr!", keucht Joe, als wir uns an ein paar umgestürzten Müllcontainern vorbeizwängen. Auch Raphael ringt nach Luft. Er ist sehr blass. Hoffentlich war es nur ein Streifschuss. Sein Blick trifft meinen. Und ich weiß, dass auch er alles dafür tun wird, dass Joe und Hope überleben.

„Joe, du und Hope, ihr müsst euch verstecken!", sagt er schließlich und die Entschlossenheit in seiner Stimme macht mir Mut. Die beiden werden in Sicherheit sein. Weil wir dafür sorgen werden!

Ich nehme Hope von meinem Rücken herunter und schon ist Joe zur Stelle, um sie bei der Hand zu nehmen. Keine Zeit für einen Abschied, denn unsere Verfolger kommen näher. Und während Joe und Hope um die nächste Ecke verschwinden, zieht Raphael mich schon hinter die Müllcontainer. Entschlossen umklammere ich die Pistole, aber meine andere Hand verrät mich – sie zittert so stark, dass es mir unmöglich ist, nach Raphaels Gesicht zu fassen. Dabei will ich ihn so gerne berühren. Ihm sagen, dass ich ihm dankbar bin. Dass ich ...

Auch Raphael zittert. „Wir warten, bis sie hier an uns vorbei sind, dann schießen wir ihnen in den Rücken und rennen zurück in die Richtung, aus der wir gekommen sind", krächzt er. Ich nicke nur. Der Schweiß läuft mir in Rinnsalen übers Gesicht, aber mir ist kalt vor Angst. Auch meine Hände sind kalt, ich kann es spüren, als ich die eine nun doch auf Raphaels erhitzte Wange presse. Meine Augen saugen sich an seinen fest. „Raphael ..."

Die Stimmen der Männer sind jetzt viel zu nah. Ich höre schwere Stiefel, die sich ihren Weg bahnen. „Raus mit euch, ihr könnt uns nicht davonrennen!"

Raphael lächelt mich schwach an. „Ich weiß."

Und dann sind die Männer an uns vorbei. Und ich drücke ab. Ich habe Lukes Gesicht vor Augen, den Wanderer, Joe und Hope, die darauf vertrauen, dass wir auf sie aufpassen. So wie ich auf Luke hätte aufpassen sollen.

Ich habe einen der Männer erwischt, er brüllt wie ein verwundetes Tier und stolpert. Aber noch bevor seine Kumpanen sich umgedreht haben, sind Raphael und ich aufgesprungen und rennen los – weg von Joe und Hope. Kugeln peitschen hinter uns her, doch wir ziehen nur den Kopf ein und jagen um die nächste Hausecke. Mein Herz rast, droht vor lauter Angst zu platzen. *Lass es ihnen gut gehen!*, bete ich, *lass Joe und Hope in Sicherheit sein!* Denn ich spüre, dass diese Begegnung die letzte sein wird. Wir oder sie. Sie wollen Rache.

„Hier rüber!“ Ich deute auf eine Lücke zwischen zwei Häusern. Aber Raphael schüttelt den Kopf. „Zu eng!“ Wieder Schüsse. In Panik ziehe ich Raphael hinter ein paar verlassene Autos. Raphael hat recht, wir passen niemals durch den engen Spalt. Aber wir müssen von der Straße runter. Hier sind wir ungeschützt. Erst jetzt realisiere ich, dass Raphaels Gewehr noch immer nutzlos in seiner Hand liegt. Ich bin die Einzige, die bis jetzt geschossen hat.

„Raphael, sie werden uns erschießen, wenn wir nicht schneller sind!“, zische ich eindringlich, während wir, immer noch im Schutz der Autoreihe, die Straße weiter hinunterhasten. Ich weiß, er will niemanden verletzen. Er ist ein guter Mensch – und deswegen liebe ich ihn. Aber hier, in dieser Welt, ist kein Platz mehr für gute Menschen.

Die nächste Kugel lässt eines der Autofenster direkt vor uns zersplittern. Mein Schrei wird von den verlassenen Gebäuden geschluckt wie Staub. Ich kann kaum denken, so schnell jagt Augenblick um Augenblick an mir vorbei. Dann hebt Raphael das Gewehr – Gott sei Dank! – und feuert, und ich höre jemanden schreien. Viel zu nah. Wie konnten sie uns so nah kommen?

„Da lang!“ Raphael zerrt mich durch eine zerbrochene Ladentür. Unter unseren Füßen knirscht das Glas, und als er mich loslässt, stolpere ich direkt in eine Schaufensterpuppe, die mit lautem Krachen zu Boden fällt. Verdammt!

Langsam, ganz langsam, ziehen wir uns ins Innere des Ladens zurück. Es ist ein Klamottenladen, geplündert, verwüstet. Chaos, wohin man nur blickt. Meine Lungen brennen und mein Herz pocht so laut, dass ich mir sicher bin, nicht nur Raphael, sondern auch die Männer auf der Straße müssen es hören können.

Ungeachtet der Glasscherben und Splitter kauern wir uns hinter dem Tresen, auf dem die Kasse steht, zusammen. Ich kann die Männer deutlich hören. Sie sind immer noch zu dritt.

„Kommt raus!", brüllt einer von ihnen. „Ihr könnt euch nicht ewig verstecken!" Ein Zweiter keucht heftig. Sein Atem kommt rasselnd, stoßweise, und in mir keimt die Hoffnung auf, dass wir zumindest einen der drei verletzt haben.

„Und jetzt?" Ich lese die Worte mehr von Raphaels Lippen ab, als dass ich sie höre. Er ist immer noch kreidebleich und sein Arm blutet wirklich schlimm. Ich schließe die Augen für einen kurzen Moment, versuche, den Wahnsinn um mich herum auszublenden. Was würde der Wanderer tun? Was würde er uns raten? – Verhandeln? Aufgeben? Kämpfen?

„Ihr habt noch zwei Minuten, dann kommen wir und holen euch raus!" Diesmal ist es eine andere Stimme.

Ich spüre Raphaels Hand auf meinem Arm, warm und nass

von dem Blut. Dann öffne ich wieder die Augen. Raphaels Gesicht schwebt nur eine Handbreit von meinem entfernt.

„Judy“, haucht er, „wir müssen unsere Kleinen beschützen.“ Aus den Augenwinkeln kann ich erkennen, wie seine Hand sich fester um den Gewehrlauf schließt. Er hat den entschlossenen Blick eines Menschen, der alles riskieren wird. Denselben Blick, den auch der Wanderer hatte, kurz bevor er sich vor Joe geworfen hat. Ich nicke und presse meine Lippen auf Raphaels. Nur einen Moment lang. „Wir werden überleben. Für unsere Kleinen.“

Raphael streicht mir über die Wange. Dann schiebt er sich vorsichtig an mir vorbei und späht um die Kasse herum. „Sie sind noch draußen!“

Das beruhigt mich ein wenig. Offensichtlich ist es den Männern zu unsicher, in einen halbdunklen Laden hineinzugehen, ohne genau zu wissen, wo wir stecken.

Im nächsten Moment höre ich wieder schwere Schritte. Eine Kugel kracht nur Zentimeter neben der Kasse, Zentimeter von Raphael entfernt, in den Boden. Ich presse mir die linke Hand auf den Mund, die rechte umklammert immer noch die Pistole, zittert aber so stark, dass ich Angst habe, sie fallen zu lassen. Ich wollte doch nie töten. Ich wollte immer nur, dass wir überleben …

Diesmal ist es Raphael, der schießt. Aus unserer Deckung heraus, ohne groß zu zielen, weil er sonst die relative Sicherheit hätte verlassen müssen. Aber wundersamerweise trifft er trotzdem. Und diesmal weiß ich auch, dass wir einen der Männer getroffen haben. Wirklich getroffen. Denn der Schmerzensschrei wird vom Wutgebrüll der anderen beiden übertönt, die sich wieder ein Stück zurückziehen.

Ich atme ein paarmal tief ein und aus, versuche die Panik in den Griff zu bekommen. Ich sollte viel weniger ängstlich sein als auf dem Schrottplatz. Ich weiß, dass Hope und Joe in Sicherheit sind. Joe wird für Hope sorgen, was auch immer geschieht. Die Männer haben nichts und niemanden, den sie als Druckmittel gebrauchen können. Raphael ist hier bei mir, wir werden das gemeinsam durchstehen – und trotzdem habe ich Angst. Angst um Raphael. Und Angst um mein eigenes Leben. Deshalb schaffe ich es auch nicht, aufzuspringen und wieder zu schießen. Die Angst hält mich da fest, wo ich gerade bin.

Erneut brüllen die Männer, wir sollen rauskommen, uns einen langsamen Tod ersparen. Raphael schüttelt den Kopf.

„Wir gehen da nicht raus", sagt er entschlossen. „Niemals!"

„Tun wir auch nicht!", bestätige ich.

Aber irgendwas müssen wir schließlich tun. Denn wir können hier nicht ewig herumsitzen. Allerdings sieht es ganz so aus, als wollten uns die zwei Männer genau dazu zwingen.

Ab und an hören wir sie vor dem Laden reden, einmal sogar lachen. Mir läuft es eiskalt den Rücken herunter. Ihr Freund liegt irgendwo zwischen uns und ihnen tot auf dem Boden, sie und ihre Kameraden haben heute zwei Morde begangen – und trotzdem können sie noch hier sitzen und lachen. Und wozu? Damit sie auch uns noch töten können? Es wäre so leicht für sie, einfach zu unserem Wagen zu gehen und all unsere Vorräte mitzunehmen. Einfach zu verschwinden.

Mein Blick schweift durch den Laden. Ich suche nach einem Fluchtweg, aber die einzige Tür, die uns aus dem Verkaufsraum hinausbringen könnte, führt viel zu nah an der Fensterfront vorbei. Raphael, der sein T-Shirt in Streifen gerissen hat, um seinen Arm zu verbinden, lehnt an meiner Schulter, die Augen geschlossen. Er schläft nicht, aber vielleicht träumt er sich weit weg von hier.

Vielleicht, denke ich mir, kann ich nach vorne rennen und die beiden Männer aufhalten, sodass Raphael zurück zu Joe und Hope kann. Aber im Grunde weiß ich, dass das Irrsinn ist. Ich werde nie schnell genug sein, und dass die Männer besser zielen können als wir, haben sie schon mehrfach bewiesen. Die Sekunden kriechen dahin, verwandeln sich in Minuten, dann in eine Stunde.

Meine Hand krampft sich um einen Gegenstand in meiner Tasche. Das Tagebuch. Mühsam unterdrücke ich den Impuls, laut aufzulachen. Es ist das Tagebuch, das ich auf dem Hausdach gefunden habe. Das der toten Frau. Ein Wunder, dass es mir bei all dem Drama nicht aus der Tasche gefallen ist. Geistesabwesend streiche ich über den Einband. Wie einsam, wie verzweifelt muss sie gewesen sein, dass sie nicht mehr leben wollte? Warum ist da niemand gewesen, der sie aufgehalten hat? Mein Blick wandert zu Raphael, immer noch an meiner Seite, aber meine Gedanken verweilen bei der unbekannten Frau. Mitgefühl durchflutet mich. Und Dankbarkeit. Ich bin dankbar, dass ich immer noch weiß, wofür es sich zu leben lohnt.

Und dann, irgendwann, höre ich etwas. Mühsam hebe ich den Kopf. Sind es noch mehr Männer? Werden sie uns jetzt hier mit Gewalt herausholen? Es klingt wie ihr Pick-up … Vielleicht können wir es dann beenden …

Moment mal … „Raphael, der Pick-up!"

Michael und Alexander haben den Pick-up!

Raphael schreckt hoch. Die Hoffnung, die in mir aufkeimt, ist fast so schmerzhaft wie die Angst. Das kann nicht sein. Michael und Alexander sind weg, sie haben uns verlassen. Wir sind alleine.

Vor dem Laden wird Geschrei laut. Jetzt sind es die Männer, die schreien. Das Auto kommt näher. Und dann fällt ein Schuss. Und in der Stille, die auf das Geräusch von quietschenden Bremsen folgt, höre ich deutlicher denn je Alexanders Stimme:

„Waffe fallen lassen!"

35

Raphael versucht zaghaft, mich zurückzuhalten, aber ich spähe um die Kasse herum. Das Gegenlicht, das durch die Fensterfront in den Laden fällt, lässt mich blinzeln. Und dann, ganz langsam, lösen sich drei Schatten und treten näher. Und als ich sehe, wie Michael und Alexander und auch der Mann, der uns geholfen hat, Neil, ihre Waffen auf den letzten noch stehenden Plünderer richten, kann ich zum ersten Mal wieder richtig atmen.

„Na los, fallen lassen!" Alexander ist immer noch so bleich, wie ich ihn beim Abschied gesehen habe. Aber seine Stimme ist laut und klar, steht im krassen Gegensatz zu seiner Todesengel-Erscheinung.

Die Erleichterung, die die Angst verdrängt, saugt mir alle Energie aus den Adern und ich falle zurück gegen Raphael. „Es ist vorbei", höre ich ihn flüstern. „Es ist vorbei, Judy." Ich nicke, aber irgendwie kommt es mir noch so unwirklich vor.

„Raphael? Judy?" Michaels Stimme schwebt durch den Laden. Er kommt auf uns zu. „Keine Angst, ihr könnt rauskommen!" Raphael neben mir richtet sich schwankend auf und zieht mich mit sich, über die Scherben, die mir Beine und Hände aufgerissen haben. Da sind Michael, der uns verlegen angrinst, und Neil, der gerade seinen ehemaligen Kumpanen fesselt. Aber erst, als ich in der Sonne stehe, ein paar Schritte vor Alexander, kann ich daran glauben, dass wir, für den Moment zumindest, in Sicherheit sind.

Alexander lächelt mich an. „Wir mussten doch zurückkommen." Erneut laufen mir Tränen über die Wangen, aber diesmal sind es Tränen der Erleichterung.

„Da ist jemand, der auf dich wartet, Judy", sagt Alexander leise und deutet hinter sich, in Richtung des Pick-ups. Und dann sehe ich Hope. Tränenüberströmt und an Joes Hand geklammert, aber am Leben. Mit einem Schrei reißt sie sich los, und ich renne ihr entgegen, umarme sie, so fest ich kann.

Joe bleibt ein paar Schritte von uns entfernt stehen. „Wir haben Michael und Alexander getroffen. Und ich habe gefragt, ob sie uns helfen können. Wir mussten euch doch wiederfinden." Seine Stimme bebt ein wenig. „Ihr dürft nicht noch mal weggehen."

Ich spüre Raphael neben mir. Er winkt Joe zu uns heran. „Wir gehen nicht weg", verspricht er. Und dann umarmt er mich, und Joe schlingt die Arme um Hope, und irgendwie in diesem großen Menschenknäuel spüre ich, wie eine zuversichtliche Wärme zurück in meine Glieder fährt.

Ich glaube nicht an Wunder, das nicht. Unser Auto ist kaputt. Mein kleiner Bruder ist tot. Genau wie der Wanderer. Joe ist unglücklich, Michael einsam, Alexander und Hope am Ende. Raphael schafft es kaum, dem ganzen Schmerz, den diese Welt für uns bereithält, etwas entgegenzusetzen.

Und ich versuche, nicht auseinanderzufallen, ich versuche jeden Tag, nicht an Land zu ertrinken. Aber das sage ich nicht. Denn als ich Hopes Hand nehme, weiß ich, warum wir leben.

Michael lächelt, als wir zu ihm zurückkommen. „Wir konnten die beiden nicht alleine auf der Straße lassen", sagt er. Und dann fällt Raphael ihm um den Hals.

„Vielen Dank, Michael!"

Michaels verdutzt abweisende Miene bringt mich zum Schmunzeln, als er Raphael wieder von sich wegschiebt.

„Schon okay."

Auch Alexander lacht. Es ist das erste Mal, dass ich ihn so offen sehe, und als Hope vertrauensvoll die Arme um ihn schlingt und er sie herumwirbelt, weiß ich, dass zumindest Alexander sich entschieden hat. Er will bei uns bleiben. Und wo Alexander hingeht, da wird auch Michael hingehen.

Einzig der fremde Mann macht mir Sorgen. Er steht ein wenig abseits, hat seinen gefesselten Kumpanen auf die Knie gezwungen und beobachtet uns aus zusammengekniffenen Augen. Raphael nimmt meine Hand, als Michael uns zu ihm herüberwinkt.

„Judy, Raphael, das ist Neil." Meine Erleichterung weicht einer ausgewachsenen Skepsis, und anscheinend kann man mir die Gefühle auch an der Nasenspitze ansehen, denn Raphael sieht mich streng an. „Er hat uns geholfen. Zweimal."

Ich mustere den Mann vor mir. Seine dunklen Augen sind

offen, und obwohl er meinen Blick ernst erwidert, ist keine Spur von Wut oder Feindseligkeit darin zu erkennen. Er wäre uns niemals gefolgt, um sich zu rächen.

„Dreimal, Raphael." Anlächeln kann ich den Mann nicht. Aber trotzdem. „Er hat uns *drei* Mal gerettet. Aber das ist eine Geschichte für ein anderes Mal."

Denn wir haben jetzt Zeit. Zeit zu entscheiden, was wir mit dem Gefangenen machen. Zeit, einen Platz zum Leben zu finden. Zeit, um gesund zu werden. Nach jedem überstandenen Kampf, nach jedem Augenblick des Schmerzes, kommt eine Zeit danach.

Wir haben wieder Zeit.

Zwei Wochen später

Es ist zu früh, um aufzustehen, viel zu früh. Hope neben mir schlummert noch selig, und ich kann auch die ruhigen Atemzüge von Joe hören, der einige Meter von uns entfernt auf dem Boden liegt. Um die beiden nicht zu wecken, stehe ich leise auf, schnappe mir meinen Pullover und schleiche mich barfuß aus der alten Scheune, in der wir seit zwei Wochen wohnen.

Die Sonne kämpft sich durch den Nebel, taucht den Wald in feuriges Morgenlicht und färbt die Spitzen der Bäume blutrot. Aber vielleicht ist es auch nur das, was ich darin sehe. Seit Lukes Tod hat für mich alles die Farbe von Blut.

Mit einem leichten Schaudern drehe ich dem Wald den Rücken zu und laufe los. Ich laufe immer, wenn ich nicht schlafen kann. Damit habe ich vor zwei Wochen angefangen. Ich laufe gegen die Unruhe in mir an. Vielleicht muss ich einfach laufen, weil mein Körper noch nicht begriffen hat, dass das Herumwandern ein Ende hat. Ich versuche noch immer, wegzulaufen.

Als ich die Hügelkuppe erreicht habe, habe ich Seitenstechen. Ich bin zu schnell gelaufen, natürlich. Keuchend drehe ich mich um und blicke zu der Scheune hinunter, in der

Hope und Joe schlafen, und auf die benachbarten Häuser. Wir haben sie gefunden, als wir zurück zum Campingplatz gefahren sind. Vier verlassene Bauernhäuser – eine winzige Ansammlung Sicherheit zwischen Hügeln und Wald, nicht weit von der Stadt entfernt, in der Luke ... Meine Gedanken schweifen ab, landen wieder bei dem Tag, an dem wir hier angekommen sind. Irgendwie war es dann doch selbstverständlich, dass wir zusammenbleiben werden – die nächsten Schwierigkeiten gemeinsam bewältigen wollen.

Es ist ein Geisterdorf, so wie die Stadt eine Geisterstadt ist. Wo auch immer ich hingehe, ich habe das Gefühl, die Toten begleiten mich. Wir haben sieben Menschen begraben, sieben Menschen, die ihre Heimat nicht hatten verlassen wollen. Wahrscheinlich schlafen wir deshalb auch in der Scheune und nicht – noch nicht – in einem der verlassenen Häuser.

Raphael, Michael und Neil haben angefangen, die Schäden und Trümmer wegzuschaffen, die die Erdbeben und Stürme auch hier zurückgelassen haben. Eines der Häuser ist nicht mehr bewohnbar, aber die anderen stehen noch. Bald werden wir anfangen, die Gärten in Ordnung zu bringen. Und vielleicht schaffen wir es ja auch, ein paar der Kühe einzufangen, die man immer wieder von weitem durch die Gegend streunen sieht.

Aber im Moment ist das noch zu viel. Wir brauchen Zeit. Zeit, um anzukommen. Zeit, um Luke und den Wanderer zu betrauern. Zeit, um zumindest einige der Dämonen abzuschütteln, die uns von unserer Reise geblieben sind. Zeit ist es, was wir alle am meisten brauchen. Zeit, um gesund zu werden.

An die ersten Tage kann ich mich kaum erinnern. Ich weiß noch, wie wir Luke und den Wanderer begraben haben, direkt am Waldrand, unter einer Trauerweide. Ich weiß noch, dass Neil Hope und Joe Süßigkeiten geschenkt hat, als sie weinten, und ich weiß noch, dass Alexander zu den Kreuzen für unsere Toten eines mit dem Namen seines Vaters gestellt hat. Ich weiß, dass Raphael und Michael nicht schlafen können, genau wie ich. Michael arbeitet von Sonnenaufgang bis spät in die Nacht hinein an den Häusern. Und Raphael wartet jeden Morgen darauf, dass ich von meinem Hügel herunterkomme, bis es Zeit ist, Hope und Joe zu wecken.

Manchmal kommt Alexander auch dazu, aber meistens bleibt er für sich, lässt niemanden an sich heran. Er will alleine sein, verschwindet stundenlang. Er lässt es nicht zu, dass wir mit ihm sprechen oder auch nur bei ihm sind. Aber abends dann, wenn es dunkel wird und unsere Dämonen wachsen, kommt er und setzt sich zu uns.

An diesen Abenden spielt Raphael für Hope Gitarre. Ich habe das Instrument in einem der Häuser gefunden. Genauso, wie er es meiner Schwester versprochen hat, vor ewigen Zeiten, in einer kleinen, zerfallenen Scheune. Dieser Gedanke macht mir Hoffnung, dass alles irgendwann wieder besser wird.

Da ist ein Loch in mir, seit Luke fort ist. Wenn ich mir vorstelle, dass er nur schläft und ich ihn irgendwann einfach wecken kann, schließt sich das Loch, jeden Tag ein bisschen mehr. Aber wenn ich versuche, mir zu sagen, dass er nie wieder … das sind die Tage, an denen die Sonne die Farbe von Blut hat.

Es ist nicht mehr so schlimm wie am Anfang, als ich das Gefühl hatte, zu ertrinken. Ich denke, irgendwann muss man schließlich Schwimmen lernen. Wir alle brauchen Zeit.

Obwohl der Nebel noch hartnäckig gegen die aufgehende Sonne ankämpft und meine nackten Füße sich in nasse Erde bohren, ist mir nicht kalt. Ich bleibe noch einen Moment lang stehen, schließe die Augen und genieße die Sonne auf meinem Gesicht. Heute wird es bestimmt wieder schön warm. Ein Bild steigt vor meinem inneren Auge auf – es ist immer das gleiche Bild. Meine ganze Familie, ein Tag im letzten Sommer, als meine Welt noch keine Risse hatte.

„Judy!" Raphaels Stimme reißt mich aus meiner Traumwelt. Widerwillig öffne ich die Augen und sehe Raphael auf mich zukommen. Normalerweise wartet er doch unten …

„Du bist nicht gekommen." Er lächelt mich an. „Ich wollte nur schauen, ob alles in Ordnung ist."

Mit einem müden Lächeln hebe ich die Schultern. „Es ist besser."

Es wird noch lange dauern, bis ich sagen kann, dass alles in Ordnung ist. Aber es ist gut, hier zu sein, mit Hope und mit Joe und all den anderen, die jetzt Teil meiner Familie geworden sind. Vielleicht werde ich schon morgen zusammen mit Hope und Joe ein Haus aussuchen, in das wir einziehen werden und vielleicht wird Alexander es irgendwann wieder aushalten, Gesellschaft zu haben.

Vielleicht werden in ein paar Wochen weitere Überlebende zu uns stoßen, die uns helfen wollen, dieses Dorf wieder bewohnbar zu machen. Vielleicht ist unter ihnen ein Lehrer, der Hope und Joe ein kleines bisschen Normalität und Stabilität in ihre Tage bringen kann. Vielleicht ist aber auch ein Arzt darunter – oder ein Schriftsteller – oder eine Sekretärin … Ich freue mich auf die Menschen.

Raphael streckt mir die Hand entgegen, und als ich sie ergreife, zieht er mich langsam den Hügel hinunter in Richtung der Häuser.

„Raphael?“ Als er sich umdreht, ist mein Lächeln schon ein wenig ehrlicher als noch vor einigen Augenblicken. „Vielleicht ist es ja morgen schon in Ordnung.“

Raphael nickt langsam. Er klingt ein bisschen traurig – ich weiß, dass er an seine Schwestern denken muss und an all die anderen Toten, genauso wie ich immerzu an Luke und den Wanderer denken muss –, als er sagt: „Vielleicht.“

In einiger Entfernung sehe ich Alexander, der mit Joe und Hope auf unserem sonnigen Frühstücksplatz sitzt. Hope winkt uns von weitem zu und wir winken zurück.

„Sie sehen friedlich aus“, stellt Michael fest, der wie aus dem Nichts neben uns aufgetaucht ist. „Fast schon glücklich.“

Ich stupse ihm aufmunternd in die Seite. „Ich denke, wir müssen einfach noch Geduld haben."

Michael schnaubt, halb belustigt, halb genervt. „Ich glaube, ich habe noch nie jemanden kennengelernt, der so eine gnadenlose Optimistin ist."

„Sollte das jetzt ein Kompliment sein?" Ich schaue von Michael zu Raphael, der mich angrinst.

„Michael hat schon recht, Optimismus nervt manchmal", stellt er trocken fest.

Gespielt beleidigt verziehe ich das Gesicht und mache mich entschieden von den beiden los. „Ich geh jetzt frühstücken. Ich kann ja dann Bescheid sagen, dass ihr beide heute einen Tag Pause macht, um ein bisschen depressiv zu …" Lachend weiche ich Raphael aus und laufe den beiden davon, um einer möglichen Kitzelattacke zu entkommen.

Joe spurtet mir entgegen. „Was macht ihr da?"

„Judy war frech." Raphael grinst mich an, und sein verschmitztes Strahlen bringt mich zum Schmunzeln.

„Bestimmt nicht!" Joe stellt sich verteidigend vor mich. Etwas an seiner verspielten Miene sagt mir, dass er ganz im Gegensatz zu mir Lust auf eine kleine Rauferei hätte. Also lasse ich die beiden stehen – Michael ist schon lange zurückgeblieben – und setze mich zu Alexander und Hope.

„Hey, ihr zwei. Was macht ihr denn schon die ganze Zeit?"

„Alex bringt mir Schreiben bei. Und Lesen!", erklärt mein Schwesterchen stolz und zeigt auf die beschriebenen Blätter und das Märchenbuch zwischen ihnen. Alexander nickt leicht. Er wirkt müde, aber ausgeglichener als gestern. Heute ist ein guter Tag, das kann ich sehen.

„Schau, schau!“ Hope ist ganz aufgeregt. „J-U-D-Y“, buchstabiert sie mit leuchtenden Augen und malt das Wort in ungelenken, großen Buchstaben auf eine freie Ecke ihres Blocks. „Und A-L-E-X-A- …“, ratlos sieht sie ihren Lehrer an.

„N.“ Alexanders Stimme ist ganz leise. „Dann kommt ein N. Und dann ein D, so wie in Ju-D-y.“

Als ich wieder aufstehe, sind die letzten Dämonen der Nacht verschwunden. Es ist unmöglich, von Hopes glücklichem Strahlen nicht angesteckt zu werden. „Viel Spaß euch beiden.“

Joe kreischt belustigt auf. Raphael hat ihn sich geschnappt und kitzelt ihn durch. „Judy, Hilfe!“

Lachend ziehe ich Raphael von ihm weg, wobei Raphael sich nicht sonderlich wehrt. Und während Joe zurück zu Hope rennt, kommt mir ein Gedanke, der mich mit einer Wärme erfüllt, wie ich sie seit Wochen nicht mehr spüren konnte …

Eine Welt, in der man noch herumalbern und gemeinsam lachen kann, ist nicht die schlechteste aller Welten.

Raphael nimmt meine Hand, und ich schmiege mich an ihn an.

„Raphael, … vielleicht geht es uns morgen wieder gut.“

ANNA NIGRA

CECILIA BD. 1
WENN DIE STERNE SCHLEIER TRAGEN

ROMAN

„Manchmal ist es leichter, ein Land zu regieren, als das eigene Herz zu verstehen."

Einen Fremden heiraten? Cecilia kann nicht glauben, was ihr Vater da von ihr verlangt! Sie ist erst 18, und ihr zukünftiger Ehemann der Kronprinz von Europa!
Doch der König will unbedingt Cecilia als Frau seines Sohnes. Ein Nein würde er nicht dulden.
Nur widerwillig reist Cecilia mit ihrer Familie in den Königspalast, um ihren Zukünftigen kennenzulernen. Zu ihrer großen Erleichterung ist der 21-jährige Prinz Noran aber nicht nur gutaussehend, sondern auch charmant und liebevoll. Doch auch sein temperamentvoller Bruder Elias reizt Cecilia mit seiner provokanten Art. Und als wären zwei attraktive Männer, eine eifersüchtige Schwester und ein ungeduldiger König nicht schon genug, scheint im Palast eine unglaubliche Intrige gesponnen zu werden …

A TREE & A VALLEY

TRISTAN HALL

DIE LEIDEN DES JUNGEN WERTHER

Illustrierte & neu überarbeitete Fassung

BRIEFROMAN

„Warum ich dir nicht schreibe?
Kurz, ich habe ein Mädchen getroffen
und seither tobt mein Herz"

Die Geschichte vom jungen Werther und seiner unglücklichen Liebe zu Lotte gehört zu den bekanntesten Liebesgeschichten überhaupt. Umfassend gekürzt, sprachlich aufbereitet und stimmungsvoll illustriert, bietet diese Neufassung alle Farben und Töne des Originals und behält dabei eine angenehm flüssige Lesart.
Ein zartes Buch voll Tragik, Witz und süßem Schmerz, zum Abschalten, Schmunzeln und Mitfühlen.

A TREE & A VALLEY